Walter Schwarz-Paqué

Chez Tantine

Walter Schwarz-Paqué

Chez Tantine

Grenzgeschichten

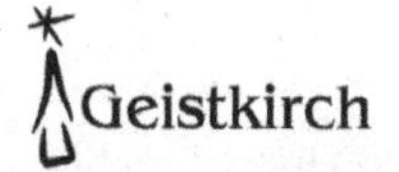

ISBN 978-3-946036-77-7

www.geistkirch.de

1. Auflage 2018

Verlag: Geistkirch Verlag, Saarbrücken
Titelillustration: Bernd Kissel, Berus
Satz und Layout: Harald Hoos, Landau
Printed in EU

Inhalt

Tantine

Das Restaurant »Chez Tantine« war ein traditionsreiches, französisches Restaurant, dessen Wurzeln bis tief ins neunzehnte Jahrhundert zurückreichten. Doch mit dieser schlichten Zuordnung hätte sich Florence Rauch kaum einverstanden erklärt.

»Wir sind zunächst einmal Lothringer«, wusste die Inhaberin sehr genau, wo sie sich einsortierte, »folglich sind wir Melange und wenn der Wind gut steht, können wir wegen mir auch noch Franzosen sein.«

Bei Florence stand »Melange« für alles, was im besten Sinn des Wortes mit einer vernünftigen Durchmischung zu tun hatte. Es gab aber auch eine Zeit in ihrem Leben, da hatte sie sich obendrein als Weltbürgerin bezeichnet. Das war 1983, als Helmut Kohl und François Mitterrand gemeinsam in ihrem Restaurant gespeist hatten. Beide wollten damals mit dem Treffen auf der Grenze ein besonderes Zeichen für die deutsch-französische Freundschaft setzen. Doch außer einem vergilbten Zeitungsartikel, der neben ebenso verblassten Notrufnummern und alten Ansichtskarten am Ende der Theke hing, erinnerte heute nichts mehr an diesen historischen Tag.

Dabei stand das damalige Treffen in der Tradition des sogenannten Élysée-Vertrages, der von Charles de Gaulle und Konrad Adenauer, als deutsch-französischer Freundschaftsvertrag, im Jahr 1963 unterzeichnet worden war. Doch die französischen Organisatoren hatten bei der Begegnung von Mitterrand und Kohl, wie im Nachhinein auch eingeräumt wurde, eine unglückliche Hand bewiesen. Aus Sicherheitsgründen war nämlich der Ort der Begegnung bis zuletzt geheim gehalten worden. Erst am frühen Morgen jenes Tages hatte man den Presseagenturen mitgeteilt, wo sich die Staatsmänner treffen würden. Doch da war es für viele Journalisten schon zu spät.

In Grossebouche selbst verbreitete sich die Nachricht wie ein Lauffeuer. Schon um neun Uhr traf sich der Gemeinderat des Grenzortes zu einer Dringlichkeitssitzung, um zehn Uhr war das

Bürgermeisteramt samt Marktplatz beflaggt und um elf Uhr stand eine Abordnung zum Empfang bereit. Aber man fühlte sich einmal mehr von der eigenen Regierung hintergangen.

»Das machen die Pariser alles extra«, waren sich die Gemeinderatsmitglieder einig. »Die hätten doch wissen müssen, dass unser Bürgermeister auf einer Dienstreise in Burgund ist und sein Stellvertreter mit Gallensteinen im Krankenhaus liegt.«

Glücklicherweise hatten die Grenzbewohner Routine im Improvisieren. Schnell war ein offizieller Würdenträger gefunden, der die Gemeinde in blaugelber Uniform vertreten konnte. Erneste Kraemer, der Leiter des Postamtes, wurde kurzerhand zum Empfang des Staatspräsidenten und seines Gastes abkommandiert.

»Und vergiss nicht, dass sich beide ins Goldene Buch eintragen«, wurde er instruiert, während man ihm ein großes Buch mit abgegriffenem, speckigem Lederumschlag unter den Arm drückte. »Wenn sie sich dann verewigt haben, überreichst du jedem eine Ansichtskarte von Grossebouche und wünschst ihnen einen angenehmen Aufenthalt in unserer Gemeinde.«

»Ich frankiere die Karten sicherheitshalber, falls einer ein paar Grüße nach Hause senden möchte«, gab sich Erneste Kraemer dienstbeflissen und machte sich ein paar Notizen.

»Was sollte Mitterrand denn schreiben? ›Schöne Grüße aus dem Osten, bis gleich François‹? Der ist doch heute Abend wieder in Paris«, regte sich ein Gemeinderatsmitglied über so viel Unverstand und Unterwürfigkeit auf. »Vergiss nie: Der Präsident ist Angestellter des Volkes. Wir zahlen sein Gehalt. Deshalb biedern wir uns auch nicht mit übertriebenen Geschenken an.«

Von einem übertriebenen Geschenk konnte aber wirklich keine Rede sein. Die Ansichtskarten waren bereits verblasst. Sie stammten noch aus der Ära von Altbürgermeister Maurice Hemming, dessen Schwiegersohn sich damals mit dem Handel von Ansichts- und Visitenkarten selbstständig gemacht hatte.

Bei »Chez Tantine« fuhren im Morgengrauen des gleichen Tages Mannschaftswagen, schwere Polizeimotorräder und schwarze Limousinen mit einer Delegation hoher Beamter vor. Mit heftigem Klingeln riss der Delegationsleiter Henri Pertisse, ein Oberst der Reserve, Marcel und Florence Rauch aus dem Schlaf und unterrichtete sie über den bevorstehenden, hohen Besuch.

»Heute können Sie beweisen, dass Sie Ihrem Land etwas zurückgeben wollen«, hielt er sich nicht lange mit überflüssigen Floskeln auf. »Unser Staatspräsident gibt sich, in Begleitung des deutschen Bundeskanzlers, gegen Mittag die Ehre. Ziehen Sie sich Festkleidung an und schulen Sie Ihr Personal im Umgang mit dem Präsidenten«, kamen in forschem Kasernenton ein paar Verhaltensmaßregeln. »Alles muss ablaufen wie am Schnürchen. Nicht, dass es zu einem Fiasko kommt. Ich hoffe, dass Ihr Personal ein perfektes Auftreten hat und Ihre Köche Sonderwünsche erfüllen können. Und in der Ansprache immer korrekt: ›Monsieur le Président‹, niemals Monsieur Mitterrand. Verstanden? Auch bei Fragen stets zuvorkommend antworten. Und keinerlei politische Überzeugungen, persönliche Meinungen oder gar Autogrammwünsche äußern. Prinzipiell gilt: Zurückhaltung und Fingerspitzengefühl. Ich erwarte von guten Patrioten in jeder Hinsicht Vorbildfunktion. Es geht um den Ruf Frankreichs!«

Es fehlte für Florence Rauch nur noch, dass sie im Negligé auf die Trikolore vereidigt wurde. Sie hasste Wichtigtuer. Und Pariser Wichtigtuer mochte sie schon gar nicht.

»Langsam, langsam«, stoppte sie den Delegationsleiter in seinem Übereifer. »Ich nehme an, dass der Präsident nicht erst heute Nacht auf die Idee gekommen ist, unser Restaurant zu besuchen. Warum haben Sie also nicht, wie jeder vernünftige Mensch, gestern einen Tisch für zwei Personen bestellt? Stattdessen klingeln Sie uns mitten in der Nacht aus dem Bett und bringen alles durcheinander. Glauben Sie etwa, dass wir von morgens bis abends nur darauf warten, dass uns der Präsident besucht?« Florence schob ihren Mann ins Haus zurück und schlug die Haustür hinter sich zu.

»Schließen Sie sofort das Restaurant auf, wir müssen alles überprüfen und Sicherheitsvorkehrungen treffen«, war Henri Pertisse nicht auf eine lange Konversation eingestellt und auf einen Abbruch der Verhandlungen schon gar nicht. »Wir dürfen keine Minute verlieren. Um zwölf Uhr wird der Präsident mit seinem Gast hier eintreffen. Contenance!«

»Das hätten Sie sich früher überlegen müssen, Monsieur«, hörte man Florence noch von weitem antworten. »Zuerst machen wir uns fertig und dann schließe ich auf.«

Eine dreiviertel Stunde später öffnete sie das Restaurant und erfuhr, in einer Art unterkühltem Telegrammstil, die Hintergründe zu dem überstürzten Besuch in Grossebouche. Dabei trug das herablassende Auftreten des Delegationsleiters nicht gerade zu einer Verbesserung im Zwischenmenschlichen bei. Und dies änderte sich auch nicht bei Durchsicht der Speisekarte.

»Was bieten Sie überhaupt an?«, rümpfte er bereits beim Durchblättern die Nase. »Ich sehe weder Pasteten noch Meeresfrüchte und ich finde nur einen einzigen Champagner. Ist das etwa eine deutsche Speisekarte?«

Noch niemals war die Restaurantchefin in solcher Form beleidigt worden. Wie von einer Sprungfeder angetrieben, schoss sie von ihrem Stuhl empor, stemmte die Arme in die Hüften und nordete ihren Kontrahenten herausfordernd ein: »Wissen Sie überhaupt, wo Sie sich hier befinden? Ich will es Ihnen geografisch verdeutlichen: Nach Paris sind es vierhundert Kilometer, nach Nizza tausend und St. Tropez liegt auch nicht gerade um die Ecke. Auf den Punkt gebracht, Monsieur: Sie befinden sich hier in Lothringen! Und die Klientel in unserer Region besteht aus normalen Leuten, nicht aus Präsidenten oder Aufschneidern. Ich frage mich deshalb, wie Sie überhaupt auf Grossebouche gekommen sind.«

Das erfuhr Florence am Tag darauf aus der Zeitung. Da konnte man lesen, dass der französische Präsident und der deutsche Kanzler mit dem Treffen auf der Grenze die deutsch-französische Aussöhnung in der Grenzregion fördern wollten.

»Wie kommt man auf einen solch absurden Gedanken?«, fragte sie kopfschüttelnd ihren Mann bei der Zeitungslektüre. »Das hört sich ja an, als würden die Lothringer mit den Saarländern im Streit liegen. Weder Franzosen noch Deutsche haben bis heute begriffen, was Grenzregion bei uns bedeutet.«

Für das austauschbare, politische Geplauder zweier Durchreisender war »Chez Tantine« der ungeeignetste Ort gewesen. Zwar hatte die blutige Vergangenheit nirgendwo mehr als hier in Grossebouche ihre Narben hinterlassen, aber das mit der Aussöhnung war längst auf dem kleinen Dienstweg geregelt worden. Dazu bedurfte es weder »weichgespülter Patrioten, kluger Sonntagsreden, noch staatstragender Rituale«, wie Florence Rauch das gerne ausdrückte.

Was wussten schon Pariser oder Berliner von diesem Landstrich mit seiner wechselvollen Geschichte? Nichts! Glaubten jene Fremden tatsächlich, dass den Lothringern, Elsässern und Saarländern in den vergangenen Jahrhunderten entgangen war, welche Rolle man ihnen in den jeweiligen Nationen zugedacht hatte? Sie waren zeitlebens Stiefkinder an den großen, vaterländischen Familientafeln gewesen und hatten sich bestenfalls zur vorübergehenden Adoption geeignet.

Die Einheimischen wussten doch manches Mal selbst nicht mehr, welcher Nation sie gerade angehörten, welche Sprache sie sprechen mussten oder welcher vaterländischen Gesinnung sie verpflichtet waren. Und wenn es einmal wieder in den Krieg ging, war es schwer, das passende Feindbild auf Kommando herauszukramen.

Vor den Toren des Restaurants hatte 1870/1871 der Deutsch-Französische Krieg in all seiner Grausamkeit getobt. Bis dahin war »Chez Tantine« französisch gewesen und wurde von Marie-Cécile Meyer, einer Urahnin der heutigen Wirtin, geführt. In den Wintermonaten servierte die wohlbeleibte Restaurantgründerin neben den üblichen Gerichten auch Choucroute und Cochonnaille und im Mai Asperge. Nach dem Siebzigerkrieg gab es das Gleiche, allerdings hieß es nun Sauerkraut und Schlachtplatte und im Mai freute man sich auf den Spargel. Doch diese »Bagatellen« waren für Marie-Cécile nie von Bedeutung gewesen. Sie hatte andere Prioritäten in ihrem Leben gesetzt.

Bei ihr stand das leibliche Wohl, und das ihrer Gäste, im Vordergrund. Sie hätte sich deshalb auch gewünscht, dass »Sättigung« ebenso in der Verfassung verankert gewesen wäre, wie Freiheit, Gleichheit und Brüderlichkeit. Nach ihrer kulinarischen Weltanschauung entwickelte sich ein brüderliches Miteinander nämlich erst nach einem ausgiebigen Essen.

»Vorher hat man für solche Affären überhaupt keinen Kopf«, wusste die alte Restaurantchefin mit Lebenserfahrung zu glänzen. »Und wer mit leerem Magen Enthaltsamkeit predigt, der muss erst noch geboren werden.«

Ihr Tag begann früh morgens mit einem knusprigen Baguette, einem frischen Stück Butter, drei gehäuften Esslöffeln Confitüre und einer duftenden »Bol noir«. Am späten Vormittag half ihr ein »Petit casse-croûte« über das Gröbste hinweg und Punkt zwölf läutete sie mit einem Aperitif – meist einem doppelten Pastis – die Mittagszeit ein.

»Um zwölf Uhr ist Mittag, egal wo die Sonne steht«, rief sie dabei nicht selten durch das Lokal und machte sich in die Küche auf.

Ihr eigenes Mittagessen bestand häufig aus einem saftigen Steak mit dickem Kräuterbutteraufstrich, das sie zwischen den Zubereitungen genüsslich verspeiste.

»Schneckenbutter passt zu allem«, war ihre tiefe Überzeugung. Aus diesem Grund gab es zu fast allen Gerichten ein großes Stück dieser aromatischen Butter. »Kräuter, Knoblauch, Salz, ein klein wenig Pfeffer und einen Schuss Cognac«, machte sie kein Geheimnis aus dem Rezept, wenn sie danach gefragt wurde. »Aber frisch muss sie sein, vor allem frisch!«

Abends stärkte sie sich, bevor die Gäste kamen, und der schwere Rote vom Mittag wurde zu einer deftigen Schlachtplatte und einem schönen Weichkäse geleert. Aber eines durfte nie fehlen, weder am Mittag noch am Abend: der abschließende Mirabelle.

Als damals die Brotpreise in Frankreich explodierten, und damit in Lothringen ebenfalls, explodierte auch Marie-Cécile. Hoch zu Ross machte sie sich nach Nancy auf und stürmte mit anderen Aufgebrachten die dortigen Bäckereien, um ein Zeichen zu setzen. Sie wäre ebenso nach Saarbrücken geritten, wenn in der deutschen Zeit etwas ähnlich Ungeheuerliches geschehen wäre. Allerdings mit dem Unterschied, dass sie sich in ihrem lothringischen Dialekt besser die Wut aus dem Leib hätte schreien können als in ihrem holprigen Französisch.

Marie-Cécile war überall dort anzutreffen, wo es um die elementare Versorgung mit Lebensmitteln ging. Demzufolge vergaß sie auch ihre Verwandten und ihre alte Schulfreundin Betty in Kleinmund nicht, wenn die Grenze einmal wieder die beiden Dörfer trennte. Jede Woche konnte man sie dann mit einem großen Korb unter dem Arm über die grüne Grenze laufen sehen, um all ihre Lieben mit dem Nötigsten zu versorgen. Doch so ganz uneigennützig war Marie-Cécile auch nicht. Man fand zwar im Korb kulinarische Leckereien, wie Weinbergschnecken in einer feinen Knoblauchbouillon, eine leckere Pâté de Campagne mit Preiselbeeren oder auch einen Gugelhupf, doch die eigentliche

Handelsware lag eine Etage tiefer. Unter einem doppelten Boden hatte die Wohltäterin immer etliche Dosen Pfeifentabak und einige Flaschen ihres Selbstgebrannten versteckt, die zum Tauschen gedacht waren und die wöchentlichen Strapazen erklärten.

Beide Dörfer lagen in Sichtweite, die Felder und Obstwiesen verliefen quer über die Grenze und die ausgefahrenen Feldwege ebenso. Doch das Querfeldeingehen war strengstens untersagt und wurde von den Grenzposten, die in den seltensten Fällen aus der Region stammten, mit aller Härte bestraft. Einmal wurde Marie-Cécile sogar mit einer Gefangenenkutsche nach Saarbrücken zum Gendarmeriegefängnis transportiert.

»Wir haben eine Schmugglerin auf frischer Tat ertappt. Diese Dame wurde auf dem Feldweg nach Kleinmund mit einem Korb voller Schmuggelgut unterm Arm erwischt«, strahlte ein junger Gefreiter über sein bleiches Gesicht und führte die Delinquentin seinem Kommandierenden vor.

»Das ist Marie-Cécile und keine Dame, und der Korb samt Inhalt ist ihr Privateigentum. Bringt sie sofort zurück, sie muss heute Abend wieder in ihrer Küche stehen«, hatte der Kommandeur kein Verständnis für den blinden Aktionismus seiner deutschen Landsleute. Doch das zufällige Zusammentreffen kam ihm nicht ungelegen.

»Ich komme am Sonntag mit der Familie zum Essen«, bestellte Michel Riotte einen Tisch und teilte auch gleich die Menüfolge mit: »Als Entrée nehmen wir deine Pâté de Campagne, anschließend Choucroute, dazu einen Riesling und als Dessert wie immer die Profiteroles mit Crème Anglaise. Geht das d'accord?« Er schaute sie an und deutete ihr Kopfnicken als Übereinstimmungsvermerk. Nachdem diese wichtige Angelegenheit erledigt war, erkundigte er sich nach Marie-Céciles Mann: »Wie geht es eigentlich Basile, hat er sich soweit erholt?«

»Morgen will er wieder einfahren«, winkte sie ab. »Jetzt hustet er nicht nur, nun zieht er auch noch sein gequetschtes Bein hinterher.«

Basile war, wie die meisten Männer aus Grossebouche, als Bergmann im lothringischen Merlebach tätig. Doch in Wahrheit fuhr er nicht mehr ein, wie das seine Frau immer noch aus alter Gewohnheit behauptete, längst war er zum Lagerverwalter aufgestiegen. Auch wenn er nun keine Kohlen mehr förderte, so förderte er das gesellschaftliche Miteinander in ungleich höherem Maß.

»Ich brauche unbedingt einen neuen Rost für meinen Ofen. Achtundzwanzig mal vierundvierzig«, schrieb Michel Riotte die Zahlen auf einen Zettel und steckte ihn in den Korb. »Ich würde ihn dann am Sonntag gleich mitnehmen. Vielleicht kann Basile bis dorthin etwas organisieren.«

Wenn auf der Grenze vom »Organisieren« die Rede war, dann handelte es sich um eine absolut gebräuchliche Form des Handels. In diesem Zusammenhang kam den Gruben in Lothringen wie im Saarland eine ganz besondere Bedeutung zu. Sie versorgten nicht nur ihre Bergwerke mit Ersatzteilen und Ausrüstungsgegenständen aller Art, sie waren auch für das gesamte Land ein unerschöpflicher Quell nachwachsender Werkstoffe. Diese Art der Beschaffungsorganisation hatte eine lange Tradition und konnte sich bis in die jüngste Vergangenheit als blühender Wirtschaftszweig behaupten.

»Soll ich wieder ein paar Graubrote und einige Ringel Lyoner mitbringen?«, lag ein erstes Tauschangebot auf dem Tisch. »Oder lieber ein Fass Bier?«

»Beides! Zabern liefert im Augenblick das Bier nur nach Frankreich«, kam eine Erklärung für die Bierknappheit, »und für eine Scheibe Graubrot mit Saarbrücker Lyoner würde ich mein letztes Hemd hergeben.«

Das überstieg Michel Riottes Fantasie doch gewaltig. Er hatte einen anderen Vorschlag zu machen:

»Basile soll einfach noch einen Kanister Spiritus und zwei Hände voll Karbid drauflegen, dann sind wir quitt.«

Marie-Cécile strahlte über ihr rundes Gesicht.

Diesen Geschäftsabschluss belohnte der Kommandeur mit einem Griff in die oberste Schreibtischschublade. Er schnitt ein Stück Fleischwurst und eine Ecke dunklen Brotes ab und drückte beides mit einem Kopfnicken in den Korb. Damit war Marie-Cécile für den Rücktransport an die Grenze versorgt. Doch seine Geschäftspartnerin wollte den günstigen Zeitpunkt ebenfalls nicht ungenutzt verstreichen lassen und wärmte ein Dauerthema auf, das seit Wochen in Grossebouche und Kleinmund für große Aufregung sorgte.

»Wir fragen uns, wo Niclas, Joseph und Louis abgeblieben sind. In letzter Zeit laufen nur noch diese Deutschen an der Grenze herum. Und die passen auf wie die Schießhunde. Das geht doch nicht!«, kreuzte sie die Arme auf der Brust und schaute den Verantwortlichen vorwurfsvoll an. »Es wird ja immer schlimmer mit denen. Gestern sind Pierre die Kühe ausgerissen, da hättest du einmal sehen sollen, wie diese Boches sich angestellt haben. Er durfte seine Tiere nicht einmal einfangen. Mit Zuckerrüben und Mais hat er sie schließlich wieder nach Lothringen gelockt. Es fehlt nur noch, dass die Feldhasen kontrolliert werden.«

Der Kommandeur kannte die Problematik nur zu gut.

»Ich habe aus Berlin Order bekommen alle Einheimischen von der Grenze abzuziehen«, erklärte er, weshalb die drei Saarländer von der Grenze verschwunden waren. »Die da oben wollen partout nicht begreifen, dass unsere Grenze nichts mit anderen Landesgrenzen im Reich zu tun hat. Sie bestehen auf den deutschen Grenzbestimmungen. Aber ich habe mir da etwas Raffiniertes einfallen lassen.«

Lösungen suchen gehörte seit Jahrhunderten zum kleinen Einmaleins der Grenzbewohner. Mittlerweile konnte man auf ein enormes Repertoire an Hilfskonstruktionen zurückgreifen.

Michel Riotte winkte Marie-Cécile bei und flüsterte ihr ins Ohr: »Ich lasse sie ab morgen nur noch bis zu den ›Fünf Eichen‹ am Franzosengraben patrouillieren. Dann bleibt für euch ein Korridor bis zum ›Alten Grund‹.«

Marie-Cécile nickte zufrieden. Auf diesen naheliegenden Einfall hätte man zwar früher kommen können, aber sie verbat sich eine Bemerkung.

»Wir haben mit den Unseren ganz ähnliche Probleme«, verriet sie ihrem Gesprächspartner stattdessen mit einem bedeutungsvollen Augenaufschlag. »Die Franzosen haben mir letzte Woche einen merkwürdigen Kontrolleur ins Restaurant gesetzt, so eine typische Kleinkrämerseele. Der spitzelt nun von morgens bis abends herum und achtet en détail darauf, wo die Ware herkommt, wie viel Wein an den verschiedenen Tagen ausgeschenkt wird und ob ich exakt mit den Gästen abrechne. Diese Republik ist die armseligste, die ich je erlebt habe. Sie zieht uns mit ihren überflüssigen Kontrollen den letzten Centime aus der Tasche.«

»Wir leben in einer trostlosen Welt, das stimmt. Die saugen uns aus bis auf den letzten Tropfen«, regte sich der Kommandeur mehr auf, als ihm als deutschem Offizier zustand. Doch er kam schnell wieder auf die lösbaren Aufgaben zurück: »Aber am Sonntag rechnen wir doch ab wie immer oder ...?«

»Glaubst du, dass sich bei mir etwas ändert, nur weil ein Kiebitz herumsitzt?«, zeigte sich Marie-Cécile unbeeindruckt von den teuflischen Machenschaften der derzeitigen Landesherren. »Der Nichtsnutz versteht sowieso kein einziges Wort, wenn wir miteinander reden. Er erfährt nur das, was er erfahren darf. Wir tun im Restaurant alle so, als würden wir ihn kaum verstehen«, lachte sie markerschütternd auf.

»Die denken doch tatsächlich, dass sie mit uns machen können, was sie wollen«, schlug der Kommandant aufgebracht auf den Schreibtisch.

Von einer gewissen Verbesserung der Lebensumstände konnte eigentlich nur dann die Rede sein, wenn das Saarland wieder einmal zu Frankreich gehörte oder Lothringen zu Deutschland. Das Wechseln der Ortsschilder war in solchen Fällen gängige Routine. Über Nacht wurde aus dem neufranzösischen Grossebouche wieder das alte Großmund und viele hatten das Gefühl, als seien die beiden Dörfer um einige hundert Meter zusammengerückt. Doch das war eine optische Täuschung und hatte mit dem Abbau der Schlagbäume zu tun, die bis zum nächsten Gebrauch hinter den Büschen verschwunden waren.

Marie-Cécile erlebte den Ersten Weltkrieg nicht mehr und man konnte davon ausgehen, dass sie das nicht weiter bedauert hätte. Doch sie war es, die dem Restaurant den heutigen Namen gab. Es hatte sich nämlich mit der Zeit eingebürgert, dass – wenn es ins Restaurant nach Grossebouche zum »Tantchen« ging – hieß: »Wir gehen zu Tantine.« Und bei dieser Formulierung war es auch geblieben, als Marie-Cécile längst nicht mehr unter ihren Gästen weilte. Nach ihrem Tod führte ihre Tochter das Restaurant weiter und drei Generationen später hatte nun Florence das Zepter übernommen.

Aus Tantines Zeiten waren am Giebel des alten Hauses noch sieben große Einschusslöcher übrig geblieben, die von Treffern der eigenen Truppen stammten, als diese sich gegen die nachrückenden Deutschen verteidigten. Aber auch die Kriegsgewinner hatten ein Andenken hinterlassen, das heute noch gut sichtbar im Biergarten an die damalige Zeit erinnerte. Es handelte sich um eine übergroße, tonnenschwere Bronzeplatte mit Reichsadler und Truppenabzeichen, die nach dem Siebzigerkrieg von einem preußischen Kürassierregiment an einer alten französischen Kaserne in Forbach befestigt worden war. Auf verschlungenen Wegen hatte sie dann ihren Platz bei »Chez Tantine« gefunden und diente seit dieser Zeit zwischen den alten Kastanien als Tanzfläche an lauen Sommerabenden. Aber bei Gewittern hatte sie sich auch schon des Öfteren als hervorragender Blitzableiter bewährt.

Vom Ersten und Zweiten Weltkrieg waren, außer einem Ehrenmal, keine sichtbaren Andenken in Grossebouche zurückgeblieben. Das Mahnmal, zur Erinnerung an die Befreiung von den Deutschen, stand auf einem aufgeschütteten Hügel und bestand aus einem Fahnenmast mit Trikolore und einem kleinen, französischen Panzer. Dieser Panzer, der alle Vorbeifahrenden auf der schmalen Landstraße von Grossebouche nach Kleinmund in beängstigender Weise grüßte, war mittlerweile aber zu einem Politikum geworden. Denn sein Kanonenrohr wies unglücklicherweise geradewegs in Richtung des deutschen Dorfes. Diese Gefechtsstellung war zwar 1950 ohne Einspruch geblieben, doch vor ein paar Jahren regte sich – infolge der deutschen Friedenspolitik – im Kleinmunder Gemeinderat Unmut über die »bedrohlich wirkende Ausrichtung des Panzers«. Parteiübergreifend wurde der Gemeindevorsteher beauftragt, sich an den Lothringer Präfekten zu wenden, um eine unverzügliche Drehung der Haubitze zu erreichen.

Doch so einfach, wie die Saarländer sich das vorstellten, war das nicht. Denn für die Denkmäler und militärischen Ehrenmäler war Paris zuständig, infolgedessen auch für die Gefechtsstellung des Panzers. Nach einem halben Jahr kam endlich ein Schreiben aus der französischen Hauptstadt, das den Kleinmunder Gemeinderat allerdings aufs Äußerste brüskierte.

Es hieß darin: »Der Bestandsschutz von Ehrenmälern genießt in Frankreich höchste Priorität. Er ist in der nationalen Verfassung verankert und steht über dem individuellen Interesse. Ausländische Staatsbürger haben kein Anrecht auf eine Beschwerdeführung. Aus diesem Grund kann einem Veränderungsersuchen nicht entsprochen werden, der französische Präsident.«

Doch einige Wochen später konnte man eine Veränderung des Ehrenmals feststellen, das den Bestandsschutz in seinen Grundfesten erschütterte: Der Panzer hatte über Nacht die Farbe gewechselt.

Für die einen zeigte sich darin ein Bild des Übermutes, für die andern ein Bild des Grauens. Schmierfinken oder Partisanen hatten dem Ehrenmal so zugesetzt, dass es nun eher an einen Prunkwagen des Kölner Karnevals erinnerte. Das stählerne Kampfgefährt strahlte weit sichtbar in einem Zartrosa vom Hügel. Doch bei näherem Hinsehen konnte man erkennen, dass es nicht bei einer Farbauffrischung geblieben war. Man hatte dem Kanonenrohr obendrein ein riesengroßes Kondom mit der Aufschrift »Pariser« übergezogen und vom Fahnenmast wehte statt der Trikolore ein imposanter, blauweißroter BH.

Das Ehrenmal war nach Auffassung des französischen Generalrates einem üblen Anschlag zum Opfer gefallen. Das sahen die Männer von Grossebouche ebenso, die sich des Morgens am Ortsende versammelt hatten, um sich das Malheur aus nächster Nähe zu betrachten.

»Das waren die da!«, hieß es übereinstimmend und die Augen wiesen Richtung Kleinmund. Während die Hände weiterhin tief in den Hosentaschen stecken blieben, umrundete die Abordnung bedächtig das Ergebnis des nächtlichen Massakers.

»Vielleicht wird das Ding jetzt verschrottet«, äußerte sich einer und inspizierte mit geschultem Blick das übergroße Kondom. »So kann man den jedenfalls nicht stehen lassen.«

»Aber von selbst bewegt sich dieser Koloss keinen Millimeter von der Stelle«, kam eine wenig hilfreiche Bemerkung. »Dem hat man vor Jahren den Motor ausgebaut, ich habe selbst danebengestanden.«

»Dann nimmt ihn eben ein Schwerlastkran an den Haken. Das ist das geringste Problem«, sah man in der friedvollen Antriebslosigkeit des Panzers kein größeres Hindernis. »Zumindest werden wir dann keine Öllache vorfinden.«

»Da wäre ich mir nicht so sicher«, zerrte der Zeitzeuge mitleidlos die Altlasten ans Tageslicht. »Ich erinnere mich noch sehr gut daran, dass die damals vor dem Ausbau alle Ölleitungen durchtrennt haben. Und in so einem Motor sind bekanntlich allerhand Liter drin. Wenn da einer ein Streichholz drunter hält …«, bückte er sich und deutete mit einem vielsagenden Blick auf die Gefahrenzone: »Ich möchte nicht wissen was dann passiert.«

Doch was sollte schon geschehen? Den Kleinmundern war von dieser verdeckten Sabotagemöglichkeit nichts bekannt und den Grossebouchern bereitete das kontaminierte Erdreich kein größeres Kopfzerbrechen. Demzufolge purzelten auch schon bald die genialsten Einfälle über das ehemalige Ehrenmal und die darunter liegende Umweltsünde hinweg.

»Das wäre ein schöner Picknickplatz für zwei, drei Grillstationen und ein paar Bänke«, maß ein kleiner, untersetzter Mann mit großen Schritten – und ebensolcher Begeisterung – die Örtlichkeit ab. »Schaut euch um, hier passt wirklich alles zusammen: Der Platz ist bereits mit rotem Splitt angelegt, die Landstraße liegt nur ein paar Schritte entfernt und…«, wies er mit dem Kinn in die Luft, »keinerlei Verschattung durch hohe Bäume.« Die andern schauten nach oben und bestätigten mit einem Kopfnicken die zutreffenden Beobachtungen. »Und wenn man da, wo der Panzer jetzt steht, einen großen Sandkasten, eine Rutsche und ein Klettergerüst gruppieren würde«, deuteten kraftvolle Kletterbewegungen an, wie man sich das vorzustellen hatte, »dann ist das Idyll für Familien mit Kleinkindern perfekt.« Ein entsprechendes Raunen signalisierte breite Zustimmung.

»Ich könnte mir aber auf diesem Platz auch gut eine Kohlenlore und ein großes Förderrad vorstellen, als Gedenken an den Bergbau in unserer Region. Schließlich haben wir den Gruben eine Menge zu verdanken«, dachte Landwirt Philippe Diss vor allem an Leute wie sich selbst, die sich zu den Nutznießern der Zechen zählen durften. Allein die Holzstreben, die zum Abstützen der Stollen unter Tage gedacht waren, hatten sich in weiten Teilen der Bevölkerung größter Beliebtheit erfreut, ebenso die Betonschwellen, die massiven Schutzgitter, die schweren Gummimatten und vieles andere mehr. Jedes geschulte Auge erkannte sofort, wo das landestypische Baumaterial zum Einsatz gekommen war. Auch auf dem Hof von Philippe Diss.

Dort stammte beispielsweise ein Großteil des Baumaterials für den Scheunenanbau aus Bergwerksbeständen und die verrostete Blechverkleidung des Westgiebels konnte ihre Herkunft ebenso wenig verleugnen. Im Keller sah es bei Diss nicht anders aus. Die massiven Stahlregale, die hier zu Apfelhorden umfunktioniert waren, stammten aus den Grubenmagazinen, und die schwarzen Gummimatten aus den Kohlewäschen sorgten über dem gestampften Erdreich für einen perfekten Bodenbelag. Im Fall Philippe Diss war der Güteraustausch sicherlich sehr üppig ausgefallen. Das lag vor allem an dessen Großcousine, genauer gesagt deren Schwager, der leitender Obersteiger auf der Grube Camphausen im Saarland war.

»Dann könnte auch der Fahnenmast problemlos stehen bleiben«, trug Diss zur Vervollständigung seiner Gestaltungsidee noch ein wesentliches Argument vor und schaute zum BH hoch: »Abgesehen von der Fahne.«

»Oder eine Kombination aus Bergbaudenkmal und Picknickplatz. Das hätte Charme und würde zudem europäische Fördermittel einbringen«, veranschaulichte ein Gemeinderatsmitglied mit entsprechendem Insiderwissen und politischer Weitsicht, weshalb es in diesem wichtigen Gremium saß. »In der nächsten Ratssitzung werde ich die Angelegenheit thematisieren.«

Doch dazu kam es nicht mehr.

Denn Paris reagierte dieses Mal schneller, als auf die damalige Anfrage aus Kleinmund. Bereits am übernächsten Tag verhüllte ein Tarnnetz den entwürdigenden Frevel und kurz darauf sah man auch schon einen Maler ein sattes Grün aufstreichen. Zudem hatte der Präsident dem Ehrenmal – als Schutzschild – einen Antigraffitianstrich spendiert. Doch damit nicht genug. Eine Woche später wurde eine Straßenlaterne samt Solarzelle aufgestellt. Allerdings reichte die Energie in Sommermonaten nur bis in die halbe Nacht, im Winter nicht einmal bis Mitternacht und nach einem Jahr gerade noch für ein bescheidenes Dämmerlicht in den ersten Abendstunden. Dafür hatte sich der Antigraffitianstrich in jeder Hinsicht bewährt.

Doch das Panzerattentat war schon lange kein Gesprächsthema mehr bei »Chez Tantine«. Stattdessen hatte man sich der Toilettenanlage des Restaurants angenommen, die aus Sicht von Florence Rauch längst renoviert sein sollte. Allerdings gab es da ein Problem, und das hieß Marcel. Ihr Mann hatte sich nämlich vorgenommen, die Angelegenheit auszusitzen. Er vertraute jedem an, der es hören wollte: »Mir ist der Abort noch lange gut genug.«

Doch irgendwann begriff er, dass es in diesem besonderen Fall mit einem Aussitzen nicht getan sein würde. Er musste seinen Standpunkt mit sachlichen Argumenten untermauern.

»Die Fliesenmuster und Armaturen ändern sich jedes Jahr«, begründete er das Zögern. »Wer weiß, was im kommenden Jahr modern ist. Deshalb sollte man nichts überstürzen.«

Diese Argumentationskette wäre als Schutzbehauptung möglicherweise durchgegangen, hätte er sie nicht mit einem bekräftigenden: »Mir ist der Abort noch lange gut genug«, im gleichen Atemzug widerrufen. Und so kam es, wie es kommen musste. Während er seelenruhig sein nächstes Bier zapfte und sich eine Zigarette anzündete, kam es in seiner unmittelbaren Nähe zu einer üblen Verpuffung.

»Überstürzen? Ich glaube, ich habe mich verhört«, brach es aus Florence heraus. »Diese sogenannte Toilette hat mein Vater in den Fünfzigern gebaut. In keinem Restaurant der Welt findet man einen solchen Verschlag. Schau ihn dir doch an: Zugang über den Hof, gemeinsamer Vorraum für Männer und Frauen, Stehklosetts und anstatt moderner Pissoirs eine geflieste Wand.«

Florence hatte vergessen zu erwähnen, dass in den Sommermonaten ein beißender Geruch über dem Biergarten hing und des Abends das Überqueren des unbeleuchteten, holprigen Hofes zu einem Abenteuer wurde. Die meisten Männer versagten sich im Winter gar den weiten Weg über das unebene Kopfsteinpflaster und entledigten sich ihres Bedürfnisses an einer der mächtigen Kastanien im Biergarten.

Marcel spürte, dass es mit einer Zigarettenlänge nicht getan sein würde. Er rechnete mit einem halben Päckchen.

»Und du willst tatsächlich behaupten, dass alles in bester Ordnung ist? Dann muss ich mich aber allmählich fragen, ob bei dir noch alles in Ordnung ist«, funkelte ihn seine Frau mit wilden Augen an.

In den Adern von Florence Rauch floss italienisches Blut. Ihr Vater war damals von Sardinien nach Frankreich ausgewandert und hatte in das Restaurant »eingeheiratet«, wie es in Lothringen immer noch hieß. Der italienischen Abstammung verdankte Florence aber nicht nur ihr Temperament, sondern ebenso ihr Aussehen. Auch wenn es an der üppigen Figürlichkeit, die zweifellos den lothringer Vorfahren geschuldet war, nichts zu deuteln gab, verhalfen ihr die südländischen Attribute zu einem rassigen Erscheinungsbild.

Ihrer vierundzwanzigjährigen Tochter Elise war solcherart italienische Zuwendung auf ganzer Linie versagt geblieben. Sie schlug völlig in die andere Richtung und hatte neben dem mütterlichen Körperbau, das Aussehen und die Wesensart des Vaters geerbt. In jeder Hinsicht blieb sie blass und musste zu allem Überfluss noch ohne dichten Oberlippenbart auskommen, der zumindest beim Vater ein wenig vom ausdruckslosen Gesicht ablenken konnte.

In ihren damaligen, romantischen Schwärmereien war Florence die allgemeine Blässe ihres zukünftigen Mannes verborgen geblieben. Das hatte sicherlich auch damit zu tun gehabt, dass Marcel Rauch aus Saarbrücken stammte und den Trumpf der städtischen Herkunft geschickt bei den Dorfmädels auszuspielen wusste. Doch mit derartigen »Mätzchen«, wie Florence' Mutter das nannte, konnte er bestenfalls »junge Dinger vom Land« beeindrucken.

»Das ist eine Saarbrücker Schlaftablette, sonst nichts! Ein gerader Scheitel macht noch lange keinen schnittigen Burschen«, sprach ein großer Erfahrungsschatz aus ihr. »Der scheint mir in Richtung labil zu gehen. Ich kann für dich nur hoffen, dass ich mich in meiner Menschenkenntnis täusche.« Doch leider hatte sie sich nicht getäuscht. Als Florence das jedoch erkannte, war sie bereits verheiratet.

Marcel Rauch gehörte inzwischen zur Ausstattung des Restaurants. Er stand von morgens bis abends hinter der Theke und war für den Ausschank zuständig, während sich seine Frau und seine Tochter um Gäste, Einkauf und Küche kümmerten. Im Grunde genommen war Marcel übergangslos in die Fußstapfen seines Schwiegervaters getreten, als der, ohne die geringste Andeutung zu machen, von der einen auf die andere Sekunde tot beim Bierzapfen zusammengebrochen war. Marcel huschte damals geistesgegenwärtig hinter die Theke, um mit einem beherzten Griff zum Zapfhahn die übelste Sauerei zu vermeiden und sich fortan dort einzurichten.

Der lang herbeigesehnte Wechsel hinter die Theke kam für ihn zur rechten Zeit und bereitete dem lustlosen Herumwerkeln als Fliesenleger ein versöhnliches Ende. Marcel fehlte es an allem. Ganz besonders aber an »Augenmaß und an Begeisterung für das Metier«, wie es sein Chef einst ausgedrückt hatte. Mit dieser Beurteilung stand jener außerdem nicht allein. Im Dorf wusste man längst, dass sich die rührige Florence einen lustlosen Nichtsnutz eingefangen hatte.

»Viele Frauen haben sich schon bei mir beschwert, dass ihre Männer mit nassen Schuhen und versauten Hosenbeinen aus der Toilette kommen«, verlegte sich Florence nun auf die hygienische Beweisführung. »Gestern hat noch Madame Bischoff bitter geklagt.«

»Wenn es nach der ginge, müssten alle Männer beim Pinkeln sitzen und sich danach bis zu den Ellbogen die Hände waschen«, erwiderte Marcel einsilbig.

»Und wer nicht mit der Zeit geht, der geht bekanntlich mit der Zeit!«, zischte ihn Florence an. Diese Drohung schlug Marcel so sehr auf den Magen, dass er sich gleich einen magenfreundlichen Chartreuse genehmigte. Er traute seiner Frau in ihrer Wut alles zu, auch eine fristlose Kündigung.

»Dann hänge ich eben für die Falschpinkler, wie Monsieur Bischoff, ein Pissoir an die Wand«, lenkte er ein und kippte den letzten Schluck die Kehle hinunter: »Und darüber klebe ich ein Schild mit der Aufschrift: Für Spezialisten.«

»Deine Späße werden dir noch vergehen«, fuhr sie ihn an. »Dass wir uns richtig verstehen, entweder machen wir alles oder nichts. Und ich sage dir: wir machen alles!«

Für diesen vernichtenden Bescheid gab es kein passendes, alkoholisches Getränk. Solche Abstürze in die tiefsten Niederungen der Arbeitswelt konnte Marcel nur mit entsprechenden Mengen auffangen.

»Dann überklebe ich eben die Fliesen mit neuen, wenn dir so viel daran liegt«, versprach er kleinlaut. »Das sieht nachher wie neu aus.«

Doch so einfach kam Marcel nicht davon. Denn Florence hatte niemals daran gedacht, die alte Toilettenanlage im Hof zu sanieren. Sie wollte die Toiletten in den Keller des Restaurants verlegen.

»Das hat nur Vorteile«, durfte ihr Mann nun erfahren. »Kein Mensch muss mehr bei Wind und Wetter über den Hof rennen, der Gestank im Sommer ist passé und während der Bauzeit steht das alte WC noch zur Verfügung.«

So plausibel konnten weibliche Argumente sein.

Schattenseiten

»Chez Tantine« lag mitten im Dorf an einem kleinen, karreeförmigen Marktplatz, der ganz im Stil des ausgehenden Klassizismus gestaltet war. Allerdings hatte man seit seiner Entstehung immer einmal wieder kleinere Veränderungen vorgenommen.

Von fragwürdiger, künstlerischer Qualität war beispielsweise das Ehrenmal zum Gedenken der Gefallenen des deutsch-französischen Krieges, das in seiner Monumentalität alles um sich herum erschlug, vor allem den Platz in seiner Kleinteiligkeit. Mitte des neunzehnten Jahrhunderts ruinierte man das historische Karree dann völlig. Mit der Entfernung der bekiesten Freiflächen und der niedrigen Graniteinfassung, zugunsten einer umlaufenden Straßenführung, blieb eine menschenleere Insel zurück, die von Jahr zu Jahr mehr verödete und zum Schandfleck des Ortes wurde.

Dies war dann auch in den Sechzigerjahren das große Thema des Bürgermeisterwahlkampfes. Der amtierende Ortsvorsteher versuchte zwar noch mit vier rasch aufgepinselten Zebrastreifen eine Wiederbelebung des einstigen Dorfmittelpunktes zu erreichen, doch mit ein paar weißen Strichen war es längst nicht mehr getan. Sein Nachfolger zeigte sich da ein gutes Stück innovativer. Arnaud Schott hatte nicht nur eine Umnutzung des alten Marktplatzes angekündigt, er ließ bereits zwei Wochen nach seinem Amtsantritt eine breite Zufahrt errichten und ein großes Schild mit der Aufschrift »Parking« aufstellen. Er hatte begriffen, dass Mobilität dem Zeitgeist entsprach und »Wandel« das Schlagwort der Gegenwart war. So fand auch sein Vorschlag, den »Place de la Paix« in »Place Centrale« umzubenennen, großen Zuspruch.

Er setzte aber auch auf konsequente Dorferneuerung und jene Art von Stadtmöblierung, die von der Industrie angeboten wurde, ob nun in Kunststoff, Strukturbeton oder Waschbeton. Damit verlor Grossebouche zwar einen wesentlichen Teil seiner Unverwechselbarkeit, aber mit einem bemerkenswerten Alleinstellungsmerkmal hob es sich auch wieder aus der Mitte der französischen Kommunen heraus. Es handelte sich dabei um das Thema Verkehrssicherheit, konkret um selbstreflektierende Verkehrsschilder. Damit war erstmalig in der Geschichte der Grande Nation eine französische Kommune der deutschen »Gestaltungsverordnung für innerstädtische Räume« gefolgt.

Im Vorfeld dazu hatte eine Führung im benachbarten Saarbrücken stattgefunden, bei der sich alle Gemeinderatsmitglieder von den unübersehbaren Vorteilen einer solchen Beschilderung überzeugen konnten. Sicherlich war es auch kein Fehler gewesen, dass der Hersteller in ein Restaurant der Spitzenklasse eingeladen hatte und jedem Ratsmitglied eine Kiste besten Weines zukommen ließ.

»Ich freue mich sehr, dass Sie sich für unser Produkt interessieren«, bedankte sich der Bereichsleiter für Südwestdeutschland in seinem Tischwort höflich. »Wir beliefern die ganze Welt mit selbstreflektierenden Schildern. Nur Frankreich bildet immer noch einen dunklen Fleck auf der Landkarte.«

Dass die neue Beschilderung eine heftige Kontroverse mit dem Departement Moselle auslösen würde, war nicht schwer vorauszusehen. Nach Aufstellung der Schilder dauerte es auch nicht lange, bis eine entsprechende Änderungsverfügung mit Abbauanordnung vorlag. Doch der Gemeinderat von Grossebouche war fest entschlossen, der behördlichen Anweisung mit der nötigen Passivität zu begegnen.

»Falls sie auf die Idee kommen sollten, die Schilder abbauen zu lassen, werden sie uns kennenlernen«, schlug Paul Nadin, ein Mann, mit dem keiner im Ort Streit haben wollte, in der Gemeinderatssitzung mit der Faust auf den Tisch. »Ein Leben lang haben sie uns diskriminiert, jetzt ist Schluss damit.«

»So ist es!«, bekräftigte Alice Stumpf als einzige Frau im Rat. Sie erinnerte an eine ähnliche Verfügung aus dem vorletzten Jahr. »Noch haben wir nicht vergessen, dass auch unsere Friedhofssatzung kassiert wurde. Wie hieß es in der Begründung: ›Mit Rücksicht auf die Friedhofsruhe und der Gefahr für Leib und Leben kann der neuen Friedhofssatzung nicht stattgegeben werden.‹ Dabei wäre es gerade für die älteren Bürger bequem gewesen, direkt mit dem Auto vor das Grab zu fahren. Nun haben wir die geteerten Wege und keiner hat etwas davon.«

»Das war reine Schikane«, rollte François Lapoutroie, der unweit des Rathauses ein Friseurgeschäft betrieb, die alte Geschichte neu auf. »Auf dem Père-Lachaise in Paris gibt es ebenfalls asphaltierte Straßen, die quer über den Friedhof führen. Dort ist die Hölle los, kann ich euch sagen«, berichtete er von einer seiner letzten Reisen. »Vor dem Grab von Jim Morrison kampierte eine Horde junger Leute. Da wurde getanzt und gejohlt, als befände man sich auf einem Doors-Konzert. Und bei Heinrich Heine fand eine Dichterlesung statt, bei Molière spielte eine Theatergruppe und bei der Callas wurde laut gesungen. Was vor anderen Gräbern geschah, möchte ich gar nicht erst beschreiben«, zeigte er ein zutiefst angewidertes Gesicht und strich sich eine blonde Strähne aus der Stirn. »Jedenfalls ging es auf dem Friedhof lauter zu als auf den Champs-Élysées.«

Dieser unfassbare Reisebericht sorgte im Gemeinderat für vorübergehende Sprachlosigkeit. Keiner wollte sich solche Szenen auf dem Friedhof von Grossebouche ausmalen.

»Gott sei Dank liegen bei uns nur Normalsterbliche«, fasste endlich einer den Mut, mit einem gedämpften, pietätvollen Zwischenruf, die Tatsachen ins rechte Licht zu rücken. »Auf unserem Friedhof geht es doch lediglich etwas lauter zu, wenn der Bläserchor aufkreuzt.«

»Der Père-Lachaise sollte auch nur ein Beispiel für die unterschiedlichen Bewertungskriterien unserer Behörden sein. Ich hätte ebenso den Cimetière-Montparnasse, den Cimetière-Montmartre oder auch das Panthéon nennen können«, verteidigte der Reiseberichterstatter mit einem gereizten Zucken um die Mundwinkel seine Weltgewandtheit. Doch er räumte ein: »Andererseits dürfen wir uns sicherlich nicht mit Metropolen wie Paris, Rom oder Madrid vergleichen. Von Istanbul und Kairo will ich gar nicht reden. Außerdem alles wunderschöne Städte mit einem bezaubernden Flair, ich könnte euch erzählen ...«, schwelgte François Lapoutroie in seinen schönsten Erinnerungen, bis ihn ein schweres Aufstoßen von Paul Nadin in die Niederungen der Gemeindepolitik zurückholte. »Aber es geht hier ums Prinzip. Ein Friedhof bleibt ein Friedhof, egal wo er sich auch befindet.«

»Genau!«, stimmte Landwirt Severin Weber zu, der im Gegensatz zu seinem Vorredner nur zweimal in seinem Leben verreist war.

In seiner Jugend hatte er einmal eine Tagestour nach Paris unternommen und später eine Reise nach Köln. Der blaue Eiffelturm, den er in einem Andenkengeschäft erstanden hatte, stand heute noch als Trophäe auf einer Kommode neben dem Kölner Dom. Der stammte von seiner Hochzeitsreise an den Rhein, die genau genommen eher eine Wallfahrt war. Damals hatten er und seine Frau Germaine beschlossen, statt nach Venedig lieber mit dem katholischen Frauenbund an den Rhein zu fahren. Die dreitägige Pilgerreise, die über Speyer, Worms, Mainz und Limburg bis nach Köln ging, war für beide in jeder Hinsicht einmalig. Sie hatte so tiefe Eindrücke bei den Eheleuten hinterlassen, dass sie sich hoch und heilig geschworen hatten, die Reise an ihrem zehnten Hochzeitstag zu wiederholen. Doch der zehnte Hochzeitstag hatte sich mittlerweile zum dritten Mal gejährt, ohne dass sie den Rhein auch nur ein zweites Mal gesehen hätten. Trotzdem hielten sie an ihrem Gelöbnis fest. Vor Jahren war es ihnen sogar einmal gelungen, bis in den Pfälzer Wald vorzustoßen. Doch dann hatte Severin, wie Germaine das beschrieb, »die Courage verlassen nach Deutschland weiterzufahren«. Dennoch waren die Erinnerungen an Köln und den Rhein bei Severin Weber so frisch wie am ersten Tag.

»Ich erinnere mich noch sehr gut an den Hauptfriedhof von Köln«, wollte er deshalb auch seine eigenen Reiseerfahrungen einbringen. »Dort war es damals bereits älteren Bürgern gestattet, mit dem Auto ans Grab zu fahren. Pfiffig die Kölner, schon damals«, lobte er. »Deshalb kann mir doch keiner erzählen, dass von ein paar Fahrzeugen eine Gefahr für Leib und Leben ausgeht. Die Verkehrstoten liegen auf einem Friedhof bekanntlich unter der Erde.«

»Schaut sie euch nur an, die Herren Politiker«, mischte sich wieder Paul Nadin mit hochrotem Kopf ein. »An den Schlüsselstellen der Macht sitzen ausnahmslos Pariser, Pariser und Pariser. Lothringer Fehlanzeige. Und im Departement findet man nur noch Weichgespülte. Die Ausgrenzung hat Methode. Deshalb lehnen sie unsere Leuchtturmprojekte, wie selbstreflektierende Schilder und Vorzeigefriedhöfe, ab«, schlug er erneut auf den Tisch und schob ein Argument nach, dem sich keiner entziehen konnte: »Selbst mit Beschleunigungsspuren, Pannenbuchten und Leitplanken hätten sie uns die Friedhofssatzung nicht genehmigt.«

»Es ist sicherlich an der Zeit, auf unsere Verdrossenheit hinzuweisen«, suchte der Oppositionsführer nach besonneneren Worten. Für ihn und seine Fraktion war die Situation nicht ganz einfach. Schließlich saßen im Departement die eigenen Parteifreunde am Ruder. »Wir sollten sachlich bleiben und gemeinsam ein Bündnis der Vernunft schmieden«, versuchte er deshalb die Diskussion zu entschärfen. »Die Störfelder könnte man, mit aller gebotenen Umsicht, in einem kleinen Zweipunktekatalog zusammenfassen und um wohlwollende Überprüfung bitten.«

Doch mit dieser butterweichen Wortmeldung schien er das Thema völlig verfehlt zu haben.

»Vergiss es!«, kam die Absage eines Grünen. »Wir werden lebende Schutzschilde bilden. Bis zum letzten Stoppschild werden wir kämpfen.«

»Einer für alle, alle für einen! Nieder mit den Aggressoren!«, schoss blitzartig eine Faust in die Höhe. Es war die Faust von Prosper Taitinger, dem einzigen Kommunisten im Gemeinderat. Doch so schnell sie oben war, so schnell war sie auch wieder verschwunden.

»Oder wir treten aus dem Departement aus«, dachte ein anderes Gemeinderatsmitglied laut über eine friedliche Lösung nach. »Früher gab es schon einmal reichsfreie Städte.« Damit hatte er ins Schwarze getroffen. Ein heftiges Tischklopfen signalisierte große Zustimmung.

»Das ist kein uninteressanter Einwurf«, bemerkte auch Studienrat Pierre Hermé und gab eine kurze Lehrstunde in Völkerkunde. »Grossebouche nimmt als lothringische Gemeinde im Osten des Departements Moselle eine Riegelstellung zwischen Frankreich und Deutschland ein. Diese vorteilhafte Lage zeichnet sich durch kurze Handelswege in beide Länder aus. Als ein solcher Knotenpunkt war damals schon Straßburg, Colmar oder Mühlhausen bekannt. In der heutigen Zeit wäre die Kleinstaaterei aber eher von wirtschaftlichem Nachteil. Ich erinnere nur an die hohen Kommunalzuwendungen, die wir jedes Jahr aus dem Departement erhalten. Ohne die Gelder aus Metz könnten wir unseren Gemeindeaufgaben überhaupt nicht nachkommen. Anders wäre es, wenn wir auf einem unermesslich reichen Ölvorkommen sitzen würden.«

Doch das wäre bekannt gewesen. Von einem Emirat Grossebouche hatte jedenfalls noch keiner gehört. Die nachdenkliche Stille nutzte Bürgermeister Schott dann auch, um die Phantomdiskussion zu beenden.

»Wir werden in der Sache überhaupt nichts tun«, sprach er ein Machtwort. »Wenn das Departement die Schilder abbauen will, dann soll es das tun. Doch von unserer Seite wird kein einziges Verkehrsschild mehr aufgestellt werden, das ist so sicher wie das Amen in der Kirche.«

Das musste zu den Deputierten nach Metz durchgedrungen sein, denn man hörte nichts mehr in der Sache. Vermutlich konnte die Staatsgewalt mit einem reflektierenden Alleinstellungsmerkmal besser leben als mit einem schilderlosen.

Bürgermeister Arnaud Schott blieb, trotz der spürbaren Ablehnung durch die Deputierten, rührig und brachte von einer Urlaubsreise in den Süden eine aufregende Idee mit. Ihm war aufgefallen, dass in vielen Orten der Provence die Marktplätze mit Schatten spendenden Bäumen umgeben waren. Dieses charakteristische Merkmal südfranzösischer Städte wollte er in seiner Gemeinde ebenfalls umsetzen.

»Ihr wisst doch wie das ist, wenn man unter dichten Bäumen seinen Aperitif zu sich nimmt und ein Duft von Lavendel in der Luft liegt«, führte er langsam sein Wasserglas an den Mund, wischte sich den nicht vorhandenen Schweiß von der Stirn und atmete tief durch.

Im Gemeindesaal herrschte absolute Stille. Jedes Ratsmitglied konnte sich in seinen Bürgermeister hineinversetzen. Richtiger gesagt: fast jedes. Denn für Prosper Taitinger gehörte ein entrückter Lebensstil zu den bürgerlichsten Auswüchsen überhaupt. Als Kommunist lehnte er alle Unterarten der Bourgeoisie ab, was nicht heißen wollte, dass er einen Aperitif verschmähte. Er trank ihn nur nicht im Sitzen, sondern ausschließlich im Stehen. Warum er das tat, hatte er nie verraten. Seine Kollegen nahmen an, dass man stehend besser für eine Revolution gerüstet war als sitzend.

»Und dann weht ein leichter, schwülwarmer Sommerwind durch die Blätter und über deinen erhitzten Körper«, führte der Bürgermeister mit geschlossenen Augen fächelnde Handbewegungen aus. Er atmete tief ein, dann bedächtig aus und öffnete langsam die Augen: »Das ist das Lebensgefühl, das ich mir auch hier, in unserem schönen Grossebouche, an den heißen Mittagen wünsche.«

Wer wünschte sich das – außer Prosper Taitinger – nicht? Auch wenn von lothringischer Gluthitze in der Mittagssonne noch niemand gehört hatte, fand sein Vorschlag im Gemeinderat die erhoffte Zustimmung.

Noch heute hing im Gemeindesaal ein großes Foto, das den Bürgermeister beim Pflanzen des ersten Baumes zeigte. Inzwischen waren die sechsunddreißig Kastanien in den Himmel gewachsen und beherbergten eine Reihe lärmender Spatzenkolonien. Das Wurzelwerk hatte die umlaufende Betoneinfassung des Platzes angehoben und dem Straßenasphalt einen Faltenwurf verpasst, der manchem Motorradfahrer ein gehöriges Fahrgeschick abverlangte.

Für die Nachfolger Schotts war das Prinzip aktiver Politik längst Programm. So kam es in den neunziger Jahren zur Ausschmückung des Platzes mit pinkfarbenen Parkbänken und gleichfarbigen Laternen, die ganz im Stil des Rokoko gestaltet waren. Damit verfehlte man zwar die Epoche des Klassizismus um hundert Jahre, aber mit solchen historischen »Petitessen« hielt sich in Grossebouche keine Menschenseele auf.

Der derzeitige Bürgermeister, Claude Fontaine, wusste zwar, dass auf dem Platz nichts zueinander passte und die Autos nicht dorthin gehörten, aber ihm war ebenso bewusst, dass der Parkplatz nicht mehr wegzudiskutieren war. Morgens wurde er in der Mehrzahl von Frauen frequentiert, nachmittags von Senioren und in der Mittagszeit und des Abends von Gästen des Restaurants. Auch die mächtigen Bäume kamen ihrer vorbestimmten Aufgabe im Sommer nach. Doch es gab Fahrzeughalter, die von den Begleitumständen der Schattenspender nicht uneingeschränkt überzeugt waren.

»Was sagen Sie hierzu?«, knallte ein aufgebrachter Mann mit modischer Lederjacke und Seidenschal eine Handvoll Kastanien auf die Theke. »Diese Geschosse haben mir zwei Dellen ins Dach geschlagen. Der Wagen ist zerstört! Ich fahre doch nicht von Saarbrücken nach Grossebouche, um mir einen Totalschaden einzuhandeln.«

Marcel schaute sich die Kastanien an, dann den Geschädigten, zuckte mit den Schultern und zapfte sein nächstes Bier.

»Was soll denn das heißen? Da draußen ist die Hölle los und Sie spielen hier den Unbeteiligten. Das ist ein Schaden, der wahrscheinlich in die Zigtausende geht«, nahm der Deutsche die Kastanien wieder in die Hand, um sie mit einem energischen: »Also, was geschieht jetzt?«, seinem Gegenüber unter die Nase zu halten.

Da sich Marcel nach wie vor teilnahmslos zeigte, führte der Geschädigte das auf die fehlende Verständigung zurück.

»Verstehen Sie mich überhaupt, sprechen Sie Deutsch?«, kam eine Nachfrage und dann der Schadenshergang in reinem Hochdeutsch: »Hier gespeist, dann zu Auto, Katastrophe, jetzt hier und fragen: wer verantwortlich?«

Doch der Angesprochene zeigte keine Reaktion. Auch nicht nach der dritten, besonders pointiert vorgetragenen, Wiederholung. Selbst das international geläufige »Do you speek English?« wurde ignoriert. Es hatte fast den Anschein, als verschlösse sich der Wirt einem Kontaktaustausch aus prinzipiellen Gründen. All diese kräftezehrenden Kommunikationsversuche nagten am strapazierten Nervenkostüm des Gastes und brachten wieder ein Stück Gereiztheit in die einseitig geführte Konversation.

»Hallo, verstehen mich? Auto stehen auf Parkplatz. Compris?«, deuteten zwei gepflegte Hände in besagte Richtung: »Dort draußen.«

Und tatsächlich, Marcel schaute kurz auf. Das war der herbeigesehnte Moment, um den Sachverhalt mit einem dreimaligen Händeklatschen auf den Punkt zu bringen: »Dann: peng, peng, peng Kastanien!«

Doch der Erfolg wollte sich einfach nicht einstellen, Marcel hatte sich längst wieder umgedreht, um ein paar Gläser aus dem Schrank zu nehmen.

Da ein typischer Deutscher nicht so schnell aufgibt, wenn es um sein gutes Recht geht, setzte der ergraute Endfünfziger instinktiv auf zwei deutsche Grundtugenden: auf Beharrlichkeit und Unnachgiebigkeit. Zudem versuchte er mit ein paar bescheidenen Französischkenntnissen weiterzukommen.

»Pardon Monsieur, j'ai un problème…«, begann er flüssig. Doch nach den paar Worten war das Vokabular auch schon erschöpft.

Mittlerweile war die blutjunge Begleiterin des Mannes hinzugekommen. Ihr war jene Form der Erregtheit fremd. »Lass es gut sein, die Dellen kann man sicherlich auffüttern«, näselte sie gelangweilt und strich sich den Lidschatten nach.

Dass dies eine vollkommen falsche Bemerkung war, hätte ihr die Ehefrau des Geschädigten sagen können, ebenso, dass man in Konfliktsituationen generell auf gute Ratschläge verzichtete.

»Hier handelt es sich nicht um Brüste«, wurde sie ungalant abgekanzelt. »Ein teurer Wagen verliert, im Unterschied zu einer Frau, beim Auffüttern an Wert.«

Allem Anschein nach war sie an einem vertiefenden Dialog nicht interessiert, denn sie richtete demonstrativ, mit ein paar geübten Handgriffen, ihr viel zu enges Oberteil akkurat in Nord-Südrichtung aus.

»Ich bewege mich keinen Millimeter von der Stelle«, kam eine unmissverständliche Standortbestimmung, die auch für seine Partnerin galt. »Wir verlassen das Restaurant erst, wenn die Angelegenheit geklärt ist.« Und eine entsprechende Durchhalteparole wurde auch nachgeschoben: »Natürliche Autorität löst Respekt aus! Das ist überall auf der Welt so.«

Exakt wegen dieser reaktionären Lebenseinstellung hatte die junge Dame frühzeitig ihr Elternhaus verlassen und sich zu väterlichen Lebensabschnittsgefährten mit generösem Lebensstil hingezogen gefühlt.

»Dieses vorsintflutliche Verhalten ist doch aus der Mottenkiste. Ich denke fast mein Vater steht neben mir«, rollte sie die Augen. Sie wusste aus Erfahrung, dass eine solch vernichtende Aburteilung eine kombinierte Rechtfertigungsentschuldigung mit Präsentversprechen nach sich zog. Doch ihr Tadel, der normalerweise mit sündhaft teuren Preziosen belohnt worden wäre, blieb unerwidert. Wie konnte sie auch ahnen, dass das Fehlverhalten ihres derzeitigen Partners angeboren war? Experten sprachen von Teflonverhalten. Dieses Verhaltensmuster, so hatten amerikanische Wissenschaftler in aufwendigen Kohortenstudien nachgewiesen, tritt bei einzelnen Männern in Krisensituationen auf.

»Drittrangige Geschehensabläufe«, so hieß es da schwarz auf weiß, »perlen an Männern in Krisensituationen ab. Dieses Teflonverhalten schützte schon den Steinzeitmann in Gefahrensituationen. Jener Schutzmechanismus ist in den Genen des Mannes angelegt und heute noch nachweisbar.«

»Wo ist überhaupt diese Bedienung abgeblieben?«, regte sich ihr Freund erneut auf. »Sie hat uns doch so gut verstanden, als wir bestellten. Aber das ist wieder typisch«, nahm er in seiner Verärgerung die Kastanien wie Wurfgeschosse in die Hand, »wenn es ein Problem gibt, sind die Franzosen wie vom Erdboden verschwunden.«

Doch das Schicksal hatte ein Einsehen.

»Da ist sie ja!«, zeigte er erleichtert auf Florence, die mit zwei Schüsseln in der Hand aus der Küche gerannt kam. Mit wenigen Sprüngen war er auch schon an ihrer Seite, streckte ihr die Kastanien hin und fasste in ein paar Sätzen die ganze Problematik zusammen.

»Ich möchte das als Beschwerde verstanden wissen und verlange von Ihnen ein schriftliches Schuldeingeständnis«, betonte er und zeigte Richtung Theke: »Meine Freundin ist Zeugin.«

Florence blieb kurz stehen: »Am besten wenden Sie sich in Ihrem Fall an unseren Bürgermeister, der sitzt dort hinten. Warten Sie an der Theke, ich schicke ihn gleich zu Ihnen.«

Doch um den kompletten Klagevorwurf kam sie nicht herum.

»Ich möchte wissen, wie Sie sich das vorstellen? Mein Auto ist total demoliert. Sie können mir doch nicht erzählen, dass das noch niemals vorgekommen ist. Ich nenne das vorsätzlich, geradezu vorsätzlich. Sie locken mich hier in Ihr Lokal und währenddessen werden draußen mutwillig Sachwerte zerstört …«

»Warten Sie an der Theke, ich kümmere mich darum«, rettete Florence ein beherzter Sprint quer durch das Restaurant vor weiteren Vorwürfen.

»Wieder einer dieser Zeugentypen«, wurde Claude Fontaine mit ein paar kurzen Worten ins Bild gesetzt. »Er hat hier wunderbar mit seiner jungen Begleitung gespeist und nun will er sich beschweren. Das scheint bei den Deutschen zur Verdauung zu gehören.«

Der Bürgermeister spielte in solchen Fällen auf Zeit. Seiner Erfahrung nach löste sich ein kleines, alltägliches Problem binnen einer halben Stunde in Luft auf und ein größeres nach einer Stunde. Doch er musste nach seinem Boeuf Stroganow einsehen, dass es auch Ausnahmen gab. Und eine solche stand in aller Unerschütterlichkeit an der Theke.

»Das ist einer aus der Kategorie Rechthaber«, dachte er bei sich. »Was hätten wir uns ersparen können, wenn er zwei, drei Pastisse aufs Haus getrunken hätte und mit seiner jungen Freundin abgerauscht wäre.« Claude Fontaine entschied sich, vor seinem Dessert eine kurze, ambulante Bürgersprechstunde abzuhalten.

»Das ist gewissermaßen höhere Gewalt, Monsieur«, kam er mit seinem Rotweinglas in der Hand an die Theke. Er hatte sich vorgenommen, jegliche Diskussion zu vermeiden und nur unverfängliche Binsenwahrheiten von sich zu geben. »Ein Kastanienbaum wirft zwangsläufig im Herbst seine Früchte ab. Das ist ein Naturgesetz. Ebenso wie Spatzen, die etwas fallen lassen können. Die Natur fordert auch hier ihren Tribut. Mit solchen Dingen muss man rechnen. C'est la vie«, klopfte er auf die Theke, um die Beendigung der Sprechstunde anzuzeigen. Doch so leicht kam er nicht davon.

»Moment! Es geht hier nicht um Vogeldreck, sondern um massive Wurfgeschosse, die friedlich parkende Autos zerstören«, dienten die Kastanien wieder einmal als unwiderlegbare Beweisstücke. »Und diese Dame hier ist Augenzeugin. Wir sind weder verwandt noch verschwägert.«

»Enchanté, Mademoiselle«, sah sich Claude Fontaine vom Anblick der vollbusigen Schönheit in eine andere Welt versetzt. Er zog augenblicklich seinen Bauch ein, setzte sein sympathischstes Lächeln auf und versprühte einen Charme wie in seinen besten Tagen. »Très gentille, Mademoiselle, vraiment! Darf ich Sie zu einem Apéritif einladen?«

Doch er hatte die Rechnung ohne den Kläger gemacht: »Nein, nein, um sie geht es nicht. Ich will von Ihnen nur wissen, wer mir den Schaden erstattet. Schauen Sie sich doch einmal die Beulen an.«

»Das brauche ich nicht Monsieur, ich habe genug Fantasie«, kam mit einem breiten Lächeln eine doppeldeutige Antwort. »Es gibt eben Dinge im Leben, die auf den ersten Blick wunderschön erscheinen und auf den zweiten und dritten noch schöner werden«, warf er der Angebeteten vielsagende Blicke zu. »Und daneben gibt es schattige Parkplätze, die bei oberflächlicher Betrachtung verführerisch sind, sich dann aber als bittere Enttäuschung herausstellen.«

Doch an solchen Sinnbildern war der Geschädigte nicht interessiert.

»Dann muss die Gemeinde ein Schild aufstellen, um auf die Gefahr hinzuweisen«, kam ein administrativer Einwand.

»Und weitere Schilder, die vor Spatzendreck warnen, vor Boule spielenden, alten Männern und womöglich vor solchen Schönheiten, wie hier eine steht«, verbeugte sich der Bürgermeister formgewandt. Doch er hatte auch einen ernsthaften Vorschlag zu machen: »Ich würde empfehlen, dass Sie Ihren Wagen unter eine deutsche Kastanie stellen und dort Ihre Ansprüche geltend machen. Das ist wahrscheinlich der einfachste Weg, um die Angelegenheit reibungslos zu regeln.«

»Am Friedhofsvorplatz von Kleinmund stehen einige große Kastanien«, hatte nun auch Marcel seine Sprache wiedergefunden. »Die würden sich hervorragend als Sündenböcke eignen.«

»Das stimmt. Man wird einer Delle ja kaum ansehen, ob sie von einer deutschen oder einer französischen Kastanie stammt«, war damit für Claude Fontaine die Angelegenheit endgültig erledigt. Mit einem letzten, charmanten Kompliment in die eine Richtung und einem kurzen, »Mein Dessert wartet«, in die andere verabschiedete er sich.

»Wie …?«, schaute der Deutsche fassungslos dem Bürgermeister hinterher. »Ich soll einen Betrug begehen und straffällig werden, nur weil hier keiner ein gesundes Rechtsempfinden hat? Und Sie«, nahm er sich nun Marcel vor. »Sie sprechen fließend Deutsch und lassen mich die ganze Zeit wie ein Idiot dastehen? Wissen Sie überhaupt, wen Sie vor sich haben? Ich habe Kontakte in alle Ebenen. Ein Anruf von mir genügt, dann ist hier etwas los.«

Doch für Marcel war es ohne Belang, wen er vor sich hatte. Und einer bösartigen Drohung setzte er schon immer einen gelangweilten Gesichtsausdruck entgegen.

»Ihr Verhalten ist ungeheuerlich, ja impertinent!«, kamen die Kastanien nun zu ihrem letzten Einsatz. Sie sprangen wie Tennisbälle um die Theke und hätten bei einem dramatischen Theaterstück vortrefflich die letzte, schicksalsschwere Auseinandersetzung einleiten können. »Dieses Restaurant werden wir nie mehr betreten, das schwöre ich Ihnen: Nie mehr!«, drehte sich der Deutsche auf dem Absatz um und schob seine Freundin vor sich her. »Sie werden von meinen Anwälten hören.«

Doch man hörte nichts mehr.

Auch der Schwur hielt nicht, was er versprach, denn die junge Dame sah man noch des Öfteren bei »Chez Tantine«, wenn auch in Begleitung anderer Männer.

Prinzipien

»Einen Tisch für sechs Personen!«

Man konnte den Wanderern ansehen, dass sie nicht zu der Sorte Gäste gehörten, die sich mit langen Begrüßungsfloskeln aufhielten.

»Da oder dort?«, fuchtelte eine der vier Mittsiebzigerinnen mit ihrem Wanderstock in der Luft herum, ohne dabei zu bemerken, dass sie einer ihrer Wanderfreundinnen beinahe ein Auge ausgestochen hätte.

Eigentlich öffnete »Chez Tantine« erst um zwölf Uhr. Halb zwölf war die Zeit der Mitarbeiter. Demzufolge saßen Marcel und Florence Rauch mit ihrer Tochter Elise und einigen Mitarbeitern um einen großen Tisch herum und ließen es sich schmecken. Diese Sitte galt in ganz Frankreich. Auch abends. Da speisten die Köche und das Servicepersonal um halb sieben, während die Gäste ab neunzehn Uhr bedient wurden. Für einen Franzosen war dieser Brauch so »obligatoire« wie der Aperitif vor dem Menü. Nur den Deutschen konnte man das nicht beibringen. Sie standen immer zu früh im Lokal und wunderten sich, wenn man sich nicht um sie kümmerte. Egal ob das nun an der Côte d' Azur, in der Bretagne oder in Lothringen war.

»Nein, nein, dort am Fenster«, steuerte eine der Damen resolut auf einen der Tische zu.

»Wo Sie möchten«, stand Elise vom Mittagstisch auf.

»Nicht der!«, kam jedoch ein schroffer Einwand. »In spätestens einer halben Stunde sitzen wir dann in der Sonne und werden geschmort wie die Grillhähnchen. Gerade du Margot, wo du doch so gern schwitzt.«

»Wieso sollte ich ›gern‹ schwitzen? Ich schwitze nicht mehr oder weniger wie du auch«, wehrte sich die Gekränkte und warf entrüstet den Kopf ins Genick. »Mir ist es doch egal, wo wir sitzen.«

Egal war indessen keiner der Damen etwas.

»Die Hauptsache ein gemütlicher Tisch, nicht wahr«, versuchte einer der beiden Herren einzulenken und zeigte auf einen Tisch. Die Männer waren unverkennbar der Geleitschutz der vier Damen. Sie hielten sich im Hintergrund und mischten sich offenbar nur dann ein, wenn atmosphärische Störungen drohten. Doch an den Gesichtern der vier Frauen konnte man ablesen, dass jener Tisch auf keinen Fall in Betracht kam.

»Oder vielleicht dieser hier«, versuchte der zweite Herr sein Glück und wies auf einen Tisch mit Eckbank.

»Der ist leider reserviert, Monsieur«, deutete Elise Rauch auf das kleine Schild hin, das auf dem Tisch stand. »Aber alle übrigen sind frei.«

»Verzeihung, das Schild habe ich übersehen«, kam eine freundliche Erwiderung. »Dann nehmen wir eben den Nachbartisch.«

Doch so einfach war das nicht.

»Dieser Tisch hätte mir jetzt gefallen«, nörgelte es hinter einem Seidenschal hervor. »Der ist so gemütlich wie kein anderer. Schon als wir hereinkamen, dachte ich bei mir: Das ist unser Tisch. Kann man da vielleicht etwas machen?«

Elise schüttelte den Kopf.

»Es ist doch egal, welchen Tisch Sie reservieren«, mischte sich nun aber Margot mit fester Stimme ein und besetzte mit ihrem Rucksack schon einmal einen Stuhl. »Herbert, du sitzt doch bei euch zu Hause immer auf der Eckbank. Dann kannst du gleich nach hinten durchrücken.«

»Es tut mir wirklich leid, Madame. Ich kann Ihnen den Tisch nicht geben, die Gäste haben ausdrücklich diesen Eckbanktisch bestellt«, bot Elise statt dessen einen anderen an.

»Ich bitte Sie! Da stehen zwar sechs Stühle dran, aber der ist doch viel zu klein für sechs Personen«, kam ein gnadenloser Augenaufschlag. »Also in Deutschland ist man in solchen Dingen flexibler«, wurde nun eine Behauptung aufgestellt, die noch zu beweisen gewesen wäre.

»Es ist so wie meine Tochter sagt, der Eckbanktisch ist reserviert«, war unterdessen Florence hinzugekommen. Sie wusste wie man mit unentschlossenen Gästen umzugehen hatte. »Wenn wir nicht weiterkommen, würfeln wir eben«, lachte sie freundlich und schlug einen Tisch vor, der noch nicht abgelehnt worden war. »Der ist ebenso schön und bereits eingedeckt.«

»Und er steht nah genug am Zapfhahn«, ergänzte einer der Herren unbekümmert und setzte sich schon einmal hin. Doch für diese vorlaute Bemerkung wurde er von seiner Frau mit einem unbarmherzigen »Herbert!« abgestraft.

»Übereilte Entscheidungen sind nie die besten«, flüsterte es wieder aus dem Seidenschal. »Aber wenn wir schon hier sitzen müssen, dann lassen wir es uns wenigstens gut gehen.«

Doch soweit war man noch lange nicht. Zunächst wurden den Männern ihre Stühle angewiesen und dann brauchte es eine gewisse Zeit, bis die Frauen ihre Sitzpositionen gefunden hatten. Aber irgendwie wollte sich keine Behaglichkeit einstellen.

»Das war ein Fehler. Ich hätte mich besser in die Nähe der Heizung setzen sollen«, schaute eine der Frauen gequält zu ihrem Mann hinüber. »Was meinst du Fred?«

Fred war einerlei wo er saß, er wollte nur möglichst schnell zu seinem ersten Bier kommen. »Dann tauschen wir eben«, stand er bereitwillig auf, auch wenn er wusste, dass die Heizung überhaupt nicht lief. Doch er hatte in langen Ehejahren gelernt, dass die Macht der Illusion Wunder bewirken konnte.

»Du hast recht«, stimmte ihre Freundin Lena zu, »die Männer haben einmal wieder die besten Plätze und wir müssen hier im Zugigen sitzen.« Und mit einem durchdringenden »Herbert!« war der zweite Tausch ebenfalls vollzogen.

»Seid froh, dass ihr noch eure Männer habt«, drang ein tiefer Seufzer aus dem Schal. »In solchen Augenblicken sieht man, wie wichtig so ein Mann sein kann.«

»Na ja«, verdrehte ihre Freundin Margot die Augen und atmete hörbar schwer durch. Sie hatte immer schon ihren Mann gestanden, auch als der noch lebte. »Dann setzen wir beide uns eben auch nach unten, das ist doch überhaupt kein Problem«, gab sie den Männern ein Zeichen, ans obere Ende des Tisches zu rücken: »Euch zwei ist ja sowieso egal, wo ihr sitzt.«

Man konnte die Situation nicht schönreden. Mit der Platzsuche war ein dunkler Schatten auf den Ausflug gefallen.

»Es ist hier eben alles anders als bei uns« blätterte eine der Damen mit herunterhängenden Mundwinkeln durch die Speisekarte. »Ich sage immer: In der Fremde spürt man erst, wie schön die Heimat ist.«

»Das ist wahr«, kam eine entsprechende Zustimmung. »Herbert und ich waren vor ein paar Jahren in der Normandie. Da gab es überhaupt keine Kuchengabeln. Wir mussten den Kuchen mit einem Kaffeelöffel essen, stellt euch das einmal vor«, zitterte heute noch ihre Stimme. »Und den Cidre haben sie uns nicht in Gläsern serviert, sondern in bunten Schüsseln.«

»Die Schüsseln heißen Bol«, warf ihr Mann beiläufig ein. »Das ist dort so Brauch.«

»Entsetzlich«, näselte es gedämpft über den Seidenschal. »Und wenn man dann noch in einem fremden Land ist und sich nicht helfen kann. Fürchterlich! Was habt ihr aber auch durchgemacht.«

»So ähnlich ist es uns beiden in Bayern ergangen, erinnerst du dich noch Fred?«, gab es eine weitere Anekdote zu erzählen.

»Ja, Helga«, kam eine leidenschaftslose Bestätigung.

»Du weißt doch gar nichts mehr!«, sprach sie ihm allerdings jegliche Erinnerung an das verhängnisvolle Missgeschick ab. »Der vergisst alles«, erfuhren ihre Freundinnen von Freds Aussetzern. »Wenn ich ihn jetzt fragen würde, was ich gemeint habe, käme heiße Luft.«

»Du meinst die Sache mit den Pflanzerln«, strafte Fred seine Frau aber Lügen. »Wir dachten, es sei ein Gemüse und haben sie zum Sauerbraten dazu bestellt. Dann kamen allerdings Frikadellen und wir haben nicht schlecht gestaunt. Aber die Geschichte kennt ihr doch schon alle.«

»Schlimm, schlimm, schlimm!«, hörte man wieder eine leise Klage. »Warum kann denn nicht alles so sein wie bei uns. Muss denn jeder etwas Neues erfinden?«

»Gemütlichkeit kann man zumindest nicht neu erfinden, sie ist und bleibt eine deutsche Wesensart wie Wehmut oder Sehnsucht«, konnte Margot ihre Freundin jedoch beruhigen. »Schaut euch nur um: Hier sitzen die Gäste aufeinander wie die Ölsardinen. Wie soll denn da Gemütlichkeit aufkommen?«

Die sechs Wanderfreunde kamen aus Hassloch in der Pfalz und waren aus ihrem Gasthaus »Zur Linde« anderes gewohnt. Dort standen die Tische entweder in Nischen oder waren durch halbhohe Holzelemente, die mit Kunstefeu geschmückt waren, voneinander getrennt. Nur beim Gang auf die Toilette bemerkte man, dass noch andere Gäste im Restaurant waren.

»In der Linde kann man sich hinsetzen, wohin man will, man sitzt immer am besten Tisch«, brachte es Helga dann auch auf den Punkt. »Das Aufeinanderhocken mit wildfremden Menschen mögen Fred und ich gar nicht. Deshalb nehmen wir auch auf den Wurstmarkt nach Bad Dürkheim immer belegte Brote mit und essen sie mittags im Auto. Wir sind überhaupt keine Party-Typen, aber überhaupt keine«, betonte sie.

»In der »Linde« sind die Tische auch immer so liebevoll geschmückt«, erinnerte Lena mit einem tiefen Seufzer an Zuhause. »Allein die Mitteldeckchen mit den wunderschönen Trockenblumengestecken und reizenden Gewürzkörbchen machen einen Tisch schon gemütlich.«

»Und vergiss die Kerzen nicht«, wurde eingeworfen, »jede Woche eine andere Farbe. Die lassen sich wirklich etwas einfallen.«

»Und in der Weihnachtszeit gibt es ausnahmslos rote Kerzen. Auf diese naheliegende Idee muss man erst einmal kommen«, strahlte ihre Vorrednerin über das ganze Gesicht, um dann die Mundwinkel fallen zu lassen: »Und hier sitzt man an sterilen, weißen Papiertischdecken. Ungemütlicher geht es doch nicht mehr.«

All diese freudlosen Begleitumstände drückten auf die Gemütslage der Pfälzer. Für sie war es unvorstellbar, dass ein Franzose beim Essen Nähe suchte und sich mit Papiertischdecken zufrieden gab. Wie konnten sie auch ahnen, dass im Nachbarland gern mit den Händen gegessen wurde und Wohlbefinden vor allem beim gemeinsamen Essen und Trinken aufkam?

»Der Speisekarte fehlt übrigens jede Übersichtlichkeit«, wurde ein weiteres Manko aufgedeckt. »Was soll man mit so vielen verschiedenen Gerichten anfangen?«

Die »Linde« lockte ihre Gäste mit Jägerschnitzel, Ungarischem Gulasch, Falschem Hasen und Saumagen. Da war man im Handumdrehen mit der Bestellung durch. Bei »Chez Tantine« gehörte die Menüauswahl hingegen schon zum Essensritual. Dort bestimmte man in aller Ruhe beim Aperitif die Speisefolge. Und die Auswahl an Leckerbissen stellte selbst manchen Einheimischen vor ein Problem: Schweinemedaillons in Calvadossauce, Boeuf Bourguignon, Filet Mignon mit Morcheln, Zander in der

Salzkruste, Wachtelpastete im Maismantel und nicht zuletzt die beliebten Froschschenkel provençale.

»Was sollen wir denn nun essen?«, kam auch erwartungsgemäß die Frage aller Fragen.

»Ein Menü ist mir zu viel, ich brauche keine Vorspeise«, hatte eine der Damen zumindest schon einmal eine grobe Vorstellung von der Speisefolge: »Mir genügt eigentlich eine Kleinigkeit.«

»Ein schönes Dutzend Schnecken würden wir beide vorher aber schon gern essen«, machte sich Fred zum Sprecher der Minderheit. Er wusste aus langjähriger Erfahrung, dass man klar und deutlich seine Wünsche äußern musste, wenn sie in Erfüllung gehen sollten. Aber er hatte auch gelernt, dass vor einer Bewilligung oftmals eine fürsorgliche Ermahnung stand.

»Die Kräuterbutter ist doch reines Gift für deinen Cholesterinspiegel«, ließ der prompte Reflex seiner Frau auch nicht lange auf sich warten. Doch statt der üblichen Floskel: »Mach doch was du willst, schließlich bist du alt genug«, kam dieses Mal eine kulinarische Belehrung. »Nimm lieber den Rohkostteller. Der ist gesund und die Salate haben eine Menge Vitamine«, stellte seine Frau Helga einen regelrechten Diätplan auf. »Danach kannst du wegen mir einen Fisch mit ein paar Salzkartoffeln essen und dazu eine große Flasche Wasser trinken. Die entschlackt. Und dir Herbert würde das ebenfalls nicht schaden«, bekam auch der Mann ihrer Freundin einen ungefragten Ratschlag erteilt.

Doch vom Entschlacken hielten die beiden Männer überhaupt nichts, wie man ihren Gesichtern ansehen konnte. Umso mehr erwärmten sich die Damen für den Menü – Vorschlag ihrer Freundin.

»Ich lege ja zweimal die Woche einen Diättag ein«, berichtete eine der vier von ihren Abspeckversuchen. »Und ich kann euch sagen: Danach fühle ich mich jedes Mal wie neu geboren.«

»Reine Kopfsache. Man darf sich einfach nicht verführen lassen«, hatte eine andere den gewöhnlichen Fastenkuren abgeschworen. »Ich habe vor Jahren diese Stopp-Diät gemacht«, berichtete sie. »Da muss man vor jedem Essen demonstrativ die Hand ausstrecken, Stopp rufen und ein großes Glas Wasser schluckweise trinken«, schauspielerte sie. Und sie wusste auch, wie man dem Heißhunger generell ein Schnippchen schlagen konnte: »Wenn dein Körper spürt, dass du ihm mental überlegen bist, hast du gewonnen.«

Während drei interessierte Augenpaare wie gebannt an ihren Lippen hingen, waren zwei weitere mit dem Zapfhahn beschäftigt.

»Ich könnte mir gut vorstellen, dass wir heute Verzicht üben«, faltete sie die Hände in missionarischem Eifer, schaute willensstark gegen die Decke und erwartete breite Zustimmung. Doch so weit wollte es dann doch keine kommen lassen.

»Haben Sie gewählt?«, stand Elise wie vom Himmel geschickt mit ihrem Block am Tisch.

»Ich glaube, wir nehmen alle als Vorspeise den Rohkostteller. So einfach ist das bei uns Frauen«, war die »Stopp-Diät« ebenso vergessen wir die mentale Überlegenheit. »Nur bei mir keinen grünen Paprika, dafür möchte ich den Gurken- und Tomatensalat stark gepfeffert«, begann die Erste.

»Du mit deinem vielen Pfeffer«, winkte ihre Tischnachbarin ab und diktierte in den Block: »Ich möchte überhaupt keinen Pfeffer und keine Zwiebeln. Die Salate könnten Sie mir mit Joghurt anmachen. Und achten Sie darauf, dass es Naturjoghurt ist.«

»Ich nehme den Teller, wie er ist«, schien endlich eine der Damen keine Zusatzwünsche zu haben. »Lediglich den Selleriesalat können Sie sich sparen. Und falls Sie ein paar Kapern greifbar haben, würde ich nicht Nein sagen.«

»Bei mir alles getrennt. Ich bereite mir die Salate selbst zu«, hatte sich Margot für die reinen Zutaten entschieden. Ihr vermeintliches Entgegenkommen wollte sie aber auch angemessen gewürdigt wissen. »Wenn Sie nur solche Gäste hätten wie mich, wäre Ihre Küche vermutlich arbeitslos.«

Elise überhörte die Zwischenbemerkung und wandte sich den beiden Männern zu: »Und die Herren?«

»Wir beide nehmen jeweils ein Dutzend Schnecken und dann das Filet Mignon«, gab Fred, solange die Frauen mit sich selbst beschäftigt waren, die komplette Bestellung auf. Doch als die Vorspeisen serviert wurden, flog die Verschleierungstaktik auf.

»Jetzt haben die sich doch tatsächlich zwei Dutzend Schnecken bestellt«, kam ein strenger Tadel. »Als hätte es ein Dutzend nicht auch getan. Eure Gesundheit scheint euch so egal zu sein wie unsere tägliche Sorge um euch.«

Doch die Frauen sorgten sich nicht nur um ihre eigenen Männer, sondern generell um jeden Mann auf diesem Erdball. In dieser Fürsorge war ihnen allerdings entgangen, dass sie allesamt den gleichen Rohkostteller serviert bekamen.

»Der Franzose ernährt sich in der Regel sehr ungesund«, schaute Helga noch einmal zu ihrem Mann hinüber, der gerade die restliche Kräuterbutter voller Wohlgenuss mit einem Stück Brot aufsaugte. »Die tierischen Fette sind es, die dem Mann so zusetzen. Und wenn er doch einmal einen Salat isst, dann höchstens als Beilage zu einem Hauptgang. Schaut sie euch nur an.«

Fred und Herbert waren es gewohnt, vorwurfsvolle Blicke auf sich zu ziehen und als abschreckende Beispiele zu dienen.

»In Frankreich wird bei weitem nicht so viel Wert auf eine ausgewogene Ernährung gelegt wie bei uns«, zitierte Herberts Frau Lena aus einer Frauenzeitschrift. »Ich habe gelesen, dass es in erster Linie schmecken muss. Eine Diät, die nicht schmeckt, lehnt der Franzose kategorisch ab. Anders verhält es sich mit Vitaminsäften. Da trinkt er sieben Liter mehr im Jahr als wir. Aber er mischt dem Saft in der Regel ein alkoholisches Getränk bei.«.

»Gott bewahre, was ist das für eine Welt«, lamentierte es leise vom Ende des Tisches. »Bei uns zu Hause gab es so etwas nicht.«

»Aber man muss gar nicht weit gehen. Die Saarländer kommen im Deutschlandvergleich auch nicht gut weg«, nannte Lena nun ein paar Fakten, die noch vor Kurzem am Stammtisch bei »Chez Tantine« für eine vergnügliche Gesprächsrunde gesorgt hatten. »Die Saarländer leben mit Abstand am Ungesundesten. Man hat festgestellt, dass sie die gleiche Menge Bier trinken wie ein Bayer, aber gleichzeitig ebensoviel Wein wie ein Franzose.«

»Wo die Saarländer nur die Zeit dafür hernehmen«, amüsierten sich die Herren, »das kann nur funktionieren, wenn man auch in der Freizeit weitertrinkt.«

Doch für derartige Scherze war Margot nicht aufgelegt.

»Hört mir auf mit den Saarländern!«, brauste sie auf. »Mit diesem Menschenschlag möchte ich mein Leben lang nichts mehr zu tun haben.« Sie hatte als junge Frau eine schmerzhafte Erfahrung mit einem Saarländer gemacht, in den sie sich Hals über Kopf verliebt hatte.

»Ich erinnere mich noch zu gut an den schönen Berthold mit seinen stahlblauen Augen und dem pechschwarzen Haar«, vertraute sie ihren Freundinnen ihr gut gehütetes Geheimnis an. »Er kam aus Höchen, einem kleinen saarländischen Ort, direkt an der Grenze zur Pfalz. Da durfte man annehmen, dass er anders war als die übrigen Saarländer. Und so hat er sich auch anfangs gegeben. Sogar meine Eltern haben gesagt: ›Kind, den kannst du nehmen, der hat nichts von einem Saarfranzosen an sich.‹ Als es aber ans Heiraten ging, war er vom einen auf den anderen Tag wie vom Erdboden verschwunden. Ich habe nie mehr etwas von ihm gehört. Aber wenn er mir nochmals in diesem Leben über die Füße laufen sollte, würde ich ihm die Rechnung präsentieren«, tippte sie mit dem Finger auf den Tisch. »Ich dumme Gans habe doch damals von meinem Ersparten die Hälfte zu seinem Motorroller beigesteuert.«

»Die Saarländer waren schon immer Schmarotzer«, stimmte Lena zu. »Von den Franzosen haben sie die Lebensart übernommen und die Deutschen durften die Zeche zahlen. Und zum Dank machen sie ihre Witze über uns Pfälzer.«

»Genau so sind sie«, bestätigte Margot. »Der Honecker war ja auch einer von denen. Ich habe gehört, dass sie ihm nach der Wende sogar Asyl gewähren wollten.«

»Ekelhaft, der war doch strenggläubiger Vollkommunist«, hörte man ein leises Gemurmel vom Tischende. »Wahrscheinlich wollten sie diesen Oberkommunisten aufpäppeln und zum Ministerpräsidenten machen. Mich würde nicht wundern, wenn Karl Marx und Rosa Luxemburg ebenfalls aus dem Saarland kämen.«

»Möglicherweise auch Fidel Castro und Che Guevara«, mischte sich Fred mit einer äußerst waghalsigen Pointe in die Unterhaltung der Frauen ein. Die Wortmeldung wäre vielleicht untergegangen, hätte Herbert nicht lauthals aufgelacht.

»Ich glaube dein Fred hat an den Hüften zugelegt«, wurde die Kühnheit aber sogleich von Lena bestraft. »Um die Knöpfe herum spannt es zumindest.«

Während die Kritik an Fred abperlte, ging sie seiner Frau unter die Haut.

»Nein, nein, das liegt nur am Hemd«, verteidigte sie ihren Mann und holte zu einem Vergeltungsschlag aus. »Aber dein Herbert hat im Gesicht zugelegt.«

Damit hatte Helga eine Behauptung aufgestellt, die nicht so einfach durch ein Wäschestück zu entkräften war. Doch bevor Lena ihrem Mann beispringen konnte, mischte sich Margot ein.

»Eigentlich sind beide recht unförmig geworden«, beleidigte sie ihre Freundinnen mehr als deren Männer. »Mein Max war ja bis zuletzt schlank wie eine Gerte, der hatte kein Gramm Fett zu viel. Aber er war auch zeitlebens ein sportlicher Typ gewesen.«

Nun brach eine Eiszeit aus, die allein durch das Klappern der Bestecke unterbrochen wurde. Doch das Schweigegelübde hielt nicht lange an. Mit dem letzten Schluck Wein kehrte auch die pfälzische Lebensfreude zurück und man war sich einig, dass das nicht der letzte Ausflug nach Grossebouche gewesen sein sollte.

»Die französische Lebensart hat etwas. Wir Deutsche sind einfach zu unflexibel«, beschrieb Margot den Gefühlsumschwung dann auch zutreffend. Doch die Umsetzung in die Praxis war nicht so einfach wie gedacht.

»Getrennt oder zusammen?«, fragte Elise nach.

»Getrennt«, kam eine rasche Antwort, »aber die Schnäpse gehen auf meinen Mann und mich.«

»Nein, nein, die gehen auf mich«, wollte sich Margot nicht fügen. »Seit jeher übernehme ich die Obstler. Schließlich fahre ich immer bei einem von euch mit.«

»Fred, nun sag doch auch etwas!«, herrschte Helga ihren Mann an, antwortete aber selbst: »Dann geht eben der Wein auf uns. Schließlich haben wir unseren vierzigsten Hochzeitstag begossen.«

»Der Wein ist meine Sache, das habe ich schon vor dem Essen gesagt. Auch wenn ich eine kleine Rente habe, die Ehre müsst ihr mir lassen«, kämpfte sich eine leiderfüllte Stimme vom Tischende durch die Angebotsaufrufe.

»Soll ich später wiederkommen?«, wollte Elise wissen. Doch die Frage blieb unbeantwortet, dafür rief Fred ein neues Angebot auf: »Dann übernehmen wir den Kaffee.«

»Der geht aufs Haus«, machte ihm Elise aber einen dicken Strich durch die Rechnung. Mit dieser französischen Dienstleistungs-Offensive hatte er nicht rechnen können.

»Wir teilen einfach alles unter uns auf und fertig«, hatte Margot eine Lösung gefunden. »Wenn wir nämlich noch lange hier herumdiskutieren, bricht die Nacht herein.« Doch diesem Vorschlag wollte sich nicht jede anschließen.

»Aber ich habe doch gesagt, dass ich den Wein übernehme. Peter hätte das so gewollt«, schnäuzte es am Tischende in ein viel zu kleines Taschentuch. »Was hat er gespart, der Gute, immer nur gespart. Er hat nichts an sich gehängt, keine Urlaubsreise, keinen Restaurantbesuch, kein Nichts. Lediglich die Pfeifensammlung und seine Modelleisenbahn hat er sich gegönnt«, seufzte es laut auf. »Und als er seinen ›Schweizer Glacierexpress‹ in Händen halten konnte, war er so aus dem Häuschen wie ein kleiner Junge an Weihnachten. Drei Stunden habe ich ihn nicht stören dürfen... oder waren es gar vier?«, stockte sie kurz, fuhr dann aber unbeirrt fort: »Er war wirklich genügsam, mein Peter. Selbst mit dem Rauchen hat er für seine Hobbys aufgehört.«

»Er hat das Rauchen aufgegeben, weil ihm sein Arzt das verordnet hat«, ließ Margot keine Lüge länger als zwei Sekunden im Raum stehen. »Und mit dem Glacierexpress fährt ein normaler Mann mit seiner Frau durch die Alpen. Wenn du ehrlich bist, hat dein Peter immer nur an sich selbst gedacht. Was hat er dir denn zum fünfundzwanzigsten Hochzeitstag geschenkt? Ein Stellwerk und die Rheinbrücke bei Boppard. Ich erinnere mich noch gut daran, dass du damals sehr enttäuscht warst. Du hattest sogar mit dem Gedanken gespielt, die Brücke als Bücherbord zu nutzen.«

Mittlerweile war der Seidenschal wieder in Position gerückt und man konnte erahnen, was dahinter vor sich ging. Doch für falsche Sentimentalitäten hatte Margot kein Verständnis.

»Glaube mir, dein Peter war kein Heiliger«, gab sie ihrer Freundin eine kleine Orientierungshilfe. »Du musst endlich aufwachen und deinen eigenen Weg gehen, sonst verwelkst du, bevor du gelebt hast.«

Am Tisch breitete sich verlegenes Schweigen aus und die ein oder andere rechnete mit einem Nervenzusammenbruch, wenn nicht Schlimmerem. Doch zu aller Überraschung kam ein zögerndes: »Ein Heiliger war er nicht, das stimmt.« Und nach zwei tiefen Seufzern und einem bedeutungsvollen Aufatmen wurde ein unüberhörbares, »eines ist sicher, verwelken will ich auf keinen Fall«, nachgeschoben.

»Das ist schon einmal ein guter Ansatz«, lobte Margot und gab einen weiteren Ratschlag. »Als mein Max damals gestorben ist, habe ich alle seine Sportgeräte hergegeben. Was sollte ich damit? Und dir würde ich raten, diese langweilige Modelleisenbahn endlich zu verkaufen. Sie blockiert doch einen großen, hellen Raum, den du wunderbar nutzen könntest.«

Dieser Vorschlag erweckte nicht nur lang erloschene Begierden, er entfesselte auch den weiblichen Gestaltungstrieb in ihrer Freundin: »Da wäre bequem Platz für ein Solarium mit einer behaglichen Ruhezone«, stimmte sie zu. Die Schwermut schien mit einem Mal der reinen Lebenslust gewichen: »Eine kleine Wohlfühloase mit ein paar Bananenstauden würde sich sicherlich nicht schlecht machen.«

»Absolut deiner Meinung«, nutzte Margot die überraschende Stimmungsaufhellung. »Und der Abstellraum, mit den ganzen Eisenbahn-Kisten, wäre dann ebenfalls frei. Da könnte ich mir gut eine Sauna vorstellen.«

Alle nickten ihrer Freundin aufmunternd zu.

»Wenn ihr meint, dass sich etwas bei mir ändern muss, dann versilbere ich diese unnütze Modelleisenbahn. Und die Pfeifensammlung gebe ich in gute Hände an den Nichtraucherclub nach Alzey.«

Damit war die Abrechnung perfekt.

Elsass-Lothringen

»Hätten wir die Toiletten im Keller, gäbe es keine Karawanen über den Hof. Schau dich doch nur einmal um, wie es hier wieder aussieht«, deutete Florence verärgert auf den mit Laubresten und Erde verschmutzten Fußboden. »Ich rate dir bis Ende März fertig zu sein, sonst geschieht etwas.«

Marcel werkelte schon ein halbes Jahr ohne erkennbaren Baufortschritt im Keller herum. Es sah so aus, als wollte er das Großprojekt seiner Frau durch Untätigkeit hintertreiben.

»Falls du bis dahin nicht fertig bist, suche ich mir eine Firma«, fügte sie einen Hinweis hinzu, den Marcel sich bereits am Silvesterabend hatte anhören müssen. Damals als Vorsatz fürs neue Jahr, allerdings mit der Ergänzung: »Dann kannst du dir aber gleich eine neue Beschäftigung suchen, denn zum Gespött der Leute mache ich mich ganz gewiss nicht.«

Mittlerweile war es Februar. Im Keller lagen zwar Kupferleitungen und Sanitärteile herum, doch außer einigen Bleistiftstrichen an den Wänden war nicht viel zu sehen, was auf rege Bautätigkeit hingewiesen hätte. Zur Rechtfertigung hatte Marcel vor einigen Wochen etwas von einer »Blockade« gefaselt, dafür aber nur Hohn und Spott geerntet.

»Das hättest du wohl gern: eine ›krankhafte Motivationsstörung‹. Hach, dass ich nicht lache«, simulierte Florence einen Lachkrampf. »Ich verrate dir etwas: Du bist arbeitsscheu, aber am ganzen Körper. Das ist deine wahre Blockade!«

Für Florence waren die Monate von November bis März die arbeitsintensivsten. In den Wintermonaten wurden jede Woche ein paar Schweinehälften zu Wurst verarbeitet, um das beliebte elsässische Traditionsgericht »Choucroute« in allen nur erdenklichen Variationen frisch anbieten zu können. Die Schlachtplatte mit Sauerkraut erfreute sich nicht nur im Elsass größter Beliebtheit, auch in Lothringen gehörte sie dazu wie der Baeckeofe oder die Quiche Lorraine.

Jedes Wochenende standen etliche Busse aus den benachbarten Regionen vor dem Restaurant und der öffentliche Parkplatz war nicht selten bis zum letzten Platz belegt. Schon die Restaurantgründerin Marie-Cécile wusste vor über hundertfünfzig Jahren: »Ein deftiges Choucroute mit einem schönen Riesling vertreibt die Winterdepression.« Und so schien es auch heute noch zu sein, wenn man dem Geräuschpegel glauben durfte. Nicht selten konnte man über die Ausgelassenheit der Gäste auch etwas über die Unterschiedlichkeiten der einzelnen Regionen erfahren.

So sorgte beispielsweise das Thema Autofahren immer wieder für lebhaften Gesprächsaustausch zwischen Elsässern und Lothringern. Die Elsässer galten nämlich in ganz Frankreich als die schlechtesten Autofahrer, obwohl es keine offiziellen Belege dafür gab. Ihnen wurde nachgesagt, dass sie wie Weinbergschnecken über die Straßen schlichen und das Autofahren nicht erfunden hätten. Manche böse Zungen behaupteten sogar, dass sie »von Kopf bis Fuß fahruntüchtig« seien.

Eine Doktorandin aus Straßburg wollte in ihrer Dissertation »Die elsässischen Wesensmerkmale und deren Ironisierung« herausgefunden haben, dass die Elsässer bedächtiger und gelassener seien als andere Landesgruppen, dafür aber auch eigenwilliger. Diese »verfängliche Mischung« habe dazu geführt, dass sie verspottet und parodiert würden. Daraus hätten sich über die Zeit »adaptierte Wahrheiten« ergeben, die allerdings wissenschaftlich nicht belegt seien. So könne beispielsweise weder die Deutschfreundlichkeit noch die Fahrschwäche der Elsässer als bewiesen gelten. Ungeachtete dessen seien »diese Eigenschaftsmerkmale aber in den Köpfen manifestiert«. Hinsichtlich der »elsässischen Fahrschwäche« hatte die angehende Wissenschaftlerin überdies herausgefunden, dass jene von den Lothringern zu Beginn der Grubenschließungen in die Welt gesetzt worden war, um »vom eigenen Versagen« abzulenken. Im Laufe der Jahre wäre dann die »gefälschte Wahrheit zur faktischen Realität« geworden und sei ungeprüft von der französischen Allgemeinheit übernommen worden.

Elsass und Lothringen waren seit jeher unterschiedliche Verwaltungsregionen gewesen, nicht vergleichbar mit Bundesländern wie beispielsweise Baden-Württemberg, wie das manche Deutsche immer noch glaubten. In Frankreich wusste man hingegen sehr wohl zwischen den beiden Regionen zu unterscheiden. Nur in einem Punkt gab es eine Übereinstimmung: Kein »richtiger« Franzose wäre jemals auf den Gedanken gekommen, freiwillig in den Osten zu ziehen. Wenn ein Franzose ins Elsass oder nach Lothringen versetzt wurde, dann konnte man ohne Übertreibung von einer Strafversetzung ausgehen.

In Südfrankreich kursierte heute noch das hartnäckige Gerücht vom frostigen Osten mit immerwährend niedrigen Temperaturen, grauem Himmel und übel gelaunten Menschen. Und dieses Klischee wurde jeden Sommer durch die Urlauber aus dem Osten bekräftigt, die sich in »frostigem« Französisch über die fürchterliche Hitze beschwerten. Aber auch von außen betrachtet, registrierte man die Unterschiede.

So hieß es: Der Südfranzose schlendert braun gebrannt und ausgelassen von Bistro zu Bistro und genießt jede Minute. Der Pariser flaniert chic gekleidet und herablassend durch die Boutiquen und sonnt sich im Schein seiner eigenen Bedeutsamkeit. Und der Lothringer sitzt mit ausgebeulten Hosen auf einem Klappstuhl neben seinem Wagen und macht Picknick. Doch abends, so behauptete man weiter, würde die Unterschiedlichkeit zwischen den einzelnen Volksgruppen noch deutlicher werden. Da schlürfe der Südfranzose mit dem Pariser am Jachthafen fangfrische Austern und stoße mit einem Glas Champagner auf das Leben an, während der Lothringer in der Abendsonne mit der ganzen Familie nach Strandgut suche.

Die Elsässer, die nicht mit den Lothringern in einen Topf geworfen werden wollten, wiesen immer wieder auf ihre Eigenständigkeit hin. Auch wenn sie nicht im Sinn des Wortes eigenständig waren, nahmen sie dennoch eine Sonderstellung in Frankreich ein. Schon früh hatten sie dem Nationalrat auf die Finger geklopft, als der aus dem Land am Rhein eine weitere französische Provinz machen wollte. Ihre sprichwörtliche Sturheit, das historisch gewachsene Selbstbewusstsein und ein infernalisches »Alsace libre!« waren ihre Waffen gewesen, die ihren Landsleuten einen gehörigen Respekt eingeflößt hatten.

Anfang des neunzehnten Jahrhunderts erschreckten die Elsässer die Grande Nation dann erneut. Dieses Mal mit ernsthaften Separationsbestrebungen. Nur mit großen Zugeständnissen vermochte Paris das Land im Osten bei der Stange zu halten. So behielt das Elsass als einzige Region die alte Staatsordnung bei, während die Trennung von Kirche und Staat überall in der Republik vollzogen wurde. Selbst in der Neuzeit gelang es den Elsässern, ihre Kulturhoheit zurückzugewinnen. Ein einmaliger Vorgang in Frankreich, der den elsässischen »Hans im Schnakenloch« nicht gerade bescheidener machte. Und so erklang nicht selten in fröhlicher Runde die elsässische Nationalhymne: »Der Hans im Schnakenloch hat alles was er will, und was er hat, das will er nicht und was er will, das hat er nicht, der Hans im Schnakenloch hat alles was er will.«

»Bekommen wir noch zwei Flaschen Wein oder müssen wir weitersingen?«, versuchte man Marcel nicht selten einzuschüchtern und begann auch schon mit der zweiten Strophe; »Der Hans im Schnakenloch sagt alles was er will, und was er sagt, das denkt er nicht und was er denkt, das sagt er nicht, der Hans im Schnakenloch sagt alles was er will.«

Doch Marcel konnte man weder einschüchtern noch beeindrucken. Einen wie ihn brachte kaum etwas aus der Ruhe. Als Saarländer stand er in der Tradition der Dickfelligkeit und Bequemlichkeit. Da perlte alles ab was nicht hängen blieb und was hängen blieb, wurde kurzerhand abgeschüttelt. Schon seine Vorfahren hatten das »Hurra! Hurra!« aus Kaiserzeiten ebenso ignoriert, wie das »Allez! Allez!« der Franzosen. Und in der heutigen Zeit war es nicht anders. Kaum einen Saarbrücker Bürger interessierte, dass seine Stadt lange Zeit als »die französischste Stadt Deutschlands« bezeichnet wurde, nur weil sie unsauberer war als andere deutsche Städte. Mittlerweile hatte die Stadt ihr Image zwar aufpoliert und attraktive, städtebauliche Akzente gesetzt, doch ein Umdenken wurde damit nicht erreicht.

Für den Saarländer stand Zweckmäßigkeit seit jeher vor Eleganz. Von dieser anspruchslosen Weltanschauung war Marcel bis in die Haarspitzen geprägt. Allein der Durchsetzungskraft seiner Frau musste er sich manches Mal beugen. Diese Erfahrung hatte damals auch Abbé Silvestre machen müssen, als es um die Aufnahme von drei evangelischen Frauen in den »Marienbund« ging.

»Ich weigere mich Andersgläubige in unseren Marienkreis aufzunehmen«, hatte sich der Abbé im Pfarrgemeinderat ereifert,

»schließlich war es Luther, der die Muttergottes abgeschafft hat. Das kann man doch nicht so einfach als Lappalie abtun.«

Grossebouche war seit jeher katholisch. Deshalb gab es auch nur eine Kirche im Dorf. Die vier evangelischen Familien, die vor vielen Generationen aus der Schweiz eingewandert waren, hatten sich zwar längst ins Dorfleben integriert, doch an jedem Karfreitag traten die konfessionellen Unterschiede erneut zutage. Da sah man, wie sich »die Schweizer« in Feiertagskleidung nach Kleinmund zum Gottesdienst aufmachten, während in Grossebouche normaler Alltag herrschte.

Florence hatte sich damals, als Pfarrgemeinderatsmitglied, für die Aufnahme der drei Frauen eingesetzt und nicht nur, wie gerne behauptet wurde, weil diese mit ihren Familien gute Stammgäste im Restaurant waren.

»Soweit mir bekannt ist, sind Protestanten keine Antichristen, sondern Mitchristen«, erinnerte sie den Abbé an den Hirtenbrief des Bischofs von Metz. »Warum sollten sich die Frauen nicht mit uns um die Mariengrotte kümmern und im Marien-Komitee mitarbeiten? Gerade bei der Ausgestaltung der Maiandachten fehlen uns immer wieder helfende Hände, wie Sie wissen. Es wird die Muttergottes kaum stören, wenn drei evangelische Frauen Marienlieder mitsingen.«

Auch wenn der Pfarrgemeinderat mit großer Mehrheit einer Aufnahme zustimmte, zeigte sich Abbé Silvestre verschnupft und mied, ab dieser unseligen Kontroverse, über drei Jahre das Restaurant. Das war seine Bestrafung für den gotteslästerlichen Ungehorsam und gleichzeitig die Buße für Florence.

Marcel wusste, dass seine Frau in eigener Sache mit noch härteren Bandagen kämpfte. Sie würde in der Toilettenthematik selbst vor einer schriftlichen Kündigung nicht zurückschrecken. Damit befand er sich in einer existenziellen Zwangslage, überhaupt nicht vergleichbar mit den Kinkerlitzchen des Abbé Silvestre. Besonders lästig blieben die ständigen Fragen der Stammgäste zum Stand der Arbeiten, die er auch weiterhin teilnahmslos überhörte. Nur wenn Florence in der Nähe war, gab es eine lapidare Erklärung: »Im Winter bin ich normalerweise fertig.« Zwischenzeitlich hatte er allerdings den zeitlichen Faktor dem Baufortschritt angepasst und antwortete nun: »Bis zum Frühjahr bin ich normalerweise fertig.«

Bei den Grenzbewohnern stand eine Behauptung selten allein. Wenn ein »Normalerweise« im Satz vorkam, bedeutete das nichts Gutes und konnte so viel heißen wie: »Es kann auch ganz anders kommen.« Wurde diese Ergänzung etwa an eine Terminabsprache angehängt, wusste jeder, dass die Verabredung ein sogenannter »offener Termin« war. Ein »Normalerweise« war gewissermaßen eine negative Bestätigung einer verlässlichen Abmachung.

Das Hilfsangebot seines Freundes Sebastian Mathieu aus Kleinmund war schon vor Wochen an der Normalerweise-Klausel gescheitert, ebenso die Zusage seines Nachbarn André Olliger, der letzten Samstag die Elektroleitungen verlegen wollte.

»Wenn ich noch einmal ein ›Normalerweise‹ höre, platzt mir der Kragen«, hatte ihn Florence lautstark gewarnt. »Im Dorf zerreißen sie sich schon die Mäuler.«

Aber neben dem »Normalerweise« konnte auch eine Mittagspause, das Wetter oder einfach nur ein schlecht organisierter Arbeitsablauf für einen schleppenden Baufortschritt sorgen. Ein Beispiel dafür war eine Baustelle auf dem alten Marktplatz. Hier stand schon seit über drei Monaten ein blaues Bauzelt, unter dem sich zwei Gemeindearbeiter häuslich eingerichtet hatten. Sie sollten bereits im Oktober die alte Hauptwasserleitung repariert haben. Doch als die Grube ausgehoben war, erkannte man, dass ein bestimmter Rohrkrümmer mit Absperrventil bestellt werden musste und so behob man den Schaden nur notdürftig. Als das Teil endlich aus Le Havre eingetroffen war, nahte schon der Winter und kurz darauf sorgte der erste Frost an der ungeschützten Leitung für einen erneuten Wasserrohrbruch. Zwei Tage musste »Chez Tantine« ohne Wasser auskommen. Und als die Leitung erneut notdürftig repariert war, geriet eine Frau beim Rückwärtsfahren mit ihrem Kleinwagen in den ungesicherten Graben. Sie steckte so unglücklich fest, dass sie ein Traktor herausziehen musste.

Das hatte ein Nachspiel. Nun wollte Bürgermeister Claude Fontaine von seinen Mitarbeitern wissen, warum die Baugrube nicht verfüllt oder wenigstens geschützt worden war.

»Wir müssen doch noch das neue Teilstück einbauen! Sollen wir etwa verfüllen und dann wieder aufgraben?«, kam eine gereizte Gegenfrage. »Außerdem ist die Grube mit einem unübersehbaren Erdhaufen umgeben«, wurde auf die Absicherung der Baustelle hingewiesen. Aber die Gemeindearbeiter hatten hinsichtlich des Malheurs eine Vermutung, die auf einer schlichten Lebenserfahrung beruhte: »Sie wissen doch wie Frauen fahren.«

Der Bürgermeister ließ die Behauptung unkommentiert. »Wie geht es jetzt weiter?«, wollte er wissen.

»Sie haben das Wetter letzte Woche erlebt«, verzog der Ältere der beiden Gemeindearbeiter die Mundwinkel. »Als wir den neuen Krümmer mit dem Absperrventil einbauen wollten, regnete es von morgens bis abends Hunde und Katzen. Und was dazu kam: Einer von uns beiden war krank«, wies er mit dem Kopf auf seinen Kollegen. »Das war doppeltes Pech, wenn Sie so wollen«, flogen die Arme in die Höhe. Dann setzte er seinen bedeutsamsten Gesichtsausdruck auf und gab eine Einschätzung der Lage ab: »Das mit dem Einbau des Teils dürfen Sie sich nicht so einfach vorstellen. Das ist eine hochkomplizierte Angelegenheit mit vielen Unbekannten«, hob er den Finger und mit ihm die Augenbrauen: »Und wenn das Wetter so instabil bleibt wie derzeit, kann es Frühjahr werden.«

Diese düstere Prognose veranlasste den Bürgermeister, jenes Winterzelt aufstellen zu lassen. Seit dieser Zeit werkelten die beiden Gemeindearbeiter an ihrer Großbaustelle herum und hatten sich über die Monate entsprechend eingerichtet. Neben einer Kochnische und einem behaglichen Essplatz sorgte ein großer Heizlüfter für die richtige Betriebstemperatur und ein Radio für gute Stimmung. Von morgens bis abends drang Tiroler-Stimmungsmusik aus dem Zelt und es duftete den ganzen Tag nach allem Möglichen. Morgens nach Kaffee, mittags nach Steaks und gegen Abend nach Pastis.

»Wieso seid ihr denn immer noch nicht fertig? Das dauert doch nun schon Wochen«, machte sich Claude Fontaine an einem nebligen Morgen erneut ein Bild von der Baustelle. Und seine Stimme vibrierte ein wenig, als er gereizt hinzufügte: »So ein Teil wird doch wohl irgendwann ersetzt sein.«

»Moment, Chef«, kam eine besonnene Handbewegung und ein bedächtiges Kopfschütteln. »Erstens werden wir dauernd an andere Baustellen abgezogen und zweitens ...«, zeigte der Gemeindearbeiter in die Grube: »Zweitens haben wir hier ein nahezu unlösbares Problem. Der Rohrkrümmer aus Le Havre war für die Katz. Die haben das Absperrventil rechts eingebaut, anstatt links, diese Fischköpfe. Das kann natürlich nicht gehen, das sieht doch jedes Kind. Wahrscheinlich haben sie unsere Zeichnung falsch herum gehalten. Anders kann ich mir das überhaupt nicht erklären. Oder können Sie sich da einen Reim drauf machen, Monsieur le Maire?«

Der Bürgermeister stand fassungslos vor der Grube und wäre am liebsten laut schreiend hineingesprungen.

»Nun arbeiten wir an einer Eigenkonstruktion«, zog der Arbeiter kräftig an seiner Zigarette, pustete den Rauch in die Baugrube und schnippte die Kippe hinterher. »Doch Eigenkonstruktionen, das wissen Sie selbst, dauern bekanntlich etwas länger. Dafür halten sie nach meiner Erfahrung aber eine kleine Ewigkeit.«

»Warum habt ihr denn kein Austauschteil bestellt?«, verlor Claude Fontaine vollkommen die Fassung. »Ein Telefonat hätte doch genügt«, schlug er verzweifelt die Hände vors Gesicht und stöhnte laut auf.

»Ein Telefonat? Sie meinen ein Telefonat hätte unser Problem gelöst?«, lachte der Arbeiter kurz auf und winkte ab. »Tut mir leid, Monsieur, wir glauben nicht mehr an den Weihnachtsmann«, schaute er mit vielsagendem Augenaufschlag zu seinem jüngeren Kollegen, der mit heftigem Nicken die Abkehr vom Kinderglauben bekräftigte. »Die Normannen da drüben schuften lange nicht so hart wie wir hier, das weiß jedes Kind. Und wenn sie arbeiten, dann unzuverlässig. Das neue Teil, das schwöre ich auf den Kopf meiner Frau, das wäre im Frühjahr noch nicht hier gewesen.«

In den Augen des Bürgermeisters spiegelte sich pure Verzweiflung wider. Kraftlos presste er eine letzte Frage heraus: »Wann seid ihr definitiv mit eurer Eigenkonstruktion fertig?«

»Das kann Ihnen wirklich keine Menschenseele sagen«, zog sein Gegenüber mürrisch die Schultern hoch. »Vielleicht nächste Woche, vielleicht übernächste Woche oder später. Comme tu veux. Dann darf aber nichts schiefgehen«, betonte er. »Wenn wir zwischenzeitlich wieder abgezogen werden«, presste er die Lippen schicksalsschwer aufeinander, »dann kann ich natürlich für nichts garantieren, für nichts! Sie müssten da einmal ein Machtwort sprechen, Monsieur le Maire. Es kann ja nicht sein, dass jeder hinter Ihrem Rücken macht, was er will.«

Das Zelt stand vier Wochen später immer noch auf dem alten Marktplatz. Im Arbeitsablauf hatte sich nicht viel geändert, außer dass nun auch Kurzbesuche bei »Chez Tantine« zum Leistungsumfang gehörten.

»Wir müssen das Wasser abstellen«, war ein Standardsatz oder auch: »Wir gehen kurz einmal auf die Toilette.« Für ihr zusätzliches Engagement ließen sie sich mit einem Bier oder einem Glas Rotwein entlohnen.

»Warum hat die Gemeinde eigentlich keine Firma beauftragt?«, wollte Florence irgendwann einmal wissen. »Eine Reparatur darf doch nicht so lange dauern. Ich habe da einen guten Betrieb aus dem Elsass an der Hand, der hat uns noch nie im Stich gelassen und ist immer fix.«

»Du glaubst doch nicht im Ernst, dass sich eine gewöhnliche Firma an eine solch diffizile Angelegenheit wagen würde«, kam eine schroffe Belehrung. »Das sind hochkomplizierte Tiefbauarbeiten! So einfach wie sich das eine Frau vorstellt, ist das nicht. Rohrbrüche und Verstopfungen sind unser tägliches Brot. Wir beide erledigen diese Arbeiten seit Jahr und Tag und bisher hat sich noch kein Mensch in unserer Gemeinde darüber beschwert. Da wärst du die erste.«

Für ihre ungeschickt gewählten Worte musste Florence teuer bezahlen. Jeden Morgen, Punkt neun, standen die beiden nun zum »Petit Dejeuner« an der Theke. Von da an hielt sie es mit dem Bürgermeister. Sie ignorierte das Zelt samt Insassen und kümmerte sich fortan nur noch um ihre Gäste. Doch jenen war die Dauerbaustelle auf dem Parkplatz auch nicht entgangen. Und so wurden die Gemeindearbeiter mit dem blauen Zelt zum Blitzableiter für Marcels Toilettenprojekt.

»Vertreiben sich die beiden in ihrem Loch immer noch die Zeit?«, war eine gängige Frage. Und als sich herumsprach, dass der Jüngere der Gemeindearbeiter zum Mittagessen einen Sidi-Brahim trank, wusste man woran es lag.

»Das ist typisch für Südfranzosen«, war endlich ein folgenschwerer Grund für die Bauverzögerung gefunden. »Sein Vater ist aus Marseille und diese Spezialisten trinken da unten nichts anderes als jenen schwarzen Wein. Da wird sich der Sohn die Arbeitsunlust angetrunken haben.«

Ein anderer verzog angewidert das Gesicht. Offensichtlich wusste er, wie dieser algerische Rotwein schmeckte.

»Ich habe in der Militärzeit eine Menge Südfranzosen erlebt, die das Zeug runtergekippt haben wie nichts«, machte er eine entsprechende Handbewegung. »Das sind eben die feinen Unterschiede zu uns hier: Die Südfranzosen halten einen Sidi-Brahim für einen Wein.«

Auch wenn diese Beweisführung nicht alles zurechtrücken konnte, so zumindest die lothringische Weltordnung.

Comte de Condé

Auch wenn Grossebouche kein Kulturdenkmal von Belang hatte, konnte außerhalb des Ortes ein Anwesen auf sich aufmerksam machen, das in der weiteren Umgebung seinesgleichen suchte.

Es handelte sich um ein eindrucksvolles, zweiflügliges Palais aus der Zeit des siebzehnten Jahrhunderts, das inmitten eines gepflegten Parks lag. Ein breiter, mit Platanen umsäumter, Kiesweg führte zu dem Landsitz und mündete am Ende in ein mächtiges Blütenrondell, aus dem eine kunstvoll gestaltete Springbrunnenanlage herausragte. Über eine leicht geschwungene, zweiläufige Treppe gelangte man in ein lichtdurchflutetes Foyer und schließlich in den sogenannten »Blauen Salon«, in dem einst die hochherrschaftlichen Gäste begrüßt wurden. Von hier aus bot sich ein unvergleichlicher Blick in die, mit einem hohen, schmiedeeisernen Zaun umgebene, Parklandschaft.

Gewundene Wege aus gelbem Kalksandstein zogen sich wie leuchtende Bänder durch Grünanlagen und an funkelnden Wasserflächen vorbei und verloren sich in der Ferne vor dem gräflichen Forst, der den Park eindrucksvoll begrenzte. Der Garten war nicht nur ein botanisches Kleinod, er begeisterte auch durch seine abwechslungsreiche Ausgestaltung. Als ein Schmuckstück besonderer Art galt die über die Grenzen hinaus bekannte Voliere, die heute noch zu den größten und kunstvollsten in Frankreich zählte. Zu früheren Zeiten war sie das Zuhause der Greifvögel gewesen, längst diente sie aber deren Beutetieren als Heimat. Fasane, Rebhühner und Turteltauben teilten sich die sichere Unterkunft mit ein paar Wachteln und Schildkröten.

Sollte es ein wenig naturbelassener zugehen, konnte man sich auch auf einen Streifzug entlang eines plätschernden Wasserlaufs begeben, an dessen Ufer mächtige, schattenspendende Blutbuchen und Maulbeerbäume für eine besondere Stimmung sorgten. Im unteren Teil des Parks mündete der Bach in einen großen Seerosenteich mit einer kleinen Insel, auf der Enten und Haubentaucher einen sicheren Schlafplatz fanden.

Aber egal wo man sich auch aufhielt, man musste immer damit rechnen, dass hinter einem Busch, oder neben einem stattlichen Baum, unerwartet ein übergroßes Fabelwesen aus dunklem Bronzeguss auftauchte. Diese furchteinflößenden Figuren waren dem Zeitgeist der damaligen Epoche geschuldet und sollten – als kleines Amüsement – den Damen einen koketten Aufschrei entlocken.

Der Herr dieses Herrschaftssitzes war kein Geringerer als der Comte de Condé. Er war der direkte Nachfahre des legendären »Prince de Condé«, des großen französischen Feldherrn und Anführers des Adels. Dieser hatte für seine militärischen Erfolge nicht nur Burgund erhalten, sondern auch Teile Lothringens und war zudem vom Sonnenkönig zum Oberbefehlshaber der französischen Armee im deutschen Herrschaftsgebiet ernannt worden.

Der Familiensitz des Adelshauses befand sich zwischen Paris und Fontainebleau. Dort wohnte auch heute noch der Graf mit seiner Familie. Aber hin und wieder residierte er auch in seinen Herrschaftssitzen in Burgund und in Lothringen. In der Regel kam der Graf zu Jahresbeginn für ein paar Tage nach Grossebouche, danach meist wieder zu Ostern und stets im Spätherbst zur Jagd. Über das Jahr kümmerte sich sein Verwalter Alain Meyer mit seiner Frau Paulette um das Anwesen, die zudem als Küchenhilfe bei Florence arbeitete.

Der Comte de Condé war ein groß gewachsener, schlanker Mann mit schneeweißem Haar und ebensolchem Oberlippenbärtchen, dem man den Aristokraten schon von weitem ansah. Er war allseits beliebt, galt als oberste Instanz in Streitfragen und bildete mit Abbé Silvestre das »Soziale Gewissen« des Ortes, zumindest galt das für die Älteren im Dorf noch so. Seine um über zwanzig Jahre jüngere Frau und die vier Kinder hatte man in den letzten Jahren kaum noch gesehen. Es hieß offiziell, dass der Gräfin die unsaubere Luft des Kohlereviers nicht gut bekomme und sie die Kinder vor der starken Staubbelastung schützen wolle. Die Dorfbewohner ließen den fadenscheinigen Vorwand jedoch nicht gelten.

»Sie ist übergeschnappt, die einstige Mademoiselle Justine Dupont, sonst nichts«, hieß es allgemein. »Als Bürgerliche hat sie in Lille die Treppen geschrubbt und Eau de Javel eingeatmet und nun will sie die ›Grande Dame‹ spielen. Als ob man in Paris reine Bergluft inhalieren würde. Den Comte kann man nur bedauern.«

Der Graf war schon immer gern nach Grossebouche gekommen. Er mochte nicht nur die Gegend, ihm hatte es auch die unbeugsame Wesensart der Grenzbewohner angetan. Aber ohne seinen Jagdhund Jacky, der stets ohne Leine neben ihm herlief, hätte man sich den Grafen kaum vorstellen können.

»Er ist absolut frei«, erklärte er gern, wenn er auf seinen folgsamen Begleiter angesprochen wurde. »Darin ist er ganz Lothringer: er liebt die Unabhängigkeit. Trotzdem ist Jacky verlässlich wie kein anderer.« Und so lag er auch bei »Chez Tantine« immer unter dem Tisch, wenn sein Herr speiste.

Auch Anfang April hatte sich der Comte de Condé wieder einmal mit Abbé Silvestre bei Florence zum Essen verabredet.

»Ich habe Ihnen Ihren Tisch reserviert«, führte ihn Florence in eine Ecke. »Abbé Silvestre ist schon da.«

Der Abbé hatte sich, nachdem sein dreijähriges Gelübde abgelegt war, ab und an wieder sehen lassen, insbesondere dann, wenn seine Haushälterin in Urlaub war. An der einstigen Absprache hatte sich dabei nichts geändert. Florence reservierte ihm den alten Tisch, stellte ihm sein Amère-Bier vor die Nase, servierte die Plât du jour und zum Abschluss einen Espresso. Sie hatte, trotz der dreijährigen Ächtung, am »Abbé-Bonus« festgehalten. Den hatte ihre Urgroßmutter Marie-Cécile eingeführt, als es damals in der Gemeinde darum ging, einen neuen Pfarrer ins Dorf zu locken und jeder der konnte, etwas dazu beitragen sollte. So war der alte Abbé Dillschneider zum täglichen Gast geworden und die folgenden Pfarrer hielten es ähnlich. Der »Abbé-Bonus« enthielt für Gotteslohn einen Aperitif, einen Viertel Riesling, ein Tagesgericht und zum Abschluss einen Kaffee mit einem Mirabelle. Und wenn ein Abbé, wie damals Abbé Jules Bouillon, eine ganze Flasche Roten zum Essen trank, dann wurde darüber auch kein Wort verloren.

Auch Abbé Silvestre verlor heute kein Wort über die großzügige Subventionierung seiner Lebenshaltungskosten. Er nahm sie, aus christlicher Nächstenliebe und religiöser Vergebung, als Entschuldigung für die damaligen Verfehlungen seiner Tochter klaglos an.

Ebenso empfindsam verhielt er sich dem Grafen gegenüber, wenn der ihn - wie üblich - zum Essen einlud. Für drei Mann aß und trank der Abbé dann, während er gleichzeitig über die Hungernden in Somalia, die leeren Kirchen in Lothringen oder seine bemitleidenswerte Lage in der Gemeinde klagte.

»Die Toiletten sind schön geworden, ich habe es Marcel bereits gesagt«, unterbrach der Graf den Abbé in seinen apokalyptischen Ausführungen, als Florence den Kaffee mit Schnaps auf den Tisch stellte. »Dann hat unser Marcel also doch Wort gehalten.«

»Den habe ich einfach für drei Wochen im Keller eingeschlossen«, lachte Florence, »und als ich ihn wieder herausgelassen habe, waren die Toiletten fertig.«

In Wahrheit war es Mitte März zu einem fürchterlichen Streit zwischen den beiden Wirtsleuten gekommen, der darin endete, dass Florence die Theke kurzerhand mit ihrem zukünftigen Schwiegersohn Eric Lest besetzte. Das hatte Marcel bis tief ins Mark getroffen, doch vor allem ins Grübeln gebracht. Ihm war nämlich noch sehr gut in Erinnerung, wie er selbst zu seinen Zapfhähnen gekommen war. Und bekanntermaßen konnten sich solche Geschehnisse jederzeit wiederholen.

Innerhalb von drei Wochen waren die Toiletten fertiggestellt und binnen drei Minuten von Marcel persönlich eingeweiht. Von da an stand er auch wieder hinter seiner geliebten Theke.

»Ich habe mir Gedanken um den Sparclub gemacht«, wechselte der Comte de Condé das Thema. »Wie du weißt, schließt das ›Café du Monde‹ in Alsting und der Club muss sich eine neue Bleibe für seine wöchentlichen Zusammenkünfte suchen. Wie wäre es, wenn man sich zukünftig bei dir treffen würde?«

Das war schon immer der Wunsch von Florence gewesen, ja bereits der ihrer Mutter. Der Sparclub hatte sich einst im Nachbarort Alsting, im »Café du Monde«, gegründet. Und wie Florence vor kurzem von Clubmitgliedern aus Grossebouche erfahren hatte, wollte der Club auch in Alsting bleiben und dort zur »Auberge Spitz« wechseln. Insofern kam die Frage des Grafen ein wenig überraschend. Doch das hinderte sie nicht daran, ihren Hut in den Ring zu werfen.

»Monsieur le Comte, das wäre nicht mehr als gerecht!«, stemmte sie die Fäuste in die Seiten und legte los: »Schließlich sind ebenso viele Sparer aus Grossebouche darunter, auch wenn es heute lange nicht mehr so viele sind wie früher, als fast jeder von uns Mitglied im Sparclub war. Trotzdem wäre es an der Zeit, einmal nach hier zu wechseln. Ich biete eine gute Küche, einen schönen Nebenraum, einen großen Parkplatz vis à vis und…«, betete Florence nun alle Vorzüge herunter, die für einen Wechsel sprachen.

»Ich weiß, ich weiß«, winkte der Graf ab, »damit hat mir schon deine Mutter in den Ohren gelegen. Abbé Silvestre wird in den nächsten Tagen mit dem Clubvorstand reden. Vielleicht kann er etwas erreichen.«

Im Gesicht von Florence machte sich pure Ernüchterung breit. Der Abbé sollte sich um die heikle Angelegenheit kümmern, gerade der Abbé.

»Wäre es nicht besser, wenn Sie die Angelegenheit selbst in die Hand nehmen würden?«, wagte Florence in ergebener Haltung einen anderen Vorschlag zu machen. »Sie sind eine Respektsperson, Monsieur le Comte, und kommen dazu aus Paris. Abbé Silvestre ist nur unser Gemeindepfarrer und könnte als parteiisch angesehen werden.«

Nach den Blicken von Abbé Silvestre zu urteilen, schrammte Florence geradewegs an einem erneuten, dreijährigen Bußgang vorbei.

»Da hat sie möglicherweise nicht ganz Unrecht, unsere gute Florence«, schaute der Graf den Abbé an. »Sie sind ein geistlicher Würdenträger und Ihre Pfarrei liegt in Grossebouche. Da könnte man Ihnen tatsächlich Befangenheit unterstellen. Gut, dann kümmere ich mich selbst um die Sache.«

Und das tat der Comte auch. Schon wenige Tage später erfuhr Florence, dass die wöchentlichen Treffen des Sparclubs bei ihr stattfinden würden. Warum es mit einem Mal so einfach ging, konnte ihr einige Tage später ihre Küchenhilfe Paulette Meyer verraten. Diese hatte vom Grafen den Auftrag erhalten, die zu einem Festsaal ausgebaute Gesindehalle zukünftig zu jeder Jahreshauptversammlung des Sparclubs entsprechend herzurichten. Und es dauerte auch nicht lange bis allgemein bekannt wurde, dass der Comte de Condé nicht nur mit jener Gefälligkeit den Club bewogen hatte, nach Grossebouche zu wechseln, er hatte auch zugesagt, jedes Mal eine Kiste Bordeaux beizusteuern.

Das Wohl der Gemeinde lag dem Grafen seit jeher am Herzen. Wenn er helfen konnte, dann tat er das gern. So auch, als der Gemeinderat vor einigen Jahren von einer öffentlichen Toilettenanlage am Rande des Parkplatzes träumte, aber keine ausreichenden Mittel dafür aufbringen konnte. Der Bürgermeister hatte sich eigens nach Paris aufgemacht, um dem Grafen das WC-Konzept »en detail« vorzustellen, aber noch mehr um für sich selbst um Unterstützung zu bitten. Denn es war wieder einmal Wahlkampf angesagt.

»Mein lieber Fontaine, Sie wissen, dass Sie auf mich zählen können«, versicherte der Comte, der sich auf Claude Fontaine ebenso verlassen konnte, wenn es um das Augenzudrücken bei gemeinderechtlichen Belangen ging wie beispielsweise beim Jagdrecht im Gemeindeforst. »Fahren Sie zurück und teilen Sie dem Gemeinderat mit, dass ich den Fehlbetrag übernehmen werde.«

Es handelte sich um eine dieser modernen Edelstahlboxen in Form einer Ellipse, die sich nach jedem Besuch automatisch säuberten und vor über zehn Jahren in Paris für Furore gesorgt hatten. In Grossebouche tat sie das nun auch. Irgendwann hatte jeder Einwohner das futuristische Örtchen besucht und wusste von seinem persönlichen Erlebnis zu berichten. Doch als man im zweiten Jahr feststellte, dass der jährliche Zuschussbetrag erheblich über der veranschlagten Summe lag, schlug die anfängliche Begeisterung in Frustration um.

»Die Kleinmunder und Alstinger treiben die Kosten in die Höhe, sonst niemand!«, berichtete einer in der Gemeinderatssitzung mit hochrotem Kopf von seinen schockierenden Beobachtungen. »Vor allem an den Markttagen ist das ein Rein und Raus wie in einem Bienenstock. Ich habe keinen einzigen von den Unseren gesehen, nicht einen einzigen, nur Schmarotzer.«

Das barg natürlich zusätzlichen Sprengstoff und sorgte im Gemeinderat für heftige Wortwechsel. Die einen wollten die gründliche Reinigung des WC's nur noch nach jedem zehnten Besuch durchführen und die anderen plädierten für die sofortige Stilllegung der Toilette. Nach langem Ringen gelangten die Gemeindevertreter dann mehrheitlich zu der Überzeugung, dass die Toilettenanlage weiterbetrieben werden sollte, zukünftig allerdings »kostenneutral«. Die salomonische Beschlussvorlage sah wie folgt aus: »Der Gemeinde sollen durch den Betrieb der öffentlichen Toilettenanlage keine zusätzlichen Kosten entstehen. Die Benutzergebühr ist entsprechend anzupassen.«

Von da an war der Toilettengang eine kostspielige Angelegenheit. Statt einem Euro zahlte man nun vier Euro. Das führte dazu, dass die Männer wieder an den Bäumen um den Marktplatz standen und die Frauen die alte Toilettenanlage im Hof von »Chez Tantine« aufsuchten.

»Claude, das geht so nicht«, hatte sich Florence den Bürgermeister vorgenommen. »Ich sehe nicht ein, dass ich meine Toiletten den Besuchern der Gemeinde zur Verfügung stellen soll. Und wenn kommenden Monat meine Außentoilette abgerissen wird, laufen sie mir durchs Lokal, ohne dass ich etwas dagegen tun kann. Schließlich sind das auch Leute, die über das Jahr unsere Gäste sind.«

Claude Fontaine verstand Florence: »Ich werde die Angelegenheit noch einmal dem Gemeinderat vorlegen. Aber es ist nicht mehr so einfach wie früher, die Sozialisten sind stärker geworden. Sie wollten das WC sogar schließen. Du weißt ja, welcher Unsinn im Ort erzählt wird.«

Das wusste Florence nur zu gut. Es hieß, dass Claude Fontaine ein Bürgermeister von »Comte's Gnaden« sei. Die Opposition nannte ihn auch gern den »Comte de Toilette« und behauptete, dass er nur wegen einer »Pinkelbude« wiedergewählt worden sei.

Der Graf war als Deputierter mit derlei Vorkommnissen vertraut. Er hatte hinreichend Erfahrung in der Auseinandersetzung mit dem politischen Gegner gesammelt und wusste eine fatale Schieflage mit taktischem Geschick in eine effektive Sprungschanze umzuwandeln. Deshalb spielte er den Ball in das Feld der Sozialisten zurück. Er ließ über Nacht den Traum der Opposition, von der Wiederherstellung des alten Marktplatzes, in greifbare Nähe rücken. Dazu hatte er auf staatliche Fördermittel und auf europäische Zuschussmittel verwiesen, die jedoch nur dann zur Auszahlung kommen konnten, wenn das Departement einen Teil der Unkosten übernehmen würde. Diese Bedingung war der berühmte Haken, an dem sich der politische Gegner verfing. Denn das Departement, das die Farben der Opposition trug, konnte sich – aus eigenen Sparzwängen heraus – zu keiner »direkten

Zusage« durchringen, wie es hieß. Trotzdem signalisierte es ein »grundsätzliches Interesse an dem Projekt«. Damit bescherte es der Gemeinde eine politische Hängepartie.

Für Claude Fontaine war das keine schlechte Ausgangslage. Denn nun hielt die Opposition selbst einen Schwarzen Peter in der Hand und musste immer dann zustimmen, wenn es sich um sogenannte »flankierende Maßnahmen« zum Marktplatz-Projekt handelte. In Anbetracht der geänderten Situation bewertete der Gemeinderat das Thema »Öffentliche Toilettenanlage« dann auch völlig neu. Diametral zur vorausgehenden Beschlussvorlage kam man nun zu der Überzeugung, dass die Benutzergebühr drastisch gesenkt werden sollte. Zudem war man der Auffassung, dass die Verweildauer im Örtchen erfasst werden müsse.

Die Begründung lautete wie folgt: »Die Anzahl der Toilettenbesuche und die durchschnittliche Verweildauer sind maßgebliche Indikatoren für die Akzeptanz der Platzes.«

Kurz darauf bot die hochmoderne Toilette, die nun auch mit einer Taktanzeige ausgestattet war, wieder gegen eine Gebühr von einem Euro, ihre diskreten Dienste an.

Aber der Graf war nicht nur Schlichter in politischen Fragen. Er galt auch als oberste Instanz in persönlichen Auseinandersetzungen. In dieser Funktion hatte er noch im letzten Herbst einen schwierigen Fall zu lösen.

Es hieß, dass der Bulle von Gaston Batiste auf die Koppel von Philippe Diss ausgerissen sei und dessen Milchkühe reihenweise geschwängert habe.

»Das ist doch absoluter Unsinn, das würde mein Felix nie tun«, wehrte sich Batiste. »Er hat zwar morgens drüben bei Philippe gestanden, aber damit ist noch lange nicht bewiesen, dass da etwas gelaufen ist.«

»Natürlich ist da etwas gelaufen, ich habe doch in der Nacht die Kühe brüllen hören«, bestand Diss auf einer Massenvergewaltigung.

»Monsieur le Comte, schauen Sie sich meinen Felix an, dann werden Sie sehen, dass das ein ganz anständiger und rechtschaffener Bulle ist«, stand für Gaston Batiste außer Frage, dass sein Felix das vertrauenswürdigste Rindvieh auf diesem Erdball ist. »Der hat noch niemals ohne meine Zuführung eine Kuh bestiegen.

Selbst im Stall schaut er in eine andere Richtung, wenn die Kühe zum Melken kommen. Der ist comme il faut, durch und durch. Da könnte sich manch einer eine Scheibe abschneiden.«

Eigentlich war der Comte de Condé der falsche Ansprechpartner für solch schlüpfrige Angelegenheiten. Aber beide Bauern waren seine Pächter und so kam ihm gewissermaßen die Richterrolle zu.

»Dein Felix ist ein hundsgewöhnlicher Bulle«, ließ Philippe Diss nicht zu, dass aus dem Tier ein Christenmensch gemacht wurde. »Ich habe mit meinen eigenen Augen gesehen, wie er vor vierzehn Tagen versucht hat, das Gatter zu durchbrechen. Wenn ich ihm nicht einige Male mit der Schaufel eins übergedroschen hätte, weiß ich nicht was passiert wäre.«

»Dann hast du ihn so zugerichtet, du Ungeheuer!«, schien die Situation zu eskalieren. »Er frisst immer noch schlecht und ist kopfscheu wie noch nie. Ich kann für dich nur hoffen, dass da nichts zurückbleibt.«

»Zunächst geht es darum, ob bei meinen Kühen etwas zurückbleibt«, klatschte Philippe Diss wutentbrannt seine speckige Schirmmütze auf den Tisch. »Ich bin hier der Geschädigte, nicht du! Außerdem: Ein Stier kann immer, auch wenn du ihm mit dem Vorschlaghammer hundert Mal auf den Kopf schlägst.«

»Beruhigt euch Männer«, bestellte der Graf eine zweite Runde. »Wir sitzen doch hier nicht zusammen, um uns die Köpfe einzuschlagen, sondern um die Angelegenheit wie vernünftige Menschen zu besprechen.«

Im Biergarten von »Chez Tantine« flimmerte die Abendsonne durch die bunten Kastanienblätter. Doch der Graf konnte der herbstlichen Stimmung nichts abgewinnen. Das lag nicht nur an der unerquicklichen Diskussion, das hatte auch damit zu tun, dass er in sein Bett wollte, um am frühen Morgen frisch für die Jagd zu sein.

»Ich fasse noch einmal zusammen«, zündete er sich seine Pfeife an, zog einige Male tief durch und nahm einen großen Schluck aus seinem Weinglas. »Dein Bulle mit Namen Felix, der üblicher Weise unauffällig ist, soll am frühen Morgen des vergangenen Sonntags aus seiner Koppel ausgebrochen sein.«

»Was heißt ausgebrochen?«, verniedlichte Gaston Batiste den Umstand und leerte seinerseits das Glas bis auf einen kleinen Rest. »Ich würde sagen, er hat vielleicht beim Herumschlendern das Gatter touchiert und dann ist es möglicherweise ein wenig zur Seite gekippt. Da wird Felix bei sich gedacht haben: Dann schaue ich doch einmal bei den Kühen vorbei.«

»Und die haben sich ihm sofort an den Hals geworfen und gerufen: Nimm mich, nimm mich«, vervollständigte sein Kontrahent kopfschüttelnd das schiefe Bild. »Dass ich nicht lache. Du warst immer schon ein Märchenerzähler.«

Der Graf winkte energisch ab und versuchte mit aller Entschlossenheit, Licht ins Dunkel zu bringen.

»Es ist doch unstrittig, dass dein Stier morgens zwischen den Kühen von Philippe gestanden hat«, schaute er Gaston prüfend an.

»Was heißt unstrittig?«, deutete der jedoch die Gruppierung mit Bulle anders. »Ich würde sagen, die Kühe standen morgens einfach so um ihn herum.«

»Selbstverständlich. Die Kühe haben deinen Bullen eingeladen«, winkte Philippe Diss mit beiden Händen ab und wandte sich an den Grafen: »Monsieur le Comte, der da ist doch nicht zurechnungsfähig. Mit dem Kerl kommen Sie kein Stück weiter. Der war immer schon so und wird ein Leben lang so bleiben. Es fehlt nur noch, dass er uns erzählt, dass sein Bulle ein Humanist ist. Ich möchte aber nur von ihm hören, dass er mir den Schaden erstattet.«

Doch diese Forderung brachte das Fass zum Überlaufen.

»Wenn hier einer etwas zu erstatten hat, dann bist du das!«, schlug Gaston Batiste mit der Faust auf den Tisch. »Ich will Ihnen verraten, wie es sich wirklich zugetragen hat, Monsieur le Comte. Meine Höflichkeit hat auch einmal ein Ende«, wurde dem Grafen nun eine ganz neue Version des Tatherganges angeboten.

»Mein Felix wurde in den letzten Jahren mehrfach als Zuchtbulle ausgezeichnet. Und deshalb hat der da«, zeigte er auf seinen Kontrahenten, »das Gatter absichtlich umgerissen, um den Bullentarif zu sparen. Compris? Dieser Halunke hat meinen Felix vorsätzlich, und im Vollbesitz seiner letzten, geistigen Kräfte, bei seinen dreißig Kühen aufreiten lassen. Und nun will er mich ein zweites Mal melken. Doch dieses Kalkül geht nicht auf, mein Lieber. Ich habe dich durchschaut.«

Auch das vierte Glas brachte keine spürbare Gemütsentspannung. Nun lag es am Geschick des Grafen, eine Klärung herbeizuführen.

»Ich glaube, dass wir das Delikt heute nicht aufklären können«, schaute er in zwei enttäuschte Gesichter. »Ich schlage vor, dass wir uns auf nächstes Jahr vertagen. Dann werden wir sehen wie viel Nachwuchs Felix gezeugt hat und wem welcher Schaden entstanden ist.«

Doch mit diesem unbefriedigenden Bescheid wollte sich keiner der beiden zufrieden geben.

»Und bis dorthin sitze ich auf meinem Schaden, das geht doch nicht, Monsieur le Comte«, versuchte Philippe Diss das hohe Gericht doch noch zu einem Urteil zu bewegen. Er legte eine mündliche Expertise vor: »Eine Kuh trägt neun Monate aus und die letzten zwei Monate darf sie nicht mehr gemolken werden. Das heißt, bei einer Tagesleistung von fünfzig Litern Milch gehen mir achthundert Euro pro Kuh verloren.«

»Und genau das ist der Preis, den du für ein Kalb erhältst«, vervollständigte Gaston Batiste die Expertise. »Aber mir ist mit dem Verlust des Bullentarifs ein wirklicher Schaden entstanden.«

»Mach dich doch nicht lächerlich mit deinem Bullentarif, eine Besamung von einem Bullen deiner Sorte kostet höchstens sieben Euro«, beugte sich Philippe Diss mit hochrotem Kopf über den Tisch. »Du müsstest eigentlich Vergnügungssteuer für deinen Bullen zahlen.«

»Männer, es reicht, ich habe genug gehört«, erhob sich der Graf mit ernster Miene und entschied traditionell nach Gutsherrenart. »Nach allem was ich gehört habe, ist keinem von euch ein nennenswerter Schaden entstanden. Falls ihr euch in der Sache nicht einigt, müsst ihr euch für das nächste Jahr nach neuen Weiden umschauen. Ich verpachte nicht an Streithähne.«

Der Graf winkte Florence bei und zahlte die Rechnung. Mit diesem Akt erhielt das Urteil Rechtskraft.

Nachtschwärmer

Regelmäßig an den Freitagabenden im Sommer war der Biergarten von »Chez Tantine« Schauplatz der Saarbrücker Szene. Da kamen all diejenigen, die eine Bühne für ihr Ego suchten, mit ihren PS-strotzenden Cabrios und chromblitzenden Motorrädern angefahren und besetzten Grossebouche wie einst das Preußische Kürassierregiment zu Kaiserzeiten. Die Tische unter den alten Kastanien dienten den Testosteron-gesteuerten Paradiesvögeln dann als Operativ-Location. Florence wunderte sich immer noch, dass so viele »attraktive Eintagsfliegen« auf das durchschaubare Imponiergehabe von Machos hereinfielen.

Doch an einem Abend im Juni kam den Akteuren eine Laune der Natur in die Quere. Eine Unzahl Junikäfer hatte sich »Chez Tantine« ebenfalls als Spielwiese ausgesucht. Es hatte den Anschein, als wollten sie, in ähnlich impulsgesteuerter Weise wie ihre Kollegen an den Tischen, alle Aufmerksamkeit auf sich lenken. Sie schwirrten unaufhörlich um Tische und Köpfe herum und belästigten die Gäste in rücksichtloser Geltungssucht.

»Mein Hund ist so unruhig wie noch nie. Diese dummen Käfer machen ihn ganz verrückt«, durfte sich Elise bald die erste abendliche Beschwerde einer braungebrannten Schönheit anhören. »Gibt es denn da kein probates Mittel?«

»Man könnte höchstens das Licht ausschalten«, gab Elise eine unbefriedigende Antwort, die aus dem Mund ihres Vaters hätte stammen können.

»Da müssen Sie sich aber für das kommende Jahr etwas einfallen lassen«, wurde die Antwort überhört. »Oder wollen Sie, dass Ihre Gäste fluchtartig das Lokal verlassen? Das ist doch absolut unhygienisch, was einem hier zugemutet wird«, schüttelte sie angewidert den Kopf und erwartete eine entsprechende Entschuldigung. Doch Elise stand nur unbeteiligt da. »Meine Freundin konnte ihre Schnecken kaum in Ruhe essen«, leitete nun ein eingeübter Augenaufschlag einen weiteren Beschwerdevorwurf ein. »Und auf meinen Salat...«, zog sie so tief nach Luft, dass ein Ohnmachtsanfall unausweichlich schien, »auf meinen Salat, da hatten es diese Biester ganz besonders abgesehen.«

Ihre Freundin, die mindestens ebenso oft geliftet war wie sie selbst, lugte vorwurfsvoll hinter einer schmalen Sonnenbrille mit blauen Gläsern hervor und nickte beipflichtend: »Und diese roten Papierservietten locken die Käfer wie spanische Kampfstiere an«, zeigte sie auf drei Käfer, die es sich dort gemütlich gemacht hatten. »Wer will sich denn da noch den Mund abwischen.«

Elise sah sich die beiden Damen genauer an und konnte sich gut vorstellen, dass die feuerroten Lippen und Fingernägel die gleiche Anziehungskraft auf die Käfer ausüben würden wie jene Papierservietten.

»Und schauen Sie nur in mein Glas, da liegt schon wieder eines dieser haarigen Monster drin. Den Rotwein lieben sie ebenso wie meinen Haarfestiger«, wandte sich die Wortführerin mit einem Griff in ihre Frisur angewidert ab. »Ich bin anderes gewohnt, das können Sie mir glauben. Weiß Gott anderes!«

Das sah man den Damen widerspruchslos an. Beide machten den Eindruck, als ob nichts auf der Welt mehr für sie zählte als das pure Vergnügen und der vollkommene Lustgewinn. Elise kannte die Szene nur zu gut und maß ihr deshalb keine übergroße Bedeutung bei. Reklamationen und altkluge Bemerkungen gehörten an den Freitagabenden im Sommer ebenso dazu wie schlüpfrige Anzüglichkeiten. Insofern überhörte sie die Nörgeleien und Bosheiten ihrer aufgeplusterten Gäste und konzentrierte sich allein auf die Bestellungen. Ihre Mutter war da anders. Florence überhörte nichts. Bei ihr lag die Reizschwelle deutlich niedriger.

»Einen einzelnen Schaumschläger kann man vielleicht noch ertragen«, sagte sie immer, »doch einer Horde Schaumschläger muss man die Besen aus der Hand nehmen.« Und das tat sie ohne viel Federlesens, wie man am Tisch der beiden Damen erfahren konnte.

»Ich habe eben schon Ihrer Bedienung gesagt, dass das mit den Käfern kein Zustand ist. Wirklich nicht«, beschwerte sich die Endvierzigerin mit Nachdruck auch bei Florence, als diese den Espresso brachte. »Das ist doch ekelhaft, überall Käfer. So etwas habe ich noch nirgendwo erlebt, selbst in Namibia nicht.«

»Dann verstehe ich nicht, weshalb Sie hier draußen sitzen, wenn Sie das so stört«, konterte Florence laut genug, um auch an den Nachbartischen gehört zu werden. »Drinnen sind alle Plätze frei. Soll ich Ihnen den Espresso lieber im Restaurant servieren?«

Das wäre das Letzte gewesen, was die Beschwerdeführerin gewollt hätte. Schließlich waren sie und ihre Freundin nicht gekommen, um im Verborgenen ihre Reize zu verschleudern.

»Nein, nein, lassen Sie den Espresso hier. Die paar Minuten werden wir das Viehzeug auch noch ertragen«, winkte sie heftig ab und erwischte dabei einen Käfer so unglücklich, dass der geradewegs in der Tasse ihrer Freundin landete.

Bevor er jedoch komplett eintauchen konnte, hatte ihn Florence auch schon unbemerkt aus der Tasse geschnippt und mit einem Wink auf den Hund von dem unappetitlichen Zwischenfall abgelenkt: »Ihr Fifi hat gerade an Ihrem Stuhl das Bein gehoben. Da müssen Sie sich natürlich nicht wundern, wenn die Käfer angezogen werden. Schauen Sie nur da drüben zur Toilette, dann wissen Sie, was ich meine.«

Vom erhöht liegenden Biergarten aus hatte man nicht nur einen idealen Blick auf den Platz mit den polierten Boliden, sondern auch auf die öffentliche Toilettenanlage, die unter der Straßenlaterne wie ein soeben gelandetes Ufo strahlte. Um sie herum kreiste ein dichter Schwarm Käfer, der eine Illusion von Kometenstaub erzeugte und dem Ganzen etwas Gespenstisches gab.

Für die beiden Damen war die öffentliche Belehrung so unangenehm, dass sie am liebsten unter den Tisch gekrochen wären. Aber da stand schon der Hund, der sich das Ungeziefer aus dem Fell schüttelte.

»Dann wissen wir wenigstens, weshalb hier so viele Käfer sind«, kam zu allem Überfluss ein verzichtbarer Kommentar von einem der Nachbartische, der dann auch zum Auslöser einer der gefürchteten Stimmungstiraden wurde.

»Ich dachte schon, es läge an meinem Aftershave«, nahm ein blonder Schönling mit spöttischem Lächeln den Faden dankbar auf und strich sich demonstrativ über sein glattes Kinn: »Dann muss es tatsächlich mit dem Hund zu tun haben.«

Das war das Einsatzsignal für die willfährigen Lacher. Man verstand sein eigenes Wort nicht mehr und die beiden Damen bedauerten zutiefst, der Empfehlung der Restaurantchefin, ins Restaurant zu wechseln, nicht gefolgt zu sein.

»Der Hund gehört in Quarantäne und die Tische um den kontaminierten Bereich müssen sofort evakuiert werden«, hatte sich ein weiterer Tischredner mit bedeutungsvoller Geste in Stellung gebracht. »Meine Damen, Sie werden zur Rechenschaft gezogen werden, das hier ist kein Kavaliersdelikt«, klopfte er mit gespielter Empörung auf den Tisch. »Sie können uns doch nicht erzählen, dass Sie nicht gewusst hätten, dass Ihr Hund eine derartige Käferinvasion auslösen kann. Deshalb frage ich Sie im Namen aller Gäste: Warum sind Sie dieses beispiellose Risiko, für Leib und Leben der hier Anwesenden, eingegangen, doch vor allem: Weshalb sorgen Sie nicht für eine Erstversorgung mit desinfizierenden Getränken, wenn Sie schon Verursacher dieser Katastrophe sind?«

Nun wurde der Biergarten zum Hexenkessel. Alle, mit Ausnahme der beiden Leidtragenden, hatten ihren Spaß. Das waren die gnadenlosen Gesetze der progressiven Freizeitgesellschaft. Einmal hatte der eine den Schwarzen Peter, einmal der andere. Und an diesem Abend traf es die beiden Damen. Nur lag deren Schwarzer Peter gewissermaßen hechelnd unter dem Tisch.

»Ich glaube, er führt erneut einen Anschlag im Schilde«, deutete ein weiterer Selbstdarsteller auf den Hund. Und so ging es mit den Spötteleien weiter und weiter, bis unerwartet ein Retter zu Hilfe eilte.

»Meine Damen und Herren Geschworene«, stellte sich ein elegant gekleideter Mittfünfziger, der nicht so recht in das Umfeld passen wollte, mit würdevollem Gebaren hinter seinen Stuhl. »Ich möchte mich zum Anwalt dieser beiden Damen machen.« Das war ein Auftritt, der allein schon wegen seiner skurrilen Andersartigkeit, laut beklatscht wurde.

»Es ist nicht bewiesen, dass der Hund der Angeklagten der Verursacher dieser Käferplage ist. Wer sagt uns denn, dass er überhaupt etwas hinterlassen hat? Vielleicht waren das nur Dehnübungen, die da beobachtet und falsch interpretiert wurden. Möglicherweise hat dieser tapfere Hund sogar einen positiven Einfluss auf die Käferplage genommen«, versuchte er die erdrückende Beweislast umzukehren. »Wer hat nicht schon einmal von übersinnlichen Kräften und tierischen Instinkten gehört? Wie viel

Menschen wurden nicht schon von ihren Vierbeinern gerettet, weil diese ein Erdbeben oder einen Vulkanausbruch, lange vor dem Ereignis, gespürt haben. Und ebenso könnte dieses grundgescheite Tier hier die Käfer bewogen haben an die öffentliche Toilettenanlage weiterzufliegen. Ohne ihn würden wir vielleicht nicht mehr die Hand vor Augen sehen. Deshalb gebührt den beiden Damen unser aller Dank!«

Diesen Argumenten konnte sich keiner der Lacher verschließen.

»Aber lassen Sie uns abschließend die Zeugin befragen, die vielleicht für das seltsame Phänomen eine Erklärung hat«, setzte er einen bedeutungsvollen Gesichtsausdruck auf. »Liebe Florence, verraten Sie uns doch bitte, weshalb gerade in Ihrem Biergarten so viele Junikäfer herumfliegen obwohl es, wie soeben vorgetragen, keine plausible Erklärung dafür gibt.«

»Das kann dann nur an den Gästen selbst liegen«, war Florence schnell fertig. »Ich rate im Freien immer, auf Parfüm und Rasierwasser zu verzichten.«

»Das erklärt wirklich alles, vielen Dank Frau Zeugin«, beendete der Verteidiger die Befragung mit einem Schmunzler und sprach auch gleich das Urteil: »Damit werden die beiden Damen mit ihrem Hund in allen Anklagepunkten freigesprochen. Die Verfahrenskosten trägt in diesem Fall der Verteidiger und lädt die Damen zur Entschädigung zu einem Kir Royal ein.«

Florence war mit ihrer Scharfzüngigkeit Kult bei den Städtern. Doch wenn sie gereizt wurde, war der Spaß vorbei. Ganz oben auf der Liste der übelsten Unbeherrschtheiten standen für sie unhöfliche Bestellungen.

»Drei Port und zwei Monaco«, schrie ein junger Mann durch den Biergarten. »Aber presto!« Solche Bestellungen wurden von Florence schlicht ignoriert. Kam nach einer Weile eine ähnlich schnodderige Erinnerung, räumte sie den Tisch mit den Worten: »Ich will Sie erst dann wieder in meinem Restaurant sehen, wenn Sie sich benehmen können wie ein zivilisierter Mensch.«

In diesem Fall kam aber keine Erinnerung, sondern der Gast selbst.

»Ich habe schon vor über einer viertel Stunde bestellt«, beschwerte sich der junge Mann mit vibrierender Stimme. »Wenn wir nicht in ein paar Minuten unsere Getränke auf dem Tisch stehen haben, werden Sie uns hier nicht mehr sehen.«

»So lange Sie an Ihrem flegelhaften Verhalten nichts ändern, brauchen Sie mir sowieso nicht mehr unter die Augen zu kommen«, konterte Florence. Doch irgendwie kam ihr der junge Mann bekannt vor: »Sind Sie etwa der Sohn von Gunnar Henn? Natürlich, Sie sind ihm ja wie aus dem Gesicht geschnitten. Und Sie haben die gleiche, rotznäsige Art an sich wie er früher.«

Es war tatsächlich der Sohn von Gunnar Henn, einem alten Schulfreund von Marcel. Ihn hätte Florence's Mutter damals gern als Schwiegersohn gesehen. Er war geschäftstüchtig, unterhaltsam und politisch interessiert.

»Der ist nicht so ein Stockfisch wie dieser Marcel«, hatte Florence sich anhören müssen, »Für unser Restaurant wäre Gunnar der Richtige.«

Doch Gunnar war für Florence nicht der Richtige. Er war ihr nicht nur zu risikofreudig, er war ihr vor allem zu rastlos und zu unbeherrscht. Sie erinnerte sich noch gut, dass ihm damals vier Wochen Sozialarbeit aufgebrummt wurden, weil er einen alten Fisch in den Saarländischen Landtag geschmuggelt hatte. Bis das stinkende Corpus Delicti endlich hinter einer losen Wandverkleidung aufgestöbert war, musste der Landtag in der Kantine tagen. Seit diesem Vorfall sprach man bei schlechten, politischen Entscheidungen von sogenannten Kantinenentscheidungen. Damit hatte Gunnar zwar sein außerparlamentarisches Engagement gekrönt, sich aber zugleich den regulären Zugang in die Politik verbaut. Fortan galt seine Sorge ausschließlich sich selbst.

In jener Phase der Selbstfindung war er allerdings noch einmal durch Schwarzhandel mit dem Gesetz in Konflikt geraten. Wobei er den Zigarettenschmuggel über die Grüne Grenze schlimmstenfalls als Ausrutscher bezeichnet hätte. Doch die Richterin sah das anders. In ihrem Urteil sprach sie von professioneller Rechtsverletzung und einem schwerwiegenden Zollvergehen. Zu seinem Glück war er noch nicht vorbestraft und kam demzufolge mit einer glimpflichen Bewährungsstrafe davon. Daraus musste er gelernt haben. Ab diesem Zeitpunkt widmete er sein Leben allen Arten von Unternehmungen, die nicht unter Strafe standen. Aber ein wenig Nervenkitzel musste immer dabei sein.

So war vor Jahren bekannt geworden, dass er in Australien eine Krokodilzucht betrieben und die Tiere für den Objektschutz eingesetzt hatte. Seine »Crocodile Security« konnte auch anfangs ein paar sichtbare Erfolge aufweisen. In einem Fall blieb von einem Eindringling nichts übrig als ein paar Kleidungsfetzen im Teich. Und in einem anderen Fall fand man nur ein Brecheisen, einen Gürtel und ein paar Knöpfe unter einem Busch. Doch nachdem ein Grundstücksbesitzer den Tieren bedauerlicherweise selbst zum Opfer gefallen war, brach das Geschäft von einem auf den anderen Tag ein. Danach wechselte Gunnar den Kontinent und eröffnete in Indien eine deutsch-französische Bäckereikette. Die Geschäftsidee war ein so großer Erfolg, dass er nach drei Jahren seine Betriebe mit großem Gewinn weiterverkaufte und den gesamten Erlös in den Sojabohnenhandel in den USA investierte. Doch da hatte er aufs falsche Pferd gesetzt. Gleich im ersten Jahr verlor er durch eine Missernte alles. Danach hörte man lange nichts mehr von ihm, bis im letzten Monat eine Zeitung berichtete, dass er im Rhein bei Worms nach dem Nibelungenschatz tauchte, während seine Frau das gemeinsame »Haus der tausend Skurrilitäten« führen würde, die er aus der ganzen Welt zusammengetragen habe.

»Nun taucht dein Vater also im Rhein herum. Hoffentlich hat er da mehr Glück als damals in der Saar«, erinnerte sich Florence noch gut daran, als er einmal in der Saar nach Wertgegenständen, Tafelsilber und Waffen gesucht hatte, die im Krieg beim Einmarsch der Alliierten von der »Alten Brücke« in den Fluss geworfen worden sein sollten. Doch außer zwei Parkbänken, einer Menge Bilderrahmen und etlicher, beschädigter Führerbüsten hatte er nichts ans Tageslicht befördert. Florence befürchtete, dass es ihm mit dem Nibelungenschatz ähnlich ergehen würde.

»Dann will ich, aus alter Freundschaft zu deinem Vater, einmal Gnade vor Recht ergehen lassen und euch etwas bringen«, schlug sie dem jungen Mann nachsichtig an die Wange. »Aber solche Töne gibt es bei mir nicht, hast du mich verstanden? Nimm dir ein Beispiel an deinem Vater. Wer so viel Firlefanz aus der ganzen Welt beischleppt, der muss ein respektabler Mensch sein.« Der junge Mann wusste zwar nicht, was sie damit sagen wollte, aber das wusste Florence auch nicht so genau.

Während die Käferplage flächendeckend mit Zigarettenrauch bekämpft wurde und viele Gäste ihre Gläser mit Bierdeckeln schützten, gab es auch einen Gast, den ein anderes Thema umtrieb.

»Ich bewundere schon seit Jahren diese interessante Gusseisenplatte hier«, zeigte er auf die große Platte aus dem Siebzigerkrieg, die geradewegs vor seinem Tisch lag. »Ist die verkäuflich?«

»Diese Platte hier?«, schaute Florence verständnislos nach unten. »Die wiegt Tonnen.«

Der Mann, der mit seinen Brillantringen, dem breiten Goldarmband und der großgliedrigen Halskette wie ein Zuhälter aussah, war für seinen unsteten Lebenswandel stadtbekannt. Er hatte beruflich – als auch privat – Höhen und Tiefen durchschritten und dabei viele Geschäftspartner und manche Frau um alles gebracht. Doch in den letzten fünf Jahren, so hörte man, sei er zu Geld gekommen. Es kursierte das Gerücht, dass er durch gewagte Spekulationen in Südamerika ein wahres Vermögen gemacht habe. Dafür sprach nicht nur sein eindrucksvolles Anwesen in bester Lage Saarbrückens, sondern auch eine blutjunge, südamerikanische Schönheit, die ihm nicht mehr von der Seite wich.

Die beiden gaben ein seltsames Bild ab. Er war nicht nur einen Kopf kleiner als seine etwa dreißig Jahre jüngere, gertenschlanke Lebensgefährtin, er hatte auch die Statur eines Ringers. Um jenes gedrungene Äußere ein wenig zu kaschieren, hatte er sich für eine Art Südstaatler-Uniform mit Halstuch und Käppi entschieden, die er je nach Anlass in verschiedenen Farbvarianten trug. Heute war Khaki angesagt. Dass er in jenen Uniformen geradezu lächerlich aussah, hatte ihm bisher noch niemand zu sagen gewagt. Und man konnte davon ausgehen, dass das so bleiben würde. Folglich wertete er die irritierenden Blicke, die er überall auf sich zog, als bewundernden Zuspruch.

»Das Gewicht ist nicht das Problem«, stand er, ohne Florence anzuschauen, auf und maß mit großen Schritten das begehrte Stück ab. »Da gibt es Autokräne, die heben ganz andere Lasten.«

Aber diese Dinge interessierten Florence nicht.

»Die Bronzeplatte ist noch aus der Zeit meiner Urgroßmutter. Früher, an sommerlichen Festtagen, fanden hierauf Tanztreffen statt«, berichtete sie von der damaligen Nutzung. »Und Blitze hat sie auch schon abgefangen, wie Sie an ein paar geschmolzenen Stellen erkennen können. In den Wintermonaten ist auch manch einer darauf ausgerutscht, der sich an einem Baum erleichtern wollte«, lachte sie und fand die Strafe offensichtlich angemessen.

»Heute gibt es Blitzableiter«, stellte ihr Gesprächpartner nüchtern fest und prüfte mit dem Schuhabsatz die Metallstärke. »Und die Zeit der Tanzfeste ist lange vorbei«, korrigierte er mit ein paar schnellen Bewegungen den Sitz seiner Uniform und nahm Haltung an.

»Alles kommt aus der Mode, nur der gute Geschmack nicht, sage ich immer«, erwiderte Florence und bemerkte bei genauerer Betrachtung ihres Gegenübers, dass man diese Auffassung nicht verallgemeinern konnte.

Nun schritt der Kaufinteressent die Platte in allen Richtungen ab, inspizierte hier und da erneut und blieb schließlich mitten auf der Bronzeplatte stehen. Mit wichtigem Gesichtsausdruck warf er den Kopf in den Nacken, nahm die Arme auf den Rücken und schaute vielsagend zu seiner Begleiterin hinüber, die zusammen mit einem befreundeten Paar am Tisch sitzen geblieben war.

»Ich könnte mir diese Tafel sehr gut an der Wand unserer Orangerie vorstellen. Sie würde sich ganz hervorragend vor den Palmen machen«, teilte er ihr seine Gedanken mit. Dann räusperte er sich kurz und fügte ausgelassen hinzu: »Hier liegt sie doch nur unnütz herum und jeder tritt den Reichsadler mit Füßen.«

Seine kaffeebraune Freundin zeigte ihre weißen Zähne, klatschte verzückt in die Hände und lachte freudestrahlend mit dem Pärchen um die Wette. Das schien den humoristischen Nerv ihres Freundes getroffen zu haben.

»Der Reichsadler und das Truppenabzeichen deuten zweifellos auf das Deutsche Reich hin«, kombinierte er messerscharf und blickte dabei schelmisch zu seinen Freunden. »Da kann ich nur sagen: Zurück ins Reich!«

Dieses Wortspiel brachte die südamerikanische Seele zum Kochen. Mit harmonischem Geträller und rhythmischem Klatschen tänzelte die feurige Schönheit auf hohen Stöckelschuhen über die gusseiserne Platte und fiel ihrem Freund küssend um den Hals.

»Wenn du aber möchtest, lassen wir das Teil als Tanzfläche einbauen«, verstand er offenbar aus der Körpersprache seiner Partnerin zu lesen. »Und dann laden wir deine Freundinnen aus Rio ein und ihr tanzt für mich einen Samba«, klopfte er ihr mit Schwung und einem ordinären Lacher auf den Allerwertesten.

»Diese Platte bewegt sich keinen Millimeter von der Stelle«, machte ihm Florence aber einen Strich durch die Rechnung. »Die liegt schon seit Menschengedenken hier und daran wird sich auch nichts ändern.«

Mit einem solch unpassenden Zwischenruf hatte keiner rechnen können. Das Pärchen am Tisch zuckte zusammen. Die beiden wussten, wie ihr uniformierter Freund bei brüsken Zurückweisungen reagieren konnte. Deshalb verkleinerten sie ihre eigene Angriffsfläche, durch das Zusammenziehen aller Körperteile, sicherheitshalber einmal um ein gutes Stück. Ein kurzer, gebietender Wink zeigte der Südamerikanerin an, dass sie die Kampfzone auf schnellstem Weg zu verlassen hatte. Auge in Auge standen sich nun Südstaatler und Lothringerin gegenüber. Kam es zu einem der gefürchteten Bodychecks oder ging jeder der Kontrahenten seiner Wege? Offenbar hatte sich der Uniformierte für eine weitere Variante entschieden. Er ließ noch einmal kurz die Muskeln spielen, hob räuspernd den Blickkontakt auf und setzte auf seine oft beschworene Menschenkenntnis.

»Jeder Mensch ist käuflich«, schöpfte er aus einem langen Erfahrungsschatz und fügte großspurig hinzu: »Da wären Sie die Erste, die sich einem guten Geschäft verweigern würde.«

»Ich glaube, Sie verkennen die besonderen Umstände, Monsieur«, ließ sich Florence allerdings nichts vormachen. »Die Lothringer sind ein Menschenschlag, der für seine Unbestechlichkeit und Unnachgiebigkeit bekannt ist. Wenn wir käuflich gewesen wären, ginge es uns heute vielleicht besser. Doch wir glauben noch an altbekannte Werte wie …«

»Fünftausend Euro!«, fiel er ihr harsch ins Wort. »Fünftausend, und ich lasse Ihnen zusätzlich einen Blitzableiter aufs Dach bauen.« Er war fest davon überzeugt, dass die uralte Übertölpelungsmasche auch dieses Mal ihre Wirkung nicht verfehlen würde. Der Beifallstisch applaudierte, die Käfer schwirrten und Florence schaute zum Dachfirst hinauf.

»Wie Sie sehen, haben wir bereits einen Blitzableiter, das Thema hat sich also erledigt«, zeigte sie die kalte Schulter und räumte den Tisch ab.

Doch so schnell gab sich ihr Gegenüber nicht geschlagen.

»Mein letztes Wort: Zehntausend! Zehntausend für dieses beschädigte Stück Metall«, streckte er Florence breitbeinig und siegessicher die Hand hin. »Schlagen Sie ein und der Handel ist perfekt.«

Doch Florence schaute ihn nur mitleidig von oben bis unten an.

»Ich hatte schon Angebote, da darf Ihre armselige Offerte nicht dran tippen«, versetzte sie dem Ego des Südstaatlers einen herben Dämpfer. »Diese gusseiserne Platte ist über einhundertfünfzig Jahre alt und eine der letzten ihrer Art. Eine solche hängt nur noch im Museum in Berlin«, lehnte sie, mit dem ihr eigenem Temperament, einen Verkauf für diese Summe kategorisch ab. »Denken Sie, dass wir hier hinterm Mond leben, nur weil wir höflich sind? Unter fünfundzwanzigtausend brauchen Sie mir gar nicht zu kommen.«

Derartige Zuspitzungen waren reines Gift für regelkonforme Verhandlungen und für einen Chauvinisten, wie hier einer stand, die ultimative Demütigung. Am Jubeltisch rechnete man mit dem Schlimmsten. Aller Augen starrten verängstigt auf ihren Anführer, der wie vom Blitz getroffen, verschmolzen mit der Platte, dastand. Diesen Schockzustand nutzte Florence kaltlächelnd aus, um ihren Gegner vom Feld zu fegen.

»Und was den Reichsadler angeht: Dieser Adler ist nicht nur Eigentum meiner Familie, er hat auch einen ideellen Wert«, schraubte sie den Preis in die Höhe. »Für diesen Vogel würde ich auf jeden Fall einen entsprechenden Zuschlag erheben. Schauen Sie nur, wie majestätisch der dreinschaut.«

Der Südstaatler, der allem Anschein nach in Rückzugsgefechten unerfahren war, wusste nicht so recht, wie er eine schmachvolle Kapitulation abwehren konnte. Um Zeit zu gewinnen, zündete er sich eine Zigarre an, warf das Feuerzeug verstimmt auf den Tisch, leerte sein Glas in einem Zug und wandte sich mit nervösem Zucken um die Mundwinkel Florence zu.

»Sie möchten doch nur, dass ich auf Ihre irrwitzigen Preisvorstellungen eingehe«, blies er den Zigarettenrauch unbeherrscht über die Bronzeplatte. »Aber da haben Sie zu hoch gepokert, Madame. Ich zahle doch keine Fünfundzwanzigtausend und mehr für dieses marode Stück. Da müssen Sie sich schon einen anderen Dummen suchen, dem Sie das Ding andrehen können«, drehte er den Spieß einfach um. »Aber den möchte ich sehen, der sich das antut. Wer sagt denn, dass die Tafel nicht in tausend Stücke zerspringt, wenn man sie anhebt? Wie stellen Sie sich eine solche Aktion überhaupt vor? Darüber haben Sie sich wohl noch keine Gedanken gemacht. Das dachte ich mir. Verkaufen wollen, aber keinen Plan haben«, lachte er sich bestätigend zu, nahm dabei selbstherrlich das zustimmende Nicken seiner Entourage entgegen und setzte sich zurück an den Tisch. »Überschlau kommt vor dumm, das sollten Sie sich merken.«

Der Befreiungsschlag schien ihm gut bekommen zu sein. Zumindest sah er äußerlich wieder wie ein militärischer Befehlshaber aus. Er lüftete kurz sein Käppi, wischte sich den Schweiß von der Stirn und setzte es wieder – mit der Handkante zur Nase – passgenau auf.

»Als ob gerade ich Interesse an altem Plunder hätte. Absurd«, pustet er affektiert den Rauch in die Luft. »Wenn Sie wüssten, wie ich lebe! In meiner Orangerie würde das verrostete Teil wie ein Fremdkörper wirken. So viel dazu«, bekräftigte er. »Fragen Sie meine Freunde, die werden Ihnen bestätigen, dass es bei mir keine Halbheiten gibt.« Sofort setzte ein kollektives Kopfnicken ein und seine südamerikanische Freundin meinte: »Du haben recht, du brauchen nix alte Plunderplatte.«

»Dann sind wir doch alle zufrieden«, lenkte Florence ein, um endlich wieder ans Arbeiten zu kommen. »Das Teil bleibt hier und Sie genießen den Abend.«

»Bringen Sie uns noch eine Flasche Champagner, aber vom Besten«, gab er mit freudestrahlendem Gesicht eine Bestellung auf. »Dann haben Sie wenigstens ein kleines Geschäft gemacht«, lachte er herablassend. »Aber grämen Sie sich nicht, andere haben sich auch schon die Zähne an mir ausgebissen. Es war schon immer so: Was ich nicht will, das kann mir keiner aufschwatzen und was ich will, das bekomme ich auch.«

»Was er will, das bekommt er«, plapperte sein Bekannter nach. »Das war immer schon so.«

»So ist es«, bestätigte der Konföderierte noch einmal. »Für mich war von Anfang an klar, dass ich mir eine Kopie dieser Platte in China anfertigen lassen werde«, verriet er vollmundig seine Absichten. »Und die wird größer und schöner sein als das Teil hier, das ist sicher. Da bin ich mit ein paar Tausend durch und muss mir keine langen Predigten anhören.«

»Das ist eine ausgezeichnete Idee«, lobte ihn Florence und fügte beim Fortgehen hinzu: »So eine Imitation reicht doch für einen Wintergarten allemal aus.«

Hochstimmung

Die Hochzeitsfeiern fanden in der Regel im Sommer statt. Doch es gab auch bestimmte Kalendertage, die Heiratswillige anzogen wie die Motten das Licht. Gerade in den letzten Jahren hatte dieses Phänomen immer mehr um sich gegriffen. Warum gerade eine Schnapszahl oder eine bestimmte Zahlenfolge für eine glückliche Ehe sprechen sollten, entzog sich allerdings der Vorstellungskraft von Florence.

»Schon wieder habe ich eine Anfrage ablehnen müssen, da der Saal längst reserviert ist«, ärgerte sie sich. »Jeder versteift sich auf dieses eine Datum.«

»Dann bleiben eben nur noch Beerdigungen«, erwiderte Marcel trocken. »Den Verstorbenen ist das Datum egal.«

Doch damit wollte sich Florence nicht zufriedengeben. Sie entschied sich, in die Offensive zu gehen und Hochzeitspaare mit einem namhaften Künstler anzulocken. Es war kein geringerer als Gilbert Béclaud, der in den frühen achtziger Jahren durch die französische Fassung des Evergreens »My Bonnie is over the ocean« bekannt geworden war. Einen Teil seiner Prominenz hatte er aber auch dem großen französischen Chansonier zu verdanken, der ihn auf Änderung des Künstlernamens verklagt hatte. Doch wenn etwas an Béclaud echt war, dann war es sein Name. Und so musste der Weltstar ertragen, dass ein drittklassiger Schlagersänger im Schatten des großen Namens sein Brot verdiente.

Seit dieser Zeit tingelte Béclaud, ohne weitere, neue Hits platziert zu haben, übers Land und bot bei Betriebsfeiern, Geschäftseröffnungen und Familienfesten seine Dienste an. Daran hatte sich bis heute nichts geändert. Mit seinen siebenundsiebzig Jahren sang er bei seinen Kurzauftritten immer noch den bekannten Evergreen, dann drei eigene Schlager, die allerdings kein Mensch kannte, und am Ende wieder seinen Hit in der Langversion.

Für diesen knapp halbstündigen Auftritt hatte ihn Florence engagiert. Der große Vorteil war, dass Béclaud in der Nähe von

Nancy lebte und für Auftritte in Wohnortnähe eine interessante Kombigage erhob. So kam neben einem kleinen Handgeld ein Souper für ihn und seine Frau hinzu. Florence hatte ein Dreigängemenu, einschließlich aller Getränke, mit ihm vereinbart und einen Rabatt in Form einer Zugabe herausgeschlagen. So sang er seinen Erfolgshit nach dem Applaus noch ein weiteres Mal, dann aber in der Kurzversion.

Doch mit Béclaud war eine Hochzeitsfeier noch lange nicht in trockenen Tüchern, mit ihm war erst der Anfang gemacht. Die Auswahl der Speisefolge und die gesamte Organisation des Festes waren die wirklichen Herausforderungen. Um die offenen Fragen abzuklären, kam das Paar an einem Abend vorbei und besprach bei einem Testessen mit Florence und dem Küchenchef die weiteren Modalitäten. Dabei scheiterte so manche Wunschvorstellung am Budgetrahmen des Paares. Nicht so bei Pascal Cavalier.

»Nein, nein, mit der ersten Vorspeise bin ich überhaupt nicht einverstanden«, musste sich Jean-Luc, der Chefkoch von »Chez Tantine«, gleich eine erste Kritik anhören. »Sie müssen doch wissen, dass zu einer Foie gras nicht nur Feigenconfit gehört. Da erwarte ich auch Portweingelee und Zwiebelconfit. Und das Brot muss selbstverständlich leicht angeröstet in einer weißen Tuchserviette gereicht werden. Ein wenig Stil kann man ja wohl erwarten«, tat sich der Bräutigam nicht nur als Feinschmecker hervor. »In aller Bescheidenheit appelliere ich an Ihre Kochkünste, Monsieur!« Doch Bescheidenheit und Zurückhaltung waren nicht gerade die Attribute, die Pascal Cavalier auszeichneten.

Vor einigen Jahren hatte der gelernte Dachdecker einen Betrieb eröffnet, den er aber nach einem Jahr wieder aufgab. Danach war er in die »Autobranche« eingestiegen, wie er das ausdrückte, und verkaufte nun auf einem Teil des ehemaligen Bahngeländes von Forbach Gebrauchtwagen. Auch wenn er seit dieser Zeit wie ein kultivierter Geschäftsmann im Seidenanzug mit Einstecktuch zwischen Autos, Pfützen und Verkaufscontainer umherstolzierte, verrieten seine gewagten Schmuckaccessoires und anzüglichen Umgangsformen doch anderes.

Bei seiner zukünftigen Frau, einer gebürtigen Marokkanerin, kamen aber gerade diese Attitüden sehr gut an. Sie liebte sicheres Auftreten, große Gesten und schlüpfrige Bemerkungen, aber noch mehr den schwarzen Camaro mit dem unüberhörbaren Auspuffdröhnen. Ähnlich nahm Pascal Cavalier seine Zukünftige wahr. Die kleine, rundliche Nordafrikanerin hatte es ihm nicht nur wegen ihres etwas gewöhnlichen Naturells angetan, ihre üppige Oberweite war für sich allein schon Grund genug gewesen.

»Wir passen zueinander wie die Faust aufs Auge«, war ein Standardsatz von ihm. Eigentlich sollte dieses Motto auch der Trauspruch werden, doch der Geistliche versagte sich dem Herzenswunsch des Brautpaares.

»Das ist auch eine dieser überflüssigen Spaßbremsen«, sortierte ihn der Bräutigam in die Kiste der permanent Freudlosen ein. »Da muss sich keiner wundern, dass immer mehr Leute in Las Vegas heiraten.«

Mittlerweile hatte Cavalier seiner Zukünftigen in der Fußgängerzone von Forbach ein kleines Ladenlokal eingerichtet. Dort bot sie afrikanischen Schmuck, Seidentücher und Räucherkerzen an und wer mochte, bekam auch einen Mokka mit orientalischem Gebäck. In den Augen von Pascal Cavalier war sie damit in den erlauchten Kreis der cleveren Geschäftsfrauen aufgestiegen. Doch die Wirklichkeit war eine andere. Der Laden warf nicht einmal genug für die Miete ab. Doch das störte keinen von beiden, denn man rechnete bei hohen Verlusten mit hohen Steuervorteilen.

»Wir können alles so arrangieren, wie Sie möchten«, hatte sich Florence einige Notizen gemacht. »Bevorzugen Sie einen Sauternes, einen Monbaziallac oder einen Pinot Gris zur Vorspeise?«.

»Selbstverständlich einen Sauternes«, hatte sich Cavalier instinktiv für den teuersten Wein entschieden. »Und zum Empfang servieren Sie uns einen Dom Perignon mit Erdbeeren und Canapees.«

Florence machte gern gute Geschäfte. Aber sie interessierte sich auch für die Bonität ihrer Gäste, wenn es um größere Feiern ging. Und über ihren jetzigen Geschäftspartner hatte sie nicht die besten Auskünfte erhalten.

»Mit wie viel Gästen müssen wir rechnen?«, fragte sie nach.

»Gehen Sie einmal von einhundert Geladenen plus Schlusslichter aus«, formulierte Cavalier mit bedeutendem Augenaufschlag und zog aus seinem hellblauen Anzug ein gleichfarbiges Handy heraus: »Warten Sie!«

Nun erlebte Florence ein Telefonat der besonderen Art.

»Ich wollte euch zu unserer Hochzeit einladen. Nein alle. Wie viel seid ihr denn insgesamt? Gut. Notiert euch schon einmal den Termin, wir hören noch voneinander.«

Er strahlte über das braungebrannte Gesicht und flüsterte seiner Zukünftigen ein paar Worte ins Ohr.

»Nein!«, jubelte sie schrill und fiel ihm um den Hals. »Das ist wieder typisch für dich. Nicht nur Franc und Philipp, sondern gleich das ganze Fitness-Studio. Du bist immer so spontan.«

»Dreizehn kommen dazu«, ließ er Florence bedeutungsvoll wissen. »Planen Sie einfach für einhundertzwanzig Gäste.«

Nun ging es an die zweite Vorspeise: Zander in der Salzkruste.

»Mir fehlt hier das gewisse Etwas, der Pfiff«, kritisierte Pascal Cavalier mit einem Fingerschnippen auch dieses Mal die Kochkünste. »Der Fisch ist mir generell zu trocken«, begann er mit der Analyse. »Wahrscheinlich war die Salzkruste zu dick oder das Meersalz zu grob. Vielleicht auch beides. Der Sache müssen Sie auf den Grund gehen, sonst können Sie den Fehler nicht abstellen«, belehrte er den Koch. »Gäste sind wie Schmetterlinge: Heute hier, morgen da. Wenn Sie nicht beste Qualität abliefern, haben Sie auf Dauer keine Chance.«

Wer Jean-Luc kannte, wusste, dass er von solcherart Nörgelei sehr gekränkt war. Für ihn hatte unberechtigte Kritik etwas mit Ehrabschneidung zu tun. Auch wenn er nicht zu den Sterneköchen der Republik gehörte, kochte er doch gut genug, um eine regelrechte Fangemeinde zu haben. Was aus seiner Küche kam, war frisch, schmackhaft und überzeugte durch gleichbleibende Qualität.

»Das ist ein Fisch in der Kruste und kein Fisch in der Sauce«, öffnete Jean-Luc den obersten Knopf seiner Kochjacke, um ein wenig Luft abzulassen. »Wenn Sie es nicht so trocken mögen, dann empfehle ich Ihnen Hecht im Weißweinsud.«

Der Koch kochte. Das sah man dem rundlichen Mann mit Zwirbelschnurrbart zwar nicht an, aber die Reaktion von Florence ließ das erahnen.

»Wir können den Zander natürlich auch in einer Dillsauce servieren, vielleicht mit ein paar Krabben und einem Basmatireis«, setzte sie auf Krisenmanagement.

»Ich liebe Basmatireis«, kam eine kulinarische Würdigung seitens der Zukünftigen. »An Feiertagen gab es bei uns in Marrakesch immer Basmatireis mit Safran. Das war ein Fest für uns alle.«

»Wenn das bei euch so war, Cherie, dann gibt es auch an unserer Hochzeit einen Basmatireis mit Safran«, respektierte Pascal Cavalier ihre Vorlieben, um aber gleichzeitig an der eigenen Speisefolge festzuhalten. »Beim Zander in der Salzkruste bleiben wir. Natürlich müssen Sie da entsprechend nachbessern. Mit ein wenig Mühe sollte Ihnen das gelingen«, schoss er sich wieder auf den Koch ein. »Ich bringe Ihnen bei Gelegenheit ein Kochbuch über Fischspezialitäten mit. Da werden Sie sehen, wie schnell man mit ein paar gekonnten Handgriffen ein raffiniertes Fischgericht zubereitet. Dann auf zum Hauptgericht, ich lasse mich von Ihren Kochkünsten überraschen.«

Das hörte sich so an als prüfe ein erfahrener Restauranttester einen Amateur am Herd. Und so hatte es Cavalier auch gemeint.

Nur ein einziges Mal war Jean-Luc aus der Haut gefahren. Damals hatte er sein Messer so tief in den Hauklotz gerammt, dass man es nur mit aller Mühe wieder herausbekam. Anlass für den seinerzeitigen Wutausbruch war ein Journalist mit Kochambitionen gewesen, der im Forbacher Regionalanzeiger behauptet hatte, dass der Koch von »Chez Tantine« der »alten Schule« angehöre. Und heute steckte das Messer wieder tief im Hauklotz.

»Das war gar nicht so schlecht, mein Lieber«, wurde Jean-Luc nach dem Hauptgang aber unerwarteter Weise gelobt. Doch ohne einen kritischen Seitenhieb ging es nicht ab. »Trotzdem hätte das Boeuf Bourguignon ein wenig mehr Pfeffer verdient gehabt. Und einen runderen Rotwein würde ich Ihnen für die Sauce auch empfehlen. Seien Sie mutiger, große Köche haben es vorgemacht. Aus dem Handgelenk heraus muss man würzen, und aus dem Bauch heraus kochen.«

Pascal Cavalier gehörte zu den Zeitgenossen, die gern den Oberlehrer spielten. Diese herablassende Haltung spiegelte sich in diesem Augenblick auch in seinem Gesicht wider.

»Dann servieren wir gleich das Dessert«, wollte Florence eine Antwort ihres Kochs gar nicht erst abwarten und schickte ihn in die Küche. Doch gesagt war gesagt und ohne einen Vergeltungsschlag wollte Jean-Luc das Schlachtfeld nicht räumen.

»Dem flambiere ich jetzt die Zunge! Ich muss mir von einem Amateur doch nicht alles bieten lassen«, platzte ihm in der Küche der Kragen, während er mit geübten, schnellen Schnitten eine Blutorange tranchierte.

»Der soll sich nicht so wichtig nehmen, dieser halbseidene Aufschneider. Schließlich hat er nur Schrottkisten auf dem Hof stehen«, unterstützte Paulette ihren Küchenchef mit erhobenem Kochlöffel. »Mein Neffe hat einmal ein Auto bei ihm gekauft. Ich sage dir, Probleme über Probleme. Und was war die Antwort des feinen Herrn? ›Dann müssen Sie sich einen Neuwagen kaufen, Monsieur.‹ So unverschämt ist dieser widerwärtige Kerl.«

Die Crêpe Suzette flambierte Jean-Luc stets am Tisch. Dazu erhitzte er den Grand Marnier in der Kupferpfanne und entzündete ihn blitzschnell. Dieses Mal hatte er es mit dem Alkohol allerdings ein wenig übertrieben. Die blauen Flammen schossen in die Höhe und entzündeten im Handumdrehen das seidene Einstecktuch seines Opfers. Doch bevor es zum Äußersten kam, hatte die Marokkanerin, die mit Feuerspuckern aller Art vertraut war wie keine andere, auch schon geistesgegenwärtig, mit der Masse ihrer Oberweite, das Feuer erstickt.

»Sind Sie wahnsinnig geworden? Was hätte da passieren können!«, rang Pascal Cavalier unter seiner Zukünftigen nach Luft. »Wollen Sie Ihre Gäste abfackeln?« Doch er schien aus dem unerwarteten Anschlag seine Schlüsse gezogen zu haben. »Am Hochzeitstag flambieren wir auf keinen Fall am Tisch«, ließ er Florence wissen. »Nein, nein, am besten verzichten wir ganz auf die Crêpe Suzette«, korrigierte er sich. »Sie servieren einen Café Gourmand mit zehn kleinen Überraschungen«, rückte er den Sicherheitsaspekt in den Vordergrund. »Das ist sicherer.«

Damit war die Speisefolge abgearbeitet und der Koch durfte wieder in seine Küche zurück. Nun ging es an die Kostenzusammenstellung. Die hatte Florence bereits vorbereitet.

»Das ist die Endsumme, einschließlich der geschätzten Getränkekosten«, schob sie ihrem Kunden die Aufstellung hin.

»Das sind dann rund achtundachtzig Millionen Francs«, rechnete der die Summe in alte, französische Francs um und machte sich eine Notiz.

Das Rechnen in uralter Währung war eine Marotte der Franzosen. Kaum einer der heute noch Lebenden hatte überhaupt mit jener Währung zu tun gehabt und selbst die Umstellung auf den Euro lag lange zurück. Trotzdem wurde landauf, landab immer noch in alten, französischen Francs gerechnet.

»D'accord!«, gab er mit einem Kopfnicken sein Einverständnis.

»Grundsätzlich zahlt der Klient zehn Prozent der Summe bei Auftragserteilung an«, wies ihn Florence auf die Geschäftsgepflogenheiten hin. »Und hier können Sie gegenzeichnen, wenn Sie mit Termin, Speisefolge und Kostenaufstellung einverstanden sind.«

Das tat Pascal Cavalier auch anstandslos. Doch den Passus mit der Teilvorauszahlung hatte er geflissentlich überhört.

»Denken Sie bitte bei Gelegenheit an die Anzahlung«, wies ihn Florence beim Verlassen des Restaurants noch einmal höflich auf die Vertragsmodalitäten hin. Aber sie ahnte schon, dass da nichts kommen würde. Aber was wollte sie tun? Sie stand als Geschäftsfrau in Konkurrenz zu den anderen Restaurants. Und so gehörten auch weniger solvente Gäste zur Klientel. Bei solchen Zeitgenossen musste man allerdings mit allem rechnen. Sie hatte schon erlebt, dass eine Feier am Vormittag ohne Begründung abgesagt wurde oder dass man den Wein und Champagner mitbrachte. Und sie war auch schon auf ihren Unkosten sitzengeblieben.

In diesem konkreten Fall fand die Feier aber statt. Gegen Abend rollte ein Autokorso mit lautstarkem Hupkonzert auf den alten Marktplatz. Es sah so aus, als fände hier der diesjährige Genfer Autosalon statt. Die edelsten Nobelkarossen waren vertreten und strahlten mit ihren stolzen Besitzern um die Wette. Als sich die Wagentüren öffneten, ahnte man aber, dass es sich kaum um einen rotarischen Clubausflug handelte. Und diese Einschätzung verfestigte sich, als das Brautpaar in goldglitzerndem Partnerlook aus einer Stretchlimousine stieg.

Florence, Marcel und Elise standen kopfschüttelnd am Fenster und schauten dem ungewöhnlichen Treiben auf dem Parkplatz zu.

»Schaut euch diese Nachtschattengewächse an. Heute Abend können wir Milieustudien betreiben«, seufzte Florence. »Alles Blender. Diese Autos rollen nicht auf vier Rädern, sondern auf vier Wechseln«, winkte sie ab. »Hoffen wir, dass wenigstens der Bräutigam mit richtigem Geld bezahlen kann.«

Es war eine Hochzeitsfeier der Superlative. An nichts wurde gespart und von allem gab es genug. Auch von Gilbert Béclaud.

Der hatte sich vertragsgemäß eingefunden, seinen Auftritt perfekt absolviert und hätte dann eigentlich in einem Nebenraum dinieren sollen. Doch der Gastgeber lud ihn mit Frau an den Hochzeitstisch ein und machte den Künstler zum Ehrengast. Dafür revanchierte sich Béclaud mit verschiedenen Gesangeseinlagen und stand den Gästen den ganzen Abend für Fotos und Autogramme zur Verfügung.

»Mein Freund Gilbert Béclaud ist der Grandseigneur des französischen Chansons«, umarmte ihn am späten Abend ein zutiefst gerührter und alkoholisierter Gastgeber. »Lieber Gilbert, du hast dich um Frankreich verdient gemacht wie kein anderer. Deshalb möchte ich dir eine besondere Freude bereiten«, klopfte er ihm aufmunternd auf die Schulter und umarmte ihn erneut. »Ich lasse nun meinen Hochzeitshut herumgehen und bitte euch um eine großzügige Spende. Denn unser Freund wünscht sich nichts mehr als einen roten Alfa Spider aus den siebziger Jahren«, küsste er den Sänger gönnerhaft auf die Stirn. »Ich für meinen Teil werde die fehlende Summe aufstocken und in Kürze wird der große Béclaud seinen Traum in Rot – als Anerkennung für sein Lebenswerk – vor der Tür stehen haben.«

Das waren die besonderen Momente, die eine solche Feier ausmachten: große Gesten, vollmundige Versprechungen und sentimentale Ehrenerklärungen. Béclaud fühlte sich geehrt wie noch nie. Endlich sah er sich in gebührender Weise ausgezeichnet und in eine Reihe mit Charles Aznavour, Gilbert Bécaud und Jonny Holiday gestellt. Zum Dank sang er seinen Evergreen in einer überlangen Langversion und versprach seinen Fans, dass er niemals seine künstlerische Bescheidenheit verlieren wolle. Das kam an.

Aber es gab auch Augenblicke, die ein Fest von der einen auf die andere Sekunde kippen lassen konnten. So war gegen drei Uhr in der Früh das Oberteil der Braut, beim Tanz mit einem Hochzeitsgast, in bedenkliche Schieflage geraten. Die Brüste wippten wie Kokosnüsse im Sturm und drohten bei nächster Gelegenheit herauszuspringen. Das bemerkte der Bräutigam und schrie so laut wie ein Fischhändler auf dem Marseiller Fischmarkt: »Du Schlampe! Du verdammte Schlampe! Ich lasse mich von dir scheiden, du miese Schlampe!«

Es dauerte über eine Stunde, bis ihn ein paar Freunde beruhigt hatten.

»Das kann doch passieren«, beschwichtigte ihn einer und verriet aus einem reichen Erfahrungsschatz: »Da unten in Marokko ist es heiß wie in der Sauna. Was meinst du, wie oft dort die Hüllen fallen, ohne dass sich jemand etwas dabei denkt? Das ist für diese Region so normal wie bei uns das Überziehen einer Strickjacke.«

Doch Pascal Cavalier war zu alkoholisiert, um die richtigen Schlüsse zu ziehen. Auf allen vieren schleppte er sich in die Stretchlimousine und wachte dort am späten Vormittag neben seiner Frau auf.

Die Putzkolonne von »Chez Tantine« wunderte sich morgens, dass eine Menge Autos mit angelaufenen Scheiben auf dem Parkplatz standen. Erst um die Mittagszeit, als die Sonntagsgäste langsam eintrafen, lichteten sich die Reihen und auch der Wagen des Brautpaares war plötzlich verschwunden.

Florence verschickte noch am gleichen Tag die Rechnung. In der ersten Woche hörte sie nichts, in der zweiten auch nicht und in der dritten rief sie bei Pascal Cavalier an.

»Mit der Höhe der Getränkerechnung bin ich nicht einverstanden, Madame, ganz und gar nicht«, kam eine schroffe Beanstandung und eine weitere Reklamation folgte auf den Fuß: »Und der Blumenschmuck war mir viel zu schlicht.«

»Ich habe Ihnen den Blumenschmuck doch überhaupt nicht in Rechnung gestellt«, wunderte sich Florence über so viel Unverfrorenheiten. »Die Blumen waren als zusätzliche Tischdekoration gedacht. Die vorgesehenen Blumenbouquets sollte ihre Frau besorgen, was sie aber vergessen hatte. Und was die Getränkerechnung angeht, so habe ich selbstverständlich über jede Flasche und jedes Glas einen detaillierten Beleg.«

Doch diese Argumente stießen beim Adressaten auf taube Ohren. Er versprach am Wochenende vorbeizuschauen, um die verschiedenen Ungereimtheiten »in aller Ruhe« zu besprechen.

»Wir werden heute nach Forbach fahren und mit der Faust auf den Tisch schlagen«, heizte Florence ihrem Mann am Montagmorgen beim Frühstück ein, nachdem Cavalier am Wochenende nicht aufgetaucht war. »Glaubt der etwa, dass wir seine Hochzeitsfeier finanzieren? Bis heute hat er keinen müden Centime gezahlt. Dem werde ich etwas flüstern. Von wegen ›in aller Ruhe‹.«

Pascal Cavalier schien auf solcherart Gespräche eingestellt zu sein. Zumindest war in seinem Doppelcontainer ein sogenannter Deeskalationsraum eingerichtet. Die Raumgestaltung hatte er der Fachzeitschrift »Psychologische Wohnberatung für Sie und Ihn« entnommen.

Der honigfarben gestrichene Raum war mit einem lindgrünen Teppichboden ausgelegt, auf dem eine rostbraune Sitzgruppe stand. Laut Hersteller versprachen die gepolsterten Schwingsessel jede noch so heftige Bewegung abzufedern und »Gelassenheit in den Alltag« zu bringen. Bei der Beleuchtung hatte er auf Lichttherapielampen gesetzt, die mit zehntausend Lux »die Sonne aufgehen ließen«. Nur die künstlichen Blumen waren von ihm selbst ausgewählt worden. Diese standen in einer knallroten Vase mitten auf dem runden Rattantisch.

»Welche Überraschung«, warf Cavalier wie einstudiert die Arme in die Höhe, als die Wirtsleute plötzlich vor seinem Schreibtisch standen. »Ich muss mich noch entschuldigen, mir ist am Wochenende eine Magenverstimmung dazwischengekommen«, war er um eine Ausrede nie verlegen. »Bitte folgen Sie mir, ich mache uns schnell einen Kaffee«, führte er seine Gäste in den, für komplizierte Gespräche eingerichteten, Raum und ließ die Gemüter zunächst einmal abkühlen.

»Ich nehme an, es geht um die Abrechnung«, servierte er ein paar duftende Tassen und setzte sich seelenruhig an den Tisch.

Dass er mit seiner Annahme richtig lag, konnte man am heftigen Wippen des Schwingsessels erkennen, auf dem Florence Platz genommen hatte.

»Wir wollen nicht um den heißen Brei herumreden«, brachte sie den Freischwinger an seine äußerste Belastungsgrenze. »Können Sie nun zahlen oder nicht?«

»Von Können kann gar keine Rede sein«, lachte der Autohändler gekünstelt auf. »Ob ich zahlen will, ist hier die Frage, schließlich bin ich mit der einen oder anderen Position nicht ganz einverstanden.«

»Es steht eine Rechnung von rund dreizehntausend Euro offen, Monsieur Cavalier! Da wollen Sie mir doch nicht weismachen, dass Sie wegen des einen oder anderen Verständnisproblems überhaupt nichts zahlen«, ließ Florence solch fadenscheinige Ausreden nicht gelten. »Hier haben Sie mir den Auftrag unterschrieben«, tippte sie auf dem Vertragspapier herum. »Neuntausend Euro gehen allein für die Menüs drauf. Und deren Qualität steht ja wohl außer Frage. Weshalb haben Sie also bis heute keinen einzigen Centime gezahlt? Das möchte ich nun doch einmal von Ihnen wissen.«

Der Deeskalationsraum hielt nicht, was er versprach. Denn kaum, dass sich Cavalier erneut in fadenscheinigen Ausflüchten erging, sprang Florence auf, katapultierte den Schwingsessel in hohem Bogen in die Ecke, öffnete mit lautem Schnauben das Fenster und schrie hinaus: »Jetzt reicht es aber! Ich rufe nun die Gendarmerie, die wird wissen, wie man mit Zechprellern Ihres Schlages umzugehen hat.«

»Beruhigen Sie sich doch, Madame«, schloss Cavalier sofort wieder das Fenster. »Wir werden doch sicher unter vernünftigen Menschen eine Lösung finden.«

Es stellte sich heraus, dass er nahezu zahlungsunfähig war. Gerade einmal dreitausend Euro kratzte er noch zusammen. Den Rest wollte er in überschaubaren Monatsraten zahlen. Doch darauf ließ sich Florence nicht ein.

»Wenn der morgen einen Konkurs hinlegt, stehen wir dumm da«, flüsterte sie Marcel ins Ohr, als Cavalier den Raum verlassen hatte. »Ich schlage vor, dass wir für dich einen gebrauchten Kombi kaufen. Dann haben wir wenigstens einen Gegenwert und du kannst zukünftig die Einkäufe erledigen.«

Erst jetzt realisierte Marcel, dass ihn die Angelegenheit auch etwas anging und er der eigentliche Verlierer der Auseinandersetzung sein würde.

Ihre innere Stimme hatte Florence nicht getrogen. Einige Monate später erfuhr sie von Béclaud, dass Pascal Cavalier Insolvenz angemeldet hatte.

»Er soll nun Fußböden in Reims verlegen. Und die Marokkanerin ist mit einem Neuen über alle Berge«, berichtete jener, als er wieder einmal einen Auftritt bei »Chez Tantine« hatte.

»Und was ist aus dem roten Alfa Spider geworden?«, wollte Florence wissen.

»Aus dem Alfa ist ein klappriger Japaner geworden«, winkte Gilbert Béclaud, der sich um die Würdigung seines Lebenswerkes betrogen fühlte, enttäuscht ab. »Er war zwar rot, aber nicht überall. Und nach einem halben Jahr hat die Kiste ihren Geist aufgegeben. Ich habe zwar immer schon gewusst, dass Pokale aus Trompetenblech sind, aber dass man sie für viel Geld verschrotten muss, war mir neu.«

Der Kombi von Marcel hatte hingegen keine Schwachstellen, dafür verschlug einem, sobald man die Wagentür öffnete, ein billiger Moschusduft den Atem. Der Geruch war nicht aus dem Auto herauszubekommen, weder durch Lüften noch durch andere Methoden. Das war dann auch die letzte Grußadresse von Pascal Cavalier.

Konkurrenzdenken

Keiner wusste besser als Florence, dass Konkurrenz das Geschäft belebte.

Sie pflegte mit den Restaurantbetreibern in der Umgebung einen kollegialen Umgang. Ab und an traf man sich, sprach sich in berufspolitischen Dingen ab und half dem andern, wenn es nötig war. Kurz: Man konnte sich jederzeit mit Anstand in die Augen schauen.

Dieses Prinzip des gewachsenen Miteinanders hatte der Gemeinderat nun mit einer politischen Entscheidung untergraben. Es war entschieden worden, dass das Ladenlokal im Rathaus, das bisher als Bürgeramt gedient hatte, in ein Restaurant umgewandelt und verpachtet werden sollte. Damit wurde Florence, quasi per Ratsbeschluss, ein Mitbewerber direkt vor die Nase gesetzt.

»Wenn wir demnächst morgens die Fenster öffnen, können wir unserem Konkurrenten direkt in die blutunterlaufenen Augen sehen«, dramatisierte Florence die Situation in der ihr eigenen Weise. »Und er wird sich darüber totlachen, dass wir den Ausbau seines Restaurants als Steuerzahler mitfinanziert haben.«

Das Rathaus lag »Chez Tantine« unmittelbar gegenüber, nur getrennt durch das Parkplatzkarree mit der umlaufenden Straßenführung. Noch war kein Pächter gefunden, aber es kursierten schon die abenteuerlichsten Gerüchte. Zunächst war von einer amerikanischen Imbisskette die Rede gewesen, dann von einem großen, französischen Restaurantbetreiber und zuletzt hörte man, dass die Tochter des Bürgermeisters dort ein Restaurant eröffnen wollte.

»Wenn das geschieht, ist Grossebouche zu klein«, versprach Florence ihrem Mann. »Vetternwirtschaft ist ja schon skandalös, aber Begünstigung im Amt ist eine Straftat. Da drauf steht Rücktritt, wenn nicht mehr! Und Fabienne ist doch gar nicht in der Lage, ein Restaurant zu führen. Nur weil sie einmal in ihrer Schulzeit bei uns Geschirr gespült hat? Das ist doch lächerlich.«

Sie hatte verschwiegen, dass Fabienne nach der Schule eine Kochlehre in einem Restaurant in Saargemünd absolviert hatte und mittlerweile in La Hoube, im traditionellen Restaurant »Zollstock«, als Jungköchin arbeitete.

Doch die Umgestaltung des Ladenlokales dauerte und so schlich sich Florence eines Morgens in die Baustelle, um sich einen Eindruck von den Räumlichkeiten ihrer zukünftigen Konkurrentin zu machen.

»Willst du etwa das Restaurant anmieten?«, überraschte sie dabei der Bürgermeister. »Noch haben wir keinen Pachtvertrag abgeschlossen, du kannst dich also jederzeit bewerben.«

»Ich dachte, deine Fabienne wird das Restaurant übernehmen«, wunderte sich Florence über die Offerte.

»Fabienne? Wie kommst du denn darauf?«, fragte Claude Fontaine überrascht nach. »Fabienne hat doch im »Zollstock« eine gute Stelle. Außerdem ist sie noch zu jung, um ein eigenes Restaurant zu führen. Da muss ein Kaliber deines Schlages her«, lachte er und fügte hinzu: »Eine Dependance in Blickweite wäre doch nicht schlecht. Darüber würde ich an deiner Stelle einmal nachdenken.«

Florence dachte von da an an nichts anderes mehr. Würde sie das Lokal anmieten, hätte sie alles selbst in der Hand. Sie könnte eine Eisdiele oder einen Schnellimbiss daraus machen oder eine Bar für junges Publikum. Doch Marcel und Elise konnten sich für keine ihrer Ideen erwärmen.

»Dann rennst du von morgens bis abends über den Platz und stehst noch mehr unter Druck«, meinte ihre Tochter. »Da drüben kann doch keine Konkurrenz für uns entstehen. Dafür ist das Lokal doch viel zu klein.«

Das mit der Größe stimmte zwar, aber Konkurrenz konnte für Florence auch von einem kleinen Restaurant ausgehen.

»Ihr beide hattet noch nie Courage, und Visionen schon gar nicht«, ließ sie sich nicht so schnell von ihren Überlegungen abbringen. »Wenn es nach euch ginge, gäbe es keinerlei Veränderungen. Unsere Gäste würden heute noch über den Hof zu den alten Toiletten pilgern und einen Béclaud gäbe es auch nicht. Ich prophezeie euch: Wenn wir die Sache da drüben nicht selbst in die Hand nehmen, ärgern wir uns bis ans Ende unserer Tage.«

Florence konnte nicht ahnen, wie recht sie hatte. Und als ihre Küchenhilfe Paulette Meyer eines Tages berichtete, dass man einen Pächter für das Rathaus-Restaurant gefunden hätte, war es zu spät. »Es soll ein Türke sein«, teilte sie ihrer Chefin mit. »Er will wohl ein Kebab Lokal eröffnen.«

Diese Nachricht schlug bei Florence wie eine Bombe ein.

»Was habe ich euch gesagt«, bekamen ihr Mann und ihre Tochter zu hören. »Aber jetzt ist das Kind in den Brunnen gefallen. Der Türke wird uns das Leben zur Hölle machen, das sage ich euch. Hätten wir den Laden angemietet, könnten wir heute selbst Kebab verkaufen. Aber nein, ich wurde ja wieder einmal von meiner Familie ausgebremst.«

Es half alles nichts, der Pachtvertrag war unterschrieben und bald konnte Florence beobachten, wie immer wieder Möbel und Küchengeräte ins Restaurant getragen wurden.

»Bei denen hält die Familie noch zusammen, das muss man neidlos anerkennen«, bestrafte sie ihre Lieben mit einem verächtlichen Augenaufschlag. »Wahrscheinlich eröffnet der schon nächste Woche. Die Konzession soll er bereits haben, wie mir Frédéric verraten hat.«

Frédéric Karst war der Leiter der Bauabteilung. Ihn verbanden mit Florence, über drei Ecken herum, verwandtschaftliche Beziehungen. Wenn er mit seiner Familie zum Essen kam, wurde er stets zum Digestif eingeladen. Im Gegenzug erfuhr Florence alles Wichtige aus dem Rathaus. Auch bei Anfragen und Anträgen konnte sie sich auf ihren Großcousin verlassen.

Sie hoffte, dass sie sich auf ihren Marcel ebenso verlassen konnte.

»Ich möchte, dass du alles genau im Auge behältst«, setzte sie ihn auf den neuen Konkurrenten an. »Von der Theke aus hast du einen guten Blick aufs Lokal. Wenn da drüben etwas Verdächtiges vor sich geht, rufst du mich.«

Marcel nickte. Doch ihn interessierte das, was auf der anderen Seite geschah noch weniger als das, was im eigenen Restaurant passierte.

»Und, was ist zwischenzeitlich geschehen?«, wollte Florence mit einem Blick aus dem Fenster nach einer Stunde wissen.

Marcel schaute hinaus und sagte: »Nichts.«

»Nichts!«, schüttelte Florence den Kopf. »Wenn du natürlich nicht hinausschaust, kannst du auch nichts sehen. Dir muss man den Türken vor die Theke stellen, damit du ihn siehst.« Und so kam es.

»Ich möchte mich vorstellen. Mein Name ist Ali Takülü«, stand ein junger Mann mit weißem Hemd und schwarzer Hose vor Marcel. »Ich bin der Pächter von gegenüber. Und das ist meine Frau Afra. Wir wollten guten Tag sagen.«

Marcel nickte, schaute sich die beiden an und schlich in die Küche.

»Der Türke ist da«, deutete er seiner Frau einen Schnurrbart an. »Er heißt Ali.«

»Ich möchte mich vorstellen...«, wurde nun auch Florence von ihrem neuen Nachbarn begrüßt.

»Aha, dann hat die Gemeinde also doch einen gefunden, der die überhöhte Pacht zahlt«, schaute Florence ihren direkten Konkurrenten mit gekreuzten Armen prüfend an. »Hoffentlich haben Sie einen langen Atem. Das wird ein steiniger Weg werden, befürchte ich für Sie. In Ihrer Haut möchte ich nicht stecken.«

»Sehr freundlich«, bedankte sich Ali Takülü artig für die aufrechten Worte. »Ich möchte Sie und Ihren Mann gern zu unserer Eröffnung am Montag einladen«, legte er eine Einladung auf die Theke. »Da Sie am Montag Ihren Ruhetag haben, werde ich meinen Ruhetag auf Dienstag legen. So finden unsere Gäste immer ein offenes Restaurant.«

Florence traute ihren Ohren nicht.

»Als ob einer unserer Gäste auch nur einen Fuß in diese Kebab Bude stecken würde!«, überschlug sich ihre Stimme, als der Türke gegangen war. »Was dieser Herr sich so vorstellt. Kommt daher und will sich mit uns auf eine Stufe stellen. Wir werden am Montag auf jeden Fall hinüber gehen, schließlich muss man seinen Gegner im Auge behalten.«

Als sich Florence und Marcel abends über den, bis zum letzten Platz gefüllten, Parkplatz quälten, ahnten sie schon, dass die Eröffnung von »Ali-Kebab« der Anfang von einem langen Leidensweg sein würde. Das Lokal war randvoll, selbst vor der Tür standen die Menschen in Scharen. Aber Florence wollte in die Höhle des

Löwen und bahnte sich einen Weg mitten durch das Restaurant. An der Theke stand Ali Takülü mit dem Bürgermeister und den Gemeinderäten und ließ sich gebührend feiern.

»Als Bürgermeister der Gemeinde Grossebouche heiße ich Ali Takülü und seine Familie herzlich willkommen«, eröffnete Claude Fontaine offiziell das Restaurant. »Ich wünsche Ihnen viel Glück mit Ihrem wunderschönen Restaurant, Monsieur Takülü. Der Gemeinderat hat es sich mit der Entscheidung, ein Restaurant im Rathaus einzurichten, nicht leicht gemacht. Aber die Zeiten werden härter und da müssen die Gemeinden mitunter am freien Markt wie Unternehmen agieren. Ich glaube, dass dem Gemeinderat in diesem Fall ein großer Wurf gelungen ist. In ein paar Jahren werden sich die Investitionen amortisiert haben und das Lokal wird den Gemeindehaushalt spürbar entlasten.«

Die Menge klatschte, der Bürgermeister strahlte und Florence kochte.

»Wir wissen, dass es für Ali Takülü und sein Team nicht einfach werden wird, schließlich haben wir mit ›Chez Tantine‹ einen Platzhirsch am Ort«, fuhr der Bürgermeister weiter fort. »Aber wie ich sehe, haben es sich Florence und Marcel Rauch nicht nehmen lassen, der Einladung ihres netten Kollegen zu folgen. Damit haben sie partnerschaftliche Unterstützung signalisiert. Das ist eine noble Geste«, winkte er Florence freudestrahlend zu, während starker Beifall seine Worte begleitete. »Trotzdem werden wir unseren Pächter gerade am Anfang unterstützen müssen. Der Gemeinderat hat in seiner letzten Sitzung deshalb den einstimmigen Beschluss gefasst, das Restaurant nach den Ratssitzungen aufzusuchen. Dafür wird sicherlich jeder in der Gemeinde Verständnis haben, schließlich soll ›Ali-Kebab‹ schnell in die schwarzen Zahlen kommen. Das liegt ja auch im Sinn der Gemeinde. Daher fordere ich euch alle auf, dem Gemeinderat zu folgen und hin und wieder unserem Pächter einen Besuch abzustatten. Ich glaube, er hat es verdient.«

Bevor erneuter Beifall aufbrauste, hatten Florence und Marcel fluchtartig die Lokalität verlassen. Wutschnaubend rannte Florence über den Marktplatz in ihr Restaurant, stürzte sich an die Theke und goss sich einen doppelten Chartreuse ein. Dann atmete sie einige Male tief durch und verkündete das weitere Vorgehen.

»Wir werden ab heute die Geschäfte der Gemeinderatsmitglieder boykottieren: den Gemüseladen von Eliane, das Tabak- und Zeitschriftengeschäft von Pierre und die Bäckerei von Curt. Und wehe einer unserer Mitarbeiter betritt noch einmal deren Läden. Die Malerarbeiten lassen wir zukünftig auch nicht mehr von Serge ausführen«, ergänzte sie.

»Was ist denn geschehen?«, wollte Elise wissen.

»Was passiert ist?«, fuhr es aus Florence heraus. »Dein Vater soll es dir erzählen.«

Marcel zapfte sich ein kühles Bier und steckte sich eine Zigarette an.

»Was da abläuft, ist nicht in Ordnung«, fasste er kopfschüttelnd das Erlebte zusammen. »Der Bürgermeister hat doch tatsächlich alle aufgerufen, dem Gemeinderat zu folgen und den Kebabladen mit ihren Besuchen zu unterstützen. Als ob wir unser Brot nicht auch hart genug verdienen müssten.«

Florence schaute Marcel verwundert an und wusste in diesem Augenblick auch wieder, weshalb sie ihn geheiratet hatte.

»Alle Läden der Gemeinderatsmitglieder sind ab heute tabu für uns. Sie sollen ihre Geschäfte mit ihrem neuen Geschäftspartner machen«, gab sie ihrer Tochter die Vergeltungsmaßnahmen bekannt und stürzte den Rest ihres Glases hinunter. »Wir werden den Feldstecher auf die Theke legen und beobachten, wer dort drüben ein- und ausgeht. Und du Elise, du wirst dich umhören, was so im Ort gesprochen wird. Dir wird man mehr erzählen als mir.«

Es wurde für alle eine schlaflose Nacht und es sollten noch viele derartige Nächte folgen. Die Strichliste von Marcel wuchs von Tag zu Tag und Florence fing wieder mit dem Rauchen an.

Der Umsatz war in den ersten Monaten, nach Eröffnung des neuen Lokals, um fast zwanzig Prozent gesunken. Das lag daran, dass viele Stammgäste von »Chez Tantine« zwischendurch zu Ali Takülü einen Kebab essen gingen. Zu allem Elend musste sich Florence auch noch anhören, »dass der Türke das eigentlich ganz ordentlich macht«. Hinzu kam, dass der Parkplatz nun auch von dessen Gästen benutzt wurde. Es hätte kaum noch schlimmer kommen können, als Ali Takülü mit einer preisgünstigen Plât du Jour am Mittag und einem Menü am Abend in direkte Konkurrenz zu Florence trat. Und als ob das nicht genügt hätte, standen plötzlich Tische und Stühle auf dem Bürgersteig.

»Der darf doch auf dem Trottoir überhaupt nicht bestuhlen«, rief Florence sofort ihren Großcousin an, »da gibt es doch eine Satzung, die das auf öffentlichen Flächen untersagt. Kann der sich denn alles erlauben?«

Doch ihr Cousin musste ihr mitteilen, dass der Gemeinderat vor einer Woche eine Sonderregelung für das Lokal beschlossen hatte. Auch auf dem Parkplatz sei dem Lokalbetreiber ein Streifen als Außenterrasse zugesprochen worden, den der in den nächsten Tagen ebenfalls bestuhlen wolle.

»Die haben sich geschworen, uns in die Knie zu zwingen«, berief Florence eine Mitarbeiterversammlung ein. »Wenn das so weitergeht, müssen wir mit dem Schlimmsten rechnen. Doch so schnell geben wir uns nicht geschlagen. Wir werden dem staatlichen Gemeinderestaurant jetzt eine Lektion erteilen.«

Das hörte sich für die Mitarbeiter endlich wieder nach ihrer Chefin an.

»Ab morgen werden wir eine Plât du Jour anbieten, die immer zwei Euro unter dem Preis von dem da drüben liegt«, setzte sie auf Dumpingpreise. »Und wir werden eine preisgünstigere Kebab in die Karte aufnehmen. Jean-Luc bekommt ihr das hin?«, fragte sie ihren Koch.

»Und wenn ich heute Nacht einen Kebab Kurs absolvieren müsste«, feuerte der sein Küchenpersonal an. »Du kannst dich auf uns verlassen.«

»Ich habe auch schon einen Antrag über meinen Großcousin für eine gleichgroße Parkplatzbestuhlung gestellt. Den wird uns der Gemeinderat kaum ablehnen können«, teilte sie ihre nächste Offensivkampagne mit. »Da werden wir eine Grillstation, einen Flammekuchenofen und eine Zapfanlage aufbauen«, verriet sie ihr Konzept. »Und wenn das alles nicht hilft, lasse ich mich zur Bürgermeisterin wählen.«

Florence kurbelte ihren Umsatz enorm an, auch wenn sie dabei kaum Gewinn machte. Aber das hatte sie einkalkuliert. Dafür wurde die Grillstation zu einer wahren Goldgrube. Kein Stuhl blieb länger als ein paar Minuten unbesetzt.

Und gegenüber?

Bei »Ali-Kebab« zeichnete sich ein Debakel ab. Der Parkplatzstreifen war längst wieder geräumt worden und vor dem Restaurant sah man kaum noch Gäste sitzen. Es hieß, dass der Türke vor der Pleite stünde.

»Wir müssen einmal miteinander reden«, tauchte irgendwann der Bürgermeister bei »Chez Tantine« auf und bat Florence ein gewisses Verständnis für die Gemeinderatsentscheidung aufzubringen. »Ich verstehe ja, dass du verärgert warst, als wir den Laden zu einem Restaurant umgebaut haben. Und ich begreife, dass es dich wütend gemacht hat, als ich die Bürger gebeten habe, Ali zu unterstützen. Dafür möchte ich mich an dieser Stelle entschuldigen. Aber es hing für die Gemeinde zu viel von dem Gelingen des Projektes ab, das musst du auch verstehen. Du hättest an meiner Stelle sicher nicht anders gehandelt.«

Er schaute Florence an und erkannte, dass sich seine Entschuldigung gerade in Luft aufgelöst hatte.

»Nach derzeitigem Sachstand ist das Experiment gescheitert, da beißt die Maus keinen Faden ab«, räumte er zähneknirschend ein und ließ sich von Marcel ein zweites Glas einschenken. »Dass es letztendlich so gekommen ist, liegt auch an deiner Kampfansage. Aber das kann man dir als Geschäftsfrau natürlich nicht zum Vorwurf machen«, verzog er das Gesicht.

Florence erwiderte keine Silbe. Um ein vernichtendes Resümee zu ziehen, war Claude Fontaine sicherlich nicht gekommen. Diese holprige Erklärung konnte nur die Einleitung zu einem Vorschlag sein. Aber zu welchem?

»Der Gemeinderat schickt mich nun zu dir, um dir ein Angebot zu unterbreiten, ein Friedensangebot«, betonte er und schaute sie staatsmännisch an.

»Da bin ich aber gespannt«, erwiderte Florence.

»Wir bieten dir zum nächsten Ersten das Ladenlokal provisionsfrei an«, ließ Fontaine die Morgengabe ein paar Sekunden im Raum stehen, bevor er nachlegte: »Dafür müsstest du aber die aufgelaufenen Mietschulden von Ali Takülü übernehmen. Wäre das ein Vorschlag zur Güte?«

»Wie bitte?«, überschlug sich die Stimme von Florence. »Ich glaube unser Gemeinderat will sich einen üblen Scherz mit mir erlauben«, drückte sie ihre Zigarette mit übertriebener Kraft auf einem Teller aus. »Nachdem der Ausflug in die freie Wirtschaft gescheitert ist, soll ich jetzt die Zeche zahlen. Aber da wird nichts draus werden.«

»So kannst du das doch nicht sehen«, unternahm der Bürgermeister einen erneuten Versuch. »Die Gemeinde will sich gewissermaßen bei dir entschuldigen und bietet dir, als Ausgleich für den ganzen Ärger, das Restaurant auf einem Silbertablett an. In das Lokal musst du keinen müden Cent investieren, es ist in bestem Zustand.«

»Mein lieber Claude, noch habe ich meine sieben Sinne beisammen«, lehnte Florence das Angebot kategorisch ab. »Ihr müsst euren Weg schon zu Ende gehen. Und es wird wahrscheinlich nicht leicht sein, den Bürgern das Fiasko zu erklären. Ich sage dir nur eines: ein neuer Pächter wird dort drüben auch kein Glück haben.«

»Soll das etwa eine Drohung sein?«, versuchte Claude Fontaine die Muskeln spielen zu lassen. Aber er wusste, dass weder Ermahnungen noch Umarmungen zum Ziel führen würden.

Das Ladenlokal stand ab diesem Zeitpunkt leer.

Eines Tages tauchte Dani Alexandros aus Kleinmund bei »Chez Tantine« auf und fragte Florence gerade heraus: »Was hältst du davon, wenn ich das Restaurant im Rathaus übernehme?«

Dani Alexandros hatte vor einem Jahr ein griechisches Lokal im Nachbarort eröffnet, das aber nicht so recht anlaufen wollte. Nun hatte ihm der Gemeinderat von Grossebouche offensichtlich ein Angebot unterbreitet.

»Du bist ein freier Mensch, Dani, du kannst tun und lassen was du willst«, wunderte sich Florence, dass er das Lokal, nach allem was vorgefallen war, übernehmen wollte.

»Können wir uns denn nicht wie vernünftige Menschen unterhalten? Wir brauchen uns das Leben doch nicht unnötig schwer zu machen«, kam er gleich zum Wesentlichen. »Ich würde auch keine Plât du Jour anbieten, bei mir gäbe es nur griechische Gerichte zu normalen Preisen.«

»Ich bin offen zu dir: Ich möchte keine Konkurrenz im Ort, die von der Gemeinde gefördert wird und mir das wirtschaftliche Überleben schwer macht«, hatte es Florence schnell auf den Punkt gebracht. »Wenn du das Restaurant übernimmst, sind wir Konkurrenten.«

Alexandros übernahm vier Wochen später das Restaurant. Wie man hörte, blieb ihm kaum etwas anderes übrig, da sein Restaurant in Kleinmund kurz vor dem wirtschaftlichen Aus stand. Aber die Gemeinde wollte es dieses Mal gescheiter anstellen. Sie betrieb das Lokal nun als Kulturtreff auf eigene Rechnung und legte nur die Leitung des Gastronomiebereiches in die Hände von Dani Alexandros. Damit begann aber erst das eigentliche Durcheinander.

Jeder Fremde fragte sich nun: Ist das eine Kultureinrichtung oder ein Restaurant? Denn an der linken Seite der Eingangstür hing das aktuelle Kulturangebot und an der rechten Seite die Speisekarte. Und verirrte sich doch einmal jemand in das Restaurant, dann fühlte er sich von lauten Bongoklängen oder lärmenden Jugendlichen beim Essen gestört.

»Das ist kein Restaurant, das ist ein Gemischtwarenladen«, hörte man immer öfter. Oder auch: »Wir haben unser eigenes Wort nicht mehr verstanden. Wo gibt es denn so etwas?«

So etwas gab es dann auch nur ein Dreivierteljahr. Dann erkannte auch das letzte Gemeinderatsmitglied, dass das Betreiben eines Restaurants der falsche Weg in die freie Wirtschaft war. Deshalb ging es in der nächsten Gemeinderatssitzung ausschließlich um Schadensbegrenzung.

»Nur über meine Leiche!«, wehrte sich Bäckermeister Curt Schwengel, als ein Gemeinderatskollege den Vorschlag machte, den Laden an einen Chocolatier zu vermieten.

»Es steht doch außer Frage, dass da kein Ladenlokal eröffnet, das in Konkurrenz zu dem Geschäft eines Ratsmitgliedes steht«, verbat der Bürgermeister sofort alle diesbezüglichen Überlegungen. »Wir dürfen uns keinen weiteren Fehler mehr erlauben. Die Bürger sind aufmerksam geworden. Nicht zuletzt wegen jener Dame auf der anderen Seite«, wies er mit dem Kopf Richtung »Chez Tantine«.

»Florence hat uns das alles eingebrockt, das ist wahr«, meldete sich Eliane Blaise zu Wort. »Wenn sie vernünftig gewesen wäre, könnte Ali heute noch seine Kebab verkaufen. Aber sie ist ja Amok gelaufen.«

»Du wolltest auch keinen Konkurrenten direkt vor deiner Nase haben. Darüber solltest du einmal nachdenken«, gab es mittlerweile Ratsmitglieder, die ihre Meinung geändert hatten. »Ich kann Florence heute besser verstehen. Wir haben da einen großen Fehler begangen.«

»Mein Geschäft betritt sie überhaupt nicht mehr, so als hätte ich allein den Ratsbeschluss zu verantworten«, verteidigte Eliane Blaise ihre damalige Haltung. »Im Grunde genommen bin ich die einzig Geschädigte hier im Raum«, klagte sie. »Früher hat sie ihr gesamtes Gemüse und Obst bei mir gekauft, auch Gewürze, Streusalz und vieles mehr. Sie war meine beste Kundin. Das ist ein enormer Schaden für mich.«

»Meinst du, dass es bei mir anders ist? Sie kauft ihr Brot heute bei Alphonse«, schloss sich Curt Schwengel seiner Ratskollegin an. »Dreißig Brote und mehr hat sie früher am Tag bei mir gekauft, ganz abgesehen von den vielen Kuchen für die Hochzeitsfeiern und Beerdigungen. Der Schaden, der mir durch meine Gemeinderatstätigkeit entstanden ist, kann mir kein Mensch ersetzen.«

»Als Gemeinderatsmitglied hast du Vorbildfunktion«, fasste ein Lehrer das schwere Los von Volksvertretern zusammen. »Da bist du nur deinem Gewissen gegenüber verpflichtet. Aber wenn du dich an Recht und Ordnung hältst, kann dir keiner etwas vorwerfen. Dennoch gehören persönliche Nachteile dazu. Damit muss man sich abfinden.«

»Du hast gut reden«, wollte sich Eliane Blaise mit nichts abfinden. »Als Lehrer ist dein Auskommen gesichert, egal was geschieht. Du weißt doch gar nicht, was da draußen vor sich geht. Da herrscht Krieg! Jeden Tag müssen wir Selbstständige ums Überleben kämpfen.«

»Bitte keine persönlichen Diffamierungen«, schritt der Bürgermeister ein, der selbst Lehrer war, und beendete die Auseinandersetzung mit einer schlichten Behauptung: »Ein Lehrer trägt auf anderen Schultern.«

An den Mienen konnte man erkennen, dass kein Selbstständiger diese absurde Betrachtungsweise teilte.

»Wir sollten das Vergangene ruhen lassen. Es gilt nun eine Lösung zu finden, die dauerhaft trägt«, stimmte Claude Fontaine seinen Rat auf das eigentliche Thema ein. »Fassen wir zusammen. Erstens: Das Ladenlokal belastet den Gemeindehaushalt erheblich. Zweitens: Ein Restaurant ist der falsche Ansatz für eine Vermietung. Daraus ergibt sich, dass wir andere Geschäftsfelder ins Auge fassen müssen. Ich bitte um Wortmeldung.«

Doch es regte sich nichts.

»Vielleicht hat der Comte eine Idee«, meldete sich endlich einer, der schon über dreißig Jahre Gemeinderatserfahrung mitbrachte. »Oder der Abbé.«

»Wir sind der Rat, wir sind die Entscheider«, erinnerte ihn der Bürgermeister, weshalb er hier saß. »Wir binden den Comte frühestens dann ein, wenn wir etwas auf dem Tisch liegen haben. Und was der Abbé uns raten würde, kann ich euch sagen: einen Seniorentreff.«

»Das wäre aber keine schlechte Idee«, hatte ein Ratsmitglied an diesem Gedanken Gefallen gefunden. »Ein Seniorentreff fehlt wirklich.«

»Uns fehlen auch ein Jugendtreff und ein Familienzentrum«. Man spürte, dass bei Claude Fontaine so langsam der Geduldsfaden riss. »Das sind doch alles Einrichtungen, die uns Geld kosten aber keinen müden Centime einbringen.«

»Dann will ich einen anderen Vorschlag machen«, meldete sich ein junger Familienvater, der den Internetauftritt der Gemeinde betreute und Abenteuerreisen für junge Familien organisierte. »Was haltet ihr von einem kombinierten Reisebüro mit Internetcafé und Krabbelstube?«

»Keine Gastronomie und keine Einrichtungen, die wir finanzieren müssen«, gab der Bürgermeister noch einmal gebetsmühlenhaft die Richtung vor. »Wir müssen endlich umdenken. Ich stelle die Frage einmal anders herum: Wer könnte denn aus unserer Gemeinde Interesse an dem Ladenlokal haben?«

»Vielleicht Jean Knapp«, kam wie aus der Pistole geschossen ein Hinweis. »Der hat mir vorgestern noch erzählt, dass er ein größeres Ladenlokal für seine Fahrschule sucht«, verriet Paul Blanche, der bekannt für seine sterbenslangweiligen Anekdoten aus seiner Zeit als Bahnschaffner war.

»Warum hast du ihm denn unser Lokal nicht angeboten?«, wollte Claude Fontaine wissen. »Der wäre doch der ideale Mieter für uns.«

»So weit habe ich gar nicht gedacht«, kratzte sich Paul Blanche verlegen am Kinn. »Aber am Sonntag sehe ich ihn wahrscheinlich auf dem Fußballplatz, da könnte ich ihn vielleicht ...«

Manches Mal verzweifelte der Bürgermeister an seinen Gemeinderatsmitgliedern. Gerade jetzt war wieder so ein Augenblick. Inzwischen hatte er aber ein Ventil gefunden, um Luft abzulassen. Er rannte dann in sein Büro, atmete tief durch und schlug mit der Faust gegen die Wand. Das tat er dieses Mal auch, rief anschließend aber noch bei Jean Knapp an.

»Ich dachte, ihr vermietet nur an einen Gastronomen. Weshalb hat mir Paul das vorgestern denn nicht gesagt?«, fragte er nach. Doch darauf wollte ihm der Bürgermeister keine Antwort geben.

»Wir haben das Ladenlokal vermietet«, kam Claude Fontaine kurz darauf wie neu geboren in die Sitzung zurück. »Jean Knapp hat zugesagt. Damit ist uns eine große Sorge genommen.«

»Dann war es also doch kein Fehler, dass ich mit ihm gesprochen habe«, nickte Paul Blanche seinem Bürgermeister bedeutungsvoll zu. »Er hätte doch nur den Mund aufmachen müssen. Aber Jean war immer schon ein wenig verstockt. Wenn du bei dem nicht konkret nachfragst, erfährst du nichts. Und der wollte einmal Gemeinderatsmitglied«, schüttelte er den Kopf, »nicht auszudenken.«

Der Bürgermeister hätte erneut in sein Büro rennen können, doch er entschloss sich dieses Mal für die klassische Methode: Er schluckte einfach alles herunter.

Zeitreise

Es war an einem Ostersamstag, als der Comte de Condé und sein alter Freund Gauthier Couberon bei »Chez Tantine« zusammensaßen. Der Tag wäre bedeutungslos verlaufen, hätte der Jagdhund des Grafen nicht am Rande des Biergartens ein Loch gegraben. Das lockte ein paar Kleinkinder an und in der Folge deren Mütter.

»Was tust du denn da Jacky? Komm hierher«, rief der Graf seinen Hund herbei, als der nicht nachließ. Doch Jacky grub tiefer und tiefer.

»Er wird einen Trüffel aufgestöbert haben«, amüsierte sich Gauthier Couberon, der aus dem Périgord angereist war.

»Ihr Jacky hat nur einen alten Knochen gefunden, mehr nicht«, winkte eine Frau lachend ab.

»So kenne ich ihn gar nicht«, stand der Graf auf und schaute in das Loch. »Das ist aber kein Tierknochen, das scheint ein Menschenknochen zu sein.«

Couberon eilte herbei und legte mit einem Löffel einen Teilbereich frei. »Das ist tatsächlich ein menschlicher Rippenknochen, kein Zweifel«, bestätigte er. »Und daneben schaut noch einer hervor. Das könnte ein Skelett sein oder zumindest ein Teil davon.«

Gauthier Couberon musste es wissen, denn er war lange Jahre als Pathologe am kriminologischen Institut in Saint-Étienne tätig gewesen und hatte nicht wenige Kapitalverbrechen mit aufgeklärt.

»Da muss die Spurensicherung her«, betrachtete er sich das Fundstück von allen Seiten. »Am besten sichern wir die Stelle ab.«

Florence wunderte sich, als die beiden Männer einen Tisch umdrehten und auf die Fundstelle legten. Sie wunderte sich aber noch mehr, als sie erfuhr, dass es sich um ein Skelett handeln könnte.

»Wahrscheinlich ein Soldat. Es kann aber auch sein, dass wir es mit einem Verbrechen zu tun haben«, teilte der Graf die weiteren Vermutungen mit. »Aber das wird die Spurensicherung ergeben. Die Gendarmerie ist bereits von Monsieur Couberon verständigt worden.«

»Wie, ein Verbrechen?«, schockierte Florence allein schon die Vorstellung. »Hier bei uns?«, schüttelte sie den Kopf. »Wann soll denn das gewesen sein?«

»Das werden die Fachleute aus Metz feststellen«, klärte sie Couberon über das weitere Vorgehen auf.

Es dauerte über eine Stunde, bis zwei Polizisten aus Forbach anrückten. Bedächtig schob einer der beiden mit dem Stiefel den Tisch beiseite, starrte wortlos in das Loch, schüttelte den Kopf und schaute vielsagend seinen Kollegen an.

»Das wird ein Schweineknochen sein, den ein Hund vor Jahren vergraben hat. Man darf nicht immer gleich von einem Kapitalverbrechen ausgehen«, belehrte er mit amüsiertem Lächeln die beiden älteren Herren.

»Einen ähnlich gelagerten Fall hatten wir vor sieben Jahren in Stiring Wendel«, setzte sein Kollege die staatsbürgerliche Aufklärungsarbeit fort. »Dort handelte es sich um eine große, verrostete Gasflasche, die ein Bewohner für eine alte Fliegerbombe gehalten hatte. Er trommelte die Gendarmerie, die Feuerwehr und die Spezialisten vom Räumkommando zusammen. Das geht natürlich nicht. Wenn jeder gleich den ganzen Apparat anrollen lässt, kann das teuer für ihn werden.«

»Bei der Bombe kann ich nicht mitreden, aber was den Knochen angeht, muss ich Ihnen widersprechen, Monsieur«, meldete sich Gauthier Couberon zu Wort und klärte über seine Vergangenheit im rechtsmedizinischen Institut auf. »Das hier ist zweifelsfrei ein menschlicher Rippenknochen.«

»Pardon, Monsieur le Docteur«, nahm der Polizist Haltung an. »Wenn Sie das behaupten, gibt es keinen Grund daran zu zweifeln. Dann dürfen wir uns verabschieden.«

»Wie verabschieden? Sie müssen doch noch die Spurensicherung abwarten«, erinnerte ihn Couberon an die Pflichten eines Polizisten.

»Die Spurensicherung kommt frühestens am Dienstag nach Ostern«, unterrichtete ihn der andere über die Gepflogenheiten in Lothringen. »An Ostern, Weihnachten und Silvester haben wir in Metz nur eine Notbesetzung. Und am Nationalfeiertag und ersten Mai springt Nancy ein. Dafür ist Metz dann für die übrigen Feiertage zuständig.«

»Genau«, bekräftigte sein Kollege und betonte: »Das gilt aber nur bei richtigen Mordfällen.«

Couberon betrachtete sich die beiden Polizisten.

»Meine Herren, dies hier ist möglicherweise ein ›richtiger Mordfall‹. Da können Sie doch nicht so einfach zur Tagesordnung übergehen«, mahnte er und erteilte ihnen noch eine kleine Lehrstunde in Rechtskunde: »Sie haben zumindest den Tatort abzusperren, Beweisstücke zu sichern und eine erste Befragung durchzuführen. Wenn Beweismittel verschwinden, stehen Sie später selbst vor dem Richter.«

Diese Belehrung trübte die bis dahin entspannt geführte Unterhaltung. Man durfte sogar behaupten, dass die beiden Polizisten seit der Zurechtweisung ein wenig unwillig reagierten. Jedenfalls übersahen sie Couberon von da an gänzlich. Missmutig sperrten sie den Tatort mit blauweißen Bändern ab, kramten einen Fotoapparat aus dem Wagen und machten ein paar Aufnahmen. Dann maßen sie die Lage des Knochens ein und packten ihn in eine sogenannte Lunchbox, in der bis dahin zwei Sandwiches gelegen hatten.

»Dieser Besserwisser hat uns den ganzen Tag versaut«, flüsterte einer der Polizisten seinem Kollegen ins Ohr. »Wir wollten doch noch über den Flohmarkt patrouillieren und gemütlich bei Achmed einen Mokka trinken. Aber das wird dieser Haarspalter büßen.«

Sie schoben den Tisch wieder über das Loch und begannen mit der Befragung. Zuerst mussten Florence, Marcel und drei Gäste ihre Aussage zu Protokoll geben, dann der Graf und zum Schluss Gauthier Couberon.

»Erklären Sie uns doch einmal, weshalb Sie mit diesem Löffel versucht haben, am Tatort Spuren zu beseitigen«, hielt einer der Polizisten den Löffel in einem Plastikbeutel in die Höhe.

»Welche Spuren? Ich habe das Fundstück mit dem Löffel freigelegt, um zweifelsfrei feststellen zu können, ob es sich um einen menschlichen Knochen handelt«, gab Couberon zur Antwort. »Bei einem Tierknochen hätten wir Sie kaum belästigt.«

»Aha, Sie geben also zu, dass Sie am Corpus Delicti manipuliert haben«, machte sich der Polizist ein paar Notizen und hakte nach: »Wieso wussten Sie eigentlich, dass genau hier eine Leiche verborgen liegt?«

»Was ist denn das wieder für eine Frage? Der Hund hat doch den Knochen entdeckt. Durch ihn sind wir erst auf den Fund aufmerksam gemacht worden«, verzweifelte Couberon allmählich. »Ich habe als Gerichtsmediziner nur festgestellt, dass es kein Tierknochen ist. Aber das wissen Sie doch längst.«

Die beiden Polizisten besprachen sich kurz und einer fasste die Summe der bisherigen Untersuchungsergebnisse zusammen.

»Es ist doch seltsam, Monsieur, dass der Hund erst heute diesen Knochen entdeckt hat obwohl er schon oft genug mit seinem Herrn hier war«, hatte er sich breitbeinig vor Couberon aufgebaut und blickte zu ihm herunter. »Und Sie, Monsieur le Docteur, sind heute ganz zufällig zugegen und führen einen Löffel mit sich. Wie wollen Sie das alles erklären? So viele Zufälle gibt es doch überhaupt nicht. Damit gehören Sie zum engsten Kreis der Tatverdächtigen. Halten Sie sich weiterhin zu unserer Verfügung.«

»Ich bitte Sie, was konstruieren Sie denn da für einen Unsinn. Ich und ein Tatverdächtiger, unglaublich!«, schlug Couberon die Hände über dem Kopf zusammen. »Dann könnte jeder hier tatverdächtig sein. Auf jedem Tisch liegen Löffel herum, wie Sie sehen.«

»Vorsicht! Noch führen wir hier die Untersuchungen«, belehrte ihn der Polizist. »Sie sind anhand der Beweislage tatverdächtig.«

»Es gibt doch überhaupt keine Beweislage!«, stieg Couberon allmählich die Zornesröte ins Gesicht. »Ich komme mir mittlerweile wie bei der versteckten Kamera vor. Fahren Sie zurück in Ihr Quartier und geben Sie Ihre Polizeiausweise ab, Sie beiden Schafsköpfe.«

»Das ist eine Beamtenbeleidigung, das hat ein Nachspiel! Geben Sie mir Ihre Papiere«, ließ sich einer der Polizisten Personalausweis und Führerschein aushändigen. »Am Dienstag können Sie sich Ihre Unterlagen auf der Gendarmerie in Forbach abholen. Dann erfahren Sie auch, wann Ihre Verhandlung ist.«

Grußlos verschwanden die beiden.

»Jacky, was hast du uns da eingebrockt«, tadelte der Graf seinen Hund, der brav neben dem Tatort saß. »Diesen Tag werden wir so schnell nicht vergessen.«

Auch für Florence war das Osterfest gelaufen. Jeder Besucher des Biergartens wunderte sich über die Absperrung und manch einer schaute kritisch an ihr herunter, wenn er von dem Leichenfund erfuhr.

»Wer soll denn das nur sein? Ich kann mir eigentlich nur vorstellen, dass es sich um einen Soldaten aus dem Siebzigerkrieg handelt«, vertraute Florence ihrer Tochter ihre Vermutungen an. »Damals tobte hier der Stellungskrieg, das war die reine Hölle. Vielleicht wurde da einer dieser armen Kerle verschüttet.«

»Oder unsere Uroma hat einen Gast abgemurkst, der nicht zahlen wollte«, zeigte Elise zum ersten Mal einen kleinen Funken schwarzen Humors.

»Mal den Teufel nicht an die Wand!«, wollte Florence von solchen Scherzen nichts hören. »Das würde auch noch fehlen, dass da ein Zivilist liegt.«

Dienstags rückte endlich die Spurensicherung an und sperrte als Erstes den gesamten Biergarten für die Besucher. Ein Kriminalkommissar verhörte noch einmal Florence und Marcel und machte dabei ein paar einschüchternde Bemerkungen: »Wie oft habe ich schon erlebt, dass die Verdächtigen schweigen. Und wenn die Leiche dann identifiziert ist und der Tathergang feststeht, bricht der Mörder unter Tränen zusammen. Ich sage Ihnen deshalb: Noch ist Zeit, ein Geständnis abzulegen. Das kann sich strafmildernd auswirken.«

Ab diesem Zeitpunkt ging Florence dem Kriminalkommissar aus dem Weg. Aber am späten Nachmittag stand er wieder vor ihr.

»Wir haben die Leiche ausgegraben. Sie muss nun in die Pathologie. Dort werden die Fachleute die Identität des Toten bestimmen und dann sehen wir weiter«, lächelte er vieldeutig. »Ein Soldat scheint es nicht zu sein. Und eine Gewalteinwirkung ist auf den ersten Blick nicht zu erkennen, aber das muss nichts bedeuten«, fasste er die Ergebnisse nüchtern zusammen, um dann einen entbehrlichen Scherz anzuhängen: »Vielleicht ist dem Armen vor Jahren auch nur das Essen schlecht bekommen.«

Florence stockte der Atem.

»Zumindest ist es ungewöhnlich, dass er nicht auf dem Friedhof liegt«, schaute er seiner Tatverdächtigen prüfend in die Augen. »Was meinen Sie dazu, Madame?«

Der sorgenvolle Blick war für den Kriminologen bereits eine charakteristische Äußerung.

»Sie müssen sich natürlich nicht selbst belasten«, begegnete er solchen Reaktionen mit professioneller Gelassenheit. »Wie schon gesagt: Noch ist Zeit ein Geständnis abzulegen. Sie können mich jederzeit erreichen.«

Florence war erleichtert, als alle gegangen waren.

Doch die nächsten drei Wochen wurden zu den schlimmsten Wochen ihres Lebens. Kein Wort drang aus dem Kommissariat und auf Nachfrage wurde nur lapidar erklärt, dass die Ermittlungen noch im Gange seien.

Plötzlich ging aber alles sehr schnell. Morgens riegelten ein paar Polizeiautos die Straße vor dem Bürgermeisteramt ab und man hörte im Radio, dass für elf Uhr eine Pressekonferenz des Präfekten zum »Leichenfund Tantine« angesetzt sei, in der die breite Öffentlichkeit informiert werden würde.

Florence rechnete mit allem und hatte vorsichtshalber ihren gepackten Koffer neben die Theke gestellt. Untersuchungshaft war für sie das Minimum, ein Fehlurteil mit jahrzehntelanger Haftstrafe das erwartete Strafmaß.

»Weshalb machst du dich eigentlich so verrückt?«, fragte Marcel nach. »Du hast doch nichts verbrochen.«

»Was meinst du, wie viele Leute unschuldig im Gefängnis sitzen«, bekam er zur Antwort. »Und vielleicht ist es ja auch richtig, dass ich für die Vergehen meiner Vorfahren büßen muss.«

Wie versteinert saß sie neben ihrem Mann und ihrer Tochter vor dem Fernseher und wartete auf die Erklärung des Präfekten und den zeitnahen Zugriff der Polizei.

»Meine Damen und Herren«, begann sich endlich der Schleier des Ungewissen zu heben. »Ich habe Ihnen eine Mitteilung von äußerster Bedeutsamkeit zu machen«, sonnte sich der Präfekt im Glanz seiner eigenen Reputation. »Wie Ihnen bekannt ist, haben wir vor drei Wochen in Grossebouche, im Biergarten des Restaurants ›Chez Tantine‹, einen merkwürdigen Leichenfund gemacht.«

»Damit hat er unserem Restaurant den Gnadenstoß verpasst. Künftig wird jeder einen großen Bogen um uns machen«, sah Florence ihr Lebenswerk wie ein Kartenhaus zusammenstürzen. »Und dir, mein Kind, wird dieser Makel ein Leben lang wie ein Mühlstein am Hals hängen«, schaute sie ihre Tochter mit sorgenvoller Miene an. »Man kann eine Leiche im Keller haben, aber nicht in einem öffentlichen Biergarten.«

Als das erste Blitzlichtgewitter abebbte, fuhr der Präfekt fort.

»Die Gendarmerie in Forbach ging zunächst von einem gefallen Soldaten aus. Doch es wurde weder eine Erkennungsmarke, eine Gürtelschnalle noch ein Stofffetzen gefunden, nichts was auf einen Soldaten hindeutete«, schilderte er die ersten Ermittlungsergebnisse und schlussfolgerte daraus: »Demzufolge sprach einiges für einen hinterhältigen Mord.«

»Nun kommt es, jetzt wird unser Schicksal besiegelt«, prophezeite Florence ihrer Familie die Apokalypse und es schoss ihr durch den Kopf, dass ihre Großmutter einmal von einem Verehrer gesprochen hatte, der plötzlich verschwunden war.

»Im rechtsmedizinischen Institut kamen unsere Experten dann aber zu einem außergewöhnlichen Untersuchungsergebnis. Der Befund war so unglaublich, dass man sich zu einer weiteren Expertise entschloss. Kurz: die Resultate beider Institute sind absolut identisch. Nun möchte ich das Ergebnis der französischen Öffentlichkeit, nein – ich möchte sagen der Weltöffentlichkeit – vorstellen«, legte der Präfekt eine schöpferische Pause ein, rückte seine Krawatte zurecht und begann mit staatstragendem Gesichtsausdruck. »Der Leichenfund stammt aus der Keltenzeit, datiert auf das fünfte Jahrhundert vor Christus. Es handelt sich auch nicht um einen Mann, wie zunächst angenommen wurde, sondern um eine Frau von etwa vierzig Jahren, die eines natürlichen Todes gestorben ist.«

Nun brach ein weiteres Blitzlichtgewitter los und der Präfekt tat so, als habe kein anderer als er persönlich das Keltengrab entdeckt.

»Wir werden nun an der Stelle des Leichenfundes archäologische Ausgrabungen vornehmen und sicherlich in den nächsten Jahren noch mehr über die älteste Einwohnerin von Grossebouche berichten können«, strahlte er über das ganze Gesicht. »Ich gratuliere Bürgermeister Claude Fontaine zu dieser Sensation, die seinen Ort weit über die lothringischen Grenzen bekannt machen wird.«

»Das ist ja unglaublich!«, sprang Florence wie von einer Sprungfeder angetrieben von ihrem Stuhl auf. »Wisst ihr, was das für uns bedeutet?«

»Wir sind unschuldig«, antwortete Elise.

»Unsinn, das wussten wir doch selbst«, winkte Florence ab. »Nein, wir machen jetzt das Geschäft unseres Lebens.«

Marcel schaute seine Frau entgeistert an und wunderte sich über die unglaubliche Metamorphose, die sie innerhalb weniger Sekunden durchlebt hatte.

»Hier muss die Gemeinde ein dreistöckiges Parkhaus errichten«, zeigte sie auf den alten Marktplatz, der noch immer mit Einsatzfahrzeugen der Polizei blockiert war. »Wo sollen denn sonst die vielen Fahrzeuge unterkommen?«

Florence war in ihrem Element.

»Aber wir drei werden auch nicht untätig herumsitzen«, strafte sie sicherheitshalber ihren Mann schon einmal mit einem unnachgiebigen Blick ab. »Der Biergarten muss überbaut werden, um die vielen Besucher aufnehmen zu können. Und dort wo die alten Toiletten standen, werden wir zwei, drei Tagungsräume bauen ...«

Während sie noch mit raumgreifenden Gesten weitere Umbaumaßnahmen ankündigte, sah Marcel, wie der Präfekt mit dem Bürgermeister und etlichen Pressevertretern über den Platz kam.

»Der will sich bestimmt bei uns entschuldigen«, zeigte er auf den Präfekten.

»Für was sollte er sich denn entschuldigen?«, stellte Florence ihre Expansionsplanungen für den Augenblick ein.

»Dafür, dass er unser Restaurant namentlich erwähnt hat«, antwortete Marcel.

»Das ist doch nun die beste Werbung, die wir bekommen konnten«, klärte ihn seine Frau, schockiert über so viel Begriffsstutzigkeit, auf. »Wir haben jetzt eine Attraktion, die kein anderes Restaurant in der Umgebung bieten kann. Und wenn wir über der Fundstelle einen kleinen Museumspavillon errichten, können wir zudem Souvenirs verkaufen.«

Doch die Rechnung von Florence ging nicht auf.

Noch in der gleichen Stunde erfuhr sie, dass das Keltengrab Eigentum des Staates war und der Grundstückseigentümer lediglich das zweifelhafte Vergnügen hatte, die Ausgrabungsarbeiten für die nächsten Jahre zu tolerieren. Es wurde sogar von einer kompletten Sperrung des Biergartens gesprochen.

»Nur über meine Leiche!«, diktierte Florence den Journalisten in die Schreibblöcke. »Das käme einer kalten Enteignung gleich. Und die ist zum letzten Mal vorgekommen, als die Preußen den Biergarten zum Pferdehof umfunktioniert hatten. Ich lasse mir doch von einer über zweitausend Jahre alten Frau nicht meine Existenz ruinieren. Dann muss man sie eben auf den Gemeindefriedhof umbetten.«

Doch von einer Umbettung konnte keine Rede sein. Dafür rückte noch am gleichen Tag ein Archäologenteam an, das die Fundstelle zunächst mit einem hohen Bauzaun, einer taghellen Beleuchtung und einigen Kameras sicherte. Am darauffolgenden Tag kamen dann drei Container und zwei Miettoiletten hinzu und die Absperrung wurde um ein gutes Stück in den Biergarten hinein erweitert. Gegen Witterungseinflüsse von oben schützte eine weiße Zeltplane und gegen neugierige Blicke aus dem Biergarten eine grüne Folie.

»Jetzt reicht es aber«, wehrte sich Florence lautstark, »was soll denn noch geschehen? Sie nehmen ja immer mehr Raum ein. Die Fundstelle ist dort hinten, was wollen Sie denn hier in meinem Biergarten?«

»Wir müssen davon ausgehen, dass sich um die Begräbnisstätte herum noch Grabbeigaben befinden«, begründete Ausgrabungsleiterin, Dr. Sylvie Trois, in gedämpftem Flüsterton die Erweiterung des Ausgrabungsfeldes.

Die Ausgrabungsleiterin war – rein äußerlich – das absolute Gegenteil von Florence: zerbrechliche Gestalt, blasses, ausdrucksloses Gesicht und kraftlos zitternde Stimme. Doch in dem matten Erscheinungsbild steckte die personifizierte Staatsgewalt.

»Dann verstehe ich immer noch nicht, weshalb Sie einen fünf Meter breiten Bereich um das Grab herum absperren. Die werden doch früher kaum die Grabbeigaben in alle Winde verstreut haben«, setzte Florence auf ihren gesunden Menschenverstand und ihre körperliche Überlegenheit.

»Bevor wir mit den Ausgrabungsarbeiten beginnen, legen wir zunächst ein Raster über das gesamte Gelände«, versuchte Sylvie Trois die wissenschaftliche Vorgehensweise so einfach wie möglich zu erklären. »Dann nehmen wir die örtlichen Gegebenheiten auf, kartieren die Fundstelle und legen, anhand aller Gegebenheiten, den Arbeitsablauf für das erste halbe Jahr fest.«

So genau wollte es Florence gar nicht wissen.

»Warum graben Sie denn nicht zuerst einmal dort nach, wo die Leiche gefunden wurde?«, schlug sie vor. »Das ist doch keine große Affäre. Da sollten Sie morgen Abend schon ein gutes Stück weiter sein.«

»Sie verstehen nicht, Madame«, flüsterte die Ausgrabungsleiterin gleichbleibend monoton. »Wir graben die Erde nicht im Sinn des Wortes auf, wir legen die Schichten nur zentimeterweise frei, damit uns kein noch so kleines Fragment entgeht. Unsere Handwerksgeräte sind Kelle, Pinsel und Sieb, nicht Pickel, Schaufel und Spaten.«

Das alles machte Florence nicht glücklicher und an diesem Gefühlszustand sollte sich vorläufig nichts ändern. Selbst nach drei Monaten hatte sich kaum etwas getan. Um das Loch herum war bestenfalls ein zehn Quadratmeter großes Feld in einer Tiefe von dreißig Zentimetern freigelegt worden.

»Diese Wühlmäuse haben immer noch nichts gefunden«, informierte Florence ihre Gäste über den Grabungsfortschritt. »Aber das hätte ich denen voraussagen können. Denn dort, wo sie jetzt graben, hat mein Vater vor vierzig Jahren den Erdaushub der alten Toiletten hingeschafft.«

Doch nach einem halben Jahr tat sich endlich etwas.

»Bringen Sie uns bitte eine schöne Flasche Crémant und fünf Gläser«, saß zum ersten Mal das Ausgrabungsteam im Biergarten von »Chez Tantine« und strahlte mit der Herbstsonne um die Wette. »Wir haben etwas zu feiern«, teilte Sylvie Trois in unaufdringlicher Freude, mit fest zusammengepressten Fäusten, einen ersten Erfolg mit. »Sie sind die Erste, die davon erfährt und das Rudiment sieht«, legte die Ausgrabungsleiterin vorsichtig einen zusammengefalteten Lappen auf den Tisch.

Florence rechnete mit einer goldenen Halskette, einem Edelsteinring oder einem Diadem, wenigstens aber mit einer silbernen Haarspange.

»Schauen Sie nur«, zitterte Sylvie Trois am ganzen Körper, als sie das Tuch öffnete und erwartungsvoll fragte: »Was sagen Sie dazu?«

Florence blickte ungläubig auf: Das sollte das Ergebnis eines halben Jahres Grabens sein? Was sie da sah, war nicht mehr als eine alte Tonscherbe. Und noch nicht einmal bemalt.

»Das ist ein Bruchstück eines keltischen Haushaltsgegenstandes«, schwärmte die Ausgrabungsleiterin wie ein Mädchen von seiner ersten Verabredung. »Dort wo ein Fragment gefunden wird, liegen in der Regel weitere«, verriet sie und gratulierte der Grundstückseigentümerin zu dem bedeutenden Fund. »Sie können sich glücklich schätzen, Madame Rauch. Möglicherweise sind wir sogar auf eine keltische Siedlung gestoßen. Ich wage gar nicht darüber nachzudenken, was das für Sie und uns bedeuten würde. Hoffentlich kommen wir vor dem Winter noch ein gutes Stück weiter«, strahlte sie Florence in bescheidener Zuversicht an.

Und tatsächlich kamen vor dem Winter noch fünf ähnliche Scherben ans Tageslicht. Doch dann mussten die Ausgrabungsarbeiten wegen des schlechten Wetters bis zum Frühjahr unterbrochen werden.

Zu Beginn des neuen Jahres sagte sich verwandtschaftlicher Beistand aus Bliesbruck an. Es war kein Geringerer als Onkel Paul, der viel Erfahrung auf dem Gebiet der Archäologie gesammelt hatte und sein Wissen weitergeben wollte. Er wohnte in Sichtweite der bekannten Keltensiedlung im Bliestal, die sich über die Grenze hinweg, vom lothringischen Bliesbruck bis ins saarländische Reinheim, erstreckte. Europaweit hatten die Funde für Aufsehen gesorgt und viele Besucher angelockt. Mittlerweile gingen die Ausgrabungsarbeiten ins dritte Jahrzehnt und ein Ende der Arbeiten war nicht abzusehen.

»Solche archäologischen Ausgrabungen haben ihre eigenen Gesetze«, verriet er seiner Nichte. »Achtung!«, zog er die Augenbrauen bedeutungsvoll hoch: »Nie auf Dinge hinweisen, die zum Bumerang für dich selbst werden könnten. Im Nu haben sie dir deinen Garten umgegraben. Immer abwarten, bis sie auf dich zukommen und dich dann dumm stellen. Doch vor allem nie in Urlaub fahren. Denn diese Maulwürfe graben überall dort, wo sich nichts bewegt. Ein Freund von mir hat seinen Fehler teuer bezahlt. Als er zurückkam, war seine Garageneinfahrt samt Zuweg verschwunden. Er konnte froh sein, dass er überhaupt noch mit seinen Koffern über ein paar Bohlen zu seiner Haustür kam«, blitzten ein paar schmerzverzerrte Gesichtszüge auf. »Hast du schon Informationen zum bisherigen Stand der Ausgrabungen erhalten?«

Das konnte seine Nichte bestätigen.

»Sie haben mir ein paar Scherben gezeigt und die Ausgrabungsleiterin schwärmte mir etwas von einer Keltensiedlung vor. Was könnte denn das für uns bedeuten?«, fragte Florence nach.

»Das hört sich überhaupt nicht gut an, überhaupt nicht gut«, wiederholte ihr Onkel und schüttelte bedenklich den Kopf. »Wenn du hier auf einer keltischen Siedlung sitzt, kannst du den Schlüssel an die Wand hängen und auswandern. Denn dann werden sie alle Freiflächen um dein Restaurant herum ohne Erbarmen abtragen. Und wie lange das dauern wird, kannst du dir ja ausmalen. Sei froh, dass du die Toiletten bereits im Keller hast. Die alten würde kein Gast mehr erreichen«, zeichnete er ein Szenario, das mehr als erschrecken konnte. »Es kann passieren, dass dein Restaurant irgendwann auf einer Insel steht. Denn so eine keltische Siedlung hat enorme Ausmaße, wie du bei uns siehst. Der alte Marktplatz wird dann ebenfalls rasiert werden. Und vor Straßen machen die auch nicht halt.«

»Das kann doch nicht wahr sein«, lief es Florence kalt den Rücken hinunter. »Das würde ja unsere Existenz bedrohen. Wer soll denn dann noch zu uns kommen, wenn es keine Zuwege und Parkplätze mehr gibt?«

Doch ihr Onkel konnte ihr wenig Hoffnung machen und führte vergleichbare Tragödien an.

»Als sie bei uns die Siedlung entdeckt haben, mussten eine Werkstatt, ein landwirtschaftlicher Betrieb und ein Bauhof weichen und den Reinheimern ist es nicht besser ergangen. Da wurden ein Schnellimbiss und eine Brennerei dem Erdboden gleichgemacht. Auf Gewerbe nehmen die keine Rücksicht. Aber mach dir keine Gedanken«, tröstete er Florence. »Die Hauptsache, es herrscht Frieden zwischen unseren Ländern.«

Doch dafür konnte sich seine Nichte nichts kaufen. Sie hoffte nur noch, dass der Keltenkelch an ihr vorübergehen würde.

Als die Archäologen im Frühjahr ihre Arbeiten wieder aufnahmen, atmete sie sogar ein wenig auf, denn die ständige Ungewissheit war zermürbender als alles andere. Ende Mai saß das Ausgrabungsteam plötzlich wieder im Biergarten und bestellte wie damals eine Flasche Crémant. Das war kein gutes Zeichen für Florence.

»Wir haben nahezu alle Rudimente gefunden und konnten die Teile zu einer schönen Keltenschüssel zusammenfügen«, begeisterte sich Sylvie Trois ebenso zurückhaltend wie beim ersten Scherbenfund. »Jetzt kommen wir an jene Schicht, die uns Aufschluss über die Lage des Grabes und Gewissheit hinsichtlich der Keltensiedlung geben wird. Halten Sie uns die Daumen.«

Florence wurde auf eine harte Probe gestellt. Erst Anfang August saß das Team erneut im Biergarten. Doch dieses Mal wurde nur eine Flasche Mineralwasser bestellt.

»Wie es aussieht, ist das Grab nur ein Solitär«, wirkte die Ausgrabungsleiterin schwermütiger als sonst. »Die Kelten haben ihre Toten oft an Höhenwegen beigesetzt, wenn sie auf Wanderschaft waren. Das könnte hier der Fall gewesen sein«, erklärte sie die damaligen Bräuche, wobei sie es vermied, Florence in die Augen zu schauen. »Wir werden nun zur Abklärung dieser These noch ein paar Sondierungsgrabungen im Umfeld durchführen.«

»Und was geschieht, wenn sich Ihre Annahme bestätigen sollte?«, wollte Florence wissen.

»Wenn wir keine neuen Erkenntnisse gewinnen, wird alles wieder zugeschüttet«, bekam Sylvie Trois feuchte Augen. »Das wäre für uns natürlich eine Katastrophe, aber so grausam kann Archäologie mitunter sein. Hoffen Sie mit uns, dass die Sondierungen noch eine Wende bringen.«

Florence hätte ebenfalls weinen können, aber vor Freude. Jeden Tag erkundete sie von da an, was hinter dem Zaun vor sich ging. Sie sah zwar nichts, hörte aber ein ständiges Schnauben, Schaben und Sieben und bildete sich nach Wochen ein, dass das Atmen im archäologischen Gehege flacher geworden wäre.

Im September fand sich das Team erneut im Biergarten ein und bestellte zum Entsetzen von Florence eine Flasche Crémant.

»Schauen Sie, was wir in den letzten Wochen gefunden haben«, stellte Sylvie Trois mit nichtssagendem Blick einen offenen Schuhkarton auf den Tisch.

Florence erkannte ein gekrümmtes, bronzenes Bruchstück.

»Alles deutet darauf hin, dass es sich um das Einzelgrab einer einfachen Keltin handelt«, fasste die Ausgrabungsleiterin im Telegrammstil zusammen. »Und dieses Rudiment hier gehört zu einem rituellen Kultkessel. Er wurde von Druiden genutzt, um ins Schattenreich zu blicken oder um darin aus Eingeweiden die Zukunft zu lesen.«

Und wie die Zukunft für »Chez Tantine« aussah, wollte Florence natürlich auch wissen.

»Die Sondierungsgrabungen haben uns leider keinen Erfolg beschieden«, war die Frustrationsgrenze bei Sylvie Trois offenbar so weit überschritten, dass sie sogar auf einen Misserfolg anstoßen konnte. »Wir trinken nun auf die Beendigung unserer Arbeiten. In den nächsten Wochen werden wir Ihnen das Terrain wieder zur Verfügung stellen. Es tut uns leid, dass wir keine Keltensiedlung gefunden haben«, beteuerte die Ausgrabungsleiterin aufrichtig. »Was hätte der Ort und die Region davon profitieren können, vor allem aber der einzelne Bürger. Bliesbruck und Reinheim sind die besten Beispiele dafür.«

»Machen Sie sich keine Gedanken. Wir kamen die ganzen Jahre auch so ganz gut zurecht«, versuchte ihr Florence das archäologische Gewissen ein wenig zu erleichtern und tröstete sie: »Wahrscheinlich werden Sie bald schon in anderen Vorgärten nach keltischen Siedlungen graben.«

»Oder nach römischen«, vervollständigte die Ausgrabungsleiterin und atmete befreit auf: »Die Höhenwege wurden ja oft auch von römischen Legionen genutzt. Da macht man regelmäßig hochinteressante Funde. Wenn dieses Bronzestück beispielsweise von den Römern gestammt hätte, wäre das eine Sensation gewesen. Dann wären wir dem Höhenweg über den Biergarten, die Straße und den Parkplatz hinweg gefolgt«, zeigte sie in Richtung des alten Marktplatzes und schwärmte: »Bei öffentlichen Flächen kann man natürlich weit großzügiger planen. Gerade hier, wo der Dorfkern Raum bietet. Was meinen Sie, was diese Ausgrabungen im Ort für Aufsehen gesorgt hätten.«

»Aber so ein Bruchstück eines Druidenkessels kann auch glücklich machen«, erkannte Florence, wie knapp sie an dem Dasein einer Inselbewohnerin vorbeigeschrammt war.

»Gewiss«, bestätigte Sylvie Trois und schenkte Florence ein maßvolles Lächeln. »Sie können jetzt immerhin behaupten, dass die Gründung von ›Chez Tantine‹ auf eine Keltin zurückgeht.«

Leidenschaft

Zum ersten Mal fand in Grossebouche das jährliche Treffen der Facel-Vega Enthusiasten statt. Die meisten Zeitgenossen hätten mit diesem Begriff überhaupt nichts anfangen können. Doch in Grossebouche wusste man, dass es sich bei einem Facel-Vega um ein Auto der Extraklasse aus den fünfziger Jahren handelte. Daran waren Leon Bourg und der Comte de Condé nicht ganz unschuldig, denn beide besaßen solche Boliden. Der Graf hatte das wunderschöne Coupé von seinem Vater geerbt, während Leon Bourg, seit er denken konnte, ausrangierte Facels und entsprechende Ersatzteile in ganz Frankreich zusammensuchte. In langjähriger Kleinarbeit hatte er die begehrten Liebhaberstücke in seiner Autowerkstatt in Grossebouche restauriert und sich einen Namen als Sammler gemacht. Mittlerweile besaß er sieben fahrbereite Klassiker.

»Und drei Schrottmühlen warten noch auf ihre Behandlung«, fügte er gern hinzu, wenn er nach seinen weiteren Plänen gefragt wurde.

Der Facel-Vega, der in Paris von 1950 bis 1964 in Handarbeit gefertigt wurde, gehörte zu den luxuriösesten Sportwagen seiner Zeit. Nur die Reichsten der Reichen konnten sich Coupés und Cabriolets dieser Marke leisten. Die Wagen bestachen nicht nur durch ihr elegantes Design, sondern ebenso durch ihre motorischen Leistungen. Die hervorragenden V8-Motoren mit ihrem 6,3 Liter Hubraum wiesen sogar einen Ferrari in seine Schranken. Und so bezeichnete die damalige Fachpresse den Facel-Vega als »das beste Automobil nach einem Rolls-Royce«. Allerdings kam der Preis auch beinahe an einen Rolls-Royce heran.

Der Facel wurde insbesondere von Schauspielern, gekrönten Häuptern und wohlhabenden Geschäftsleuten gefahren. Zu seinen Besitzern gehörten unter anderem der Schah von Persien, der marokkanische König, Ava Gardner, Stirling Moss, Ringo Starr und der bekannte Schriftsteller und Philosoph Albert Camus, der

1960 sogar in einem Facel-Vega ums Leben kam. Insgesamt wurden aber nur ein paar Tausend dieser einzigartigen Autos gebaut und heute befanden sich die wenigen noch übrig gebliebenen Exemplare in Sammlerhand.

An schönen Sommerabenden fuhr Leon Bourg regelmäßig mit einer seiner Nobelkarossen durch Grossebouche und kehrte dabei auch immer wieder gern bei »Chez Tantine« ein. So auch heute.

»Geht für den Dreizehnten alles klar?«, wollte er von Florence wissen, während er bei Marcel ein Bier bestellte. »Ihr wisst ja: Comme il faut!«

Damit hatte Leon Bourg das Oldtimertreffen im Restaurant gemeint, aber noch mehr die Fahrzeughalter selbst. Er war schon seit vielen Jahren deren Clubpräsident und richtete in dieser Funktion auch die jährlichen Veranstaltungen aus. Bisher hatten die Oldtimertreffen in Städten wie Mailand, San Remo, Monte Carlo, Nizza, St. Tropez, Marbella oder Baden-Baden stattgefunden. Und die Hotels und Restaurants gehörten dabei naturgemäß der gehobenen Sternekategorie an.

»Ich habe fast alle Teilnehmer bei Eugene untergebracht«, teilte er den Wirtsleuten mit. »Da können sie zu Fuß hinspazieren und erinnern sich wieder an ihre Jugendzeit.«

Eugene Villemot führte am Rande von Grossebouche eine Art Jugendherberge, die meist von Schulen, Kinderheimen oder Jugendgruppen für Ferienaufenthalte gebucht wurde. Aber auch Großfamilien nutzten die einfache Unterkunft wegen der bezahlbaren Preise.

»Für eine Nacht wird das gehen«, meinte Leon Bourg und fügte gespielt würdevoll hinzu: »Und unsere drei ›Aristokraten‹ sind beim Comte untergekommen.«

»Wir machen es genauso wie zwischen uns abgesprochen. Der Nebenraum ist für euch reserviert«, bestätigte Florence die Bestellung, »und zweiundvierzig Menüs sind notiert.«

»Stimmt. Achtundzwanzig Autos wurden mir bisher gemeldet«, fasste Leon Bourg zusammen, »und zweiundvierzig Personen haben sich für das gemeinsame Abendessen angemeldet. Aber mit ein paar Kurzentschlossenen muss man bei uns immer rechnen. Und das Champagnerfrühstück habt ihr auch nicht vergessen?«

»Du kannst dich auf uns verlassen. Wir wollen, dass dein Club Grossebouche in bester Erinnerung behält«, versprach ihm Florence einen perfekten Ablauf.

Für Leon Bourg stand außer Frage, dass der Osten Frankreichs und das namenlose Grossebouche nicht gerade das Traumziel seiner Clubkameraden war. Aber er wollte seiner Heimatgemeinde ein Geschenk machen und an einem Wochenende auf dem alten Marktplatz die schönsten Facel-Vegas Europas zeigen.

Mit dem Bürgermeister war abgesprochen, dass der Autokorso samstags gegen fünfzehn Uhr in Grossebouche einfahren und zwei Runden um den alten Marktplatz drehen sollte, bevor sich die Oldtimer in Reih und Glied auf dem Platz der Öffentlichkeit präsentierten.

»Als Bürgermeister werde ich ein Grußwort sprechen und für den festlichen Rahmen lassen wir unseren Fanfarenzug aufmarschieren«, wollte sich Claude Fontaine damit auch im Namen seines Sohnes bei Leon Bourg dafür bedanken, dass der im letzten Jahr den Brautwagen stellte. »Aber ich habe noch eine besondere Überraschung für dich und deinen Club«, machte er ein hochzufriedenes Gesicht. »Der Stellvertreter des Unterpräfekten wird ebenfalls ein Grußwort sprechen. Damit erhält die Veranstaltung einen staatstragenden Charakter«, kannte sich Claude Fontaine mittlerweile in repräsentativen Belangen gut aus. »Wir werden deshalb den Platz und das Bürgermeisteramt auch festlich beflaggen. Das wird bei den feinen Herrschaften Eindruck machen.«

Leon Bourg hatte sich durch harte Arbeit, Anständigkeit und Hilfsbereitschaft große Anerkennung im Ort erworben. Und da er seine Wagenflotte stets in den Dienst der Allgemeinheit stellte, kam auch kein Neid um seine kostspielige Leidenschaft auf. Zu Hochzeiten, Jubiläen und ähnlichen Anlässen sah man ihn in Chauffeurmontur den Fahrer spielen, während er im Alltag ölverschmiert in seinem uralten Renault-4-Kastenwagen durch den Ort zockelte. Leon war sich treu geblieben, egal in welchem Auto er auch saß.

Solche Wesenszüge besaß nicht jeder. Zumindest manche nicht, die sich gern auf Humanität und Toleranz beriefen. Das musste auch Leon Bourg erfahren, als sich die Teilnehmer der Tour im regenverhangenen Forbach trafen, um von dort gemeinsam Richtung Grossebouche weiterzufahren.

»Hoffentlich ändert sich nicht nur das Wetter«, zog Jacques Pinteur aus Cap Ferrat ein langes Gesicht. »Schön ist etwas anderes.« Und seine Frau, die sich hinter einer dunklen Sonnenbrille versteckt hatte, verließ den Wagen gar nicht erst um »Bonjour« zu sagen.

»Das hier ist nicht die Côte d'Azur«, bestätigte Alain Copain aus Cannes und wusste als Psychologe, warum die meisten Selbstmorde in Landstrichen mit wenigen Sonnenstunden vorkamen. »Die Statistik weist eindeutig auf ein Nord-Südgefälle hin. Und hinsichtlich der sozialen Unterschiede hat man festgestellt, dass es Wohlhabendere weniger trifft als Sozialhilfeempfänger«, wusste er auch dieses Phänomen zu erklären. »Diejenigen, die es sich leisten können, fliegen auf die Malediven oder kriechen unter ihr Solarium, bevor sie die Schwermut überkommt.«

Doch das Wetter änderte sich wie auf Kommando, als der Autokorso in Grossebouche, unter dem Applaus vieler Schaulustiger, einfuhr und seine Runden drehte. Die Sonne strahlte so hell sie nur konnte und versprach den Tourteilnehmern das Blaue vom Himmel.

Das Gleiche tat auch der Bürgermeister am Ende seines Grußwortes: »Ich wünsche Ihrer Veranstaltung einen guten Verlauf und versichere Ihnen, dass Sie morgen bei Ihrer Abfahrt die besten Erinnerungen an einen wunderschönen Aufenthalt in Grossebouche mitnehmen werden.«

Wie konnte er auch ahnen, dass es anders kommen würde.

Der stellvertretende Unterpräfekt setzte auf ein Dauerhoch und beschrieb die großen Erfolge, auf die seine Regierungspartei zurückblicken konnte. Allein die Blechbläser des Fanfarenzuges hatten sich ein wenig im Ton vergriffen und stellten viele konzertverwöhnte Ohren auf eine harte Probe. Doch ein warmer Wind sorgte dafür, dass die Fahnen so heftig flatterten, dass so manch entgleiste Passage unterging, bevor sie sich entfalten konnte.

»Sollen die vielen Fahnen von der Austauschbarkeit des Ortsbildes ablenken oder sind sie Teil des Ortsbildes?«, wollte ein belgischer Teilnehmer mit breitem Lachen von Leon Bourg wissen. »Bei uns in Ostende setzen wir auf Wanderdünen, um von der Bebauung abzulenken.«

Unbestritten fehlte Grossebouche alles, was einen malerischen Flecken ausmachte. Auch kulturell hatte der Ort nicht viel zu bieten, außer dem Fanfarenzug und dem Fußballclub Racing Grossebouche. Doch der Comte de Condé, der Leon Bourg bei der Organisation unterstützt hatte, riss die Gemeinde aus der Bedeutungslosigkeit heraus. Er hatte alle Tourteilnehmer zu einem Empfang in sein Palais eingeladen. Das war dann auch der Rahmen, der den vornehmen Oldtimer Clubmitgliedern angepasst schien. Die Damen blühten förmlich auf, als sie durch den wunderschönen Park flanierten und die Herren genossen bei einem Armagnac und einer dicken Havanna in aller Schlichtheit das Leben.

Als sich die Veranstaltungsteilnehmer aber am Abend bei »Chez Tantine« einfanden, war das für manche der freie Fall in die ästhetische Anspruchslosigkeit. Ein paar Damen verdrehten unübersehbar die Augen, als sie das rustikale Ambiente und die gewöhnliche Tischeindeckung sahen.

»Für Leon mag das ja alles normal sein«, teilte sich Madeleine Pinteur ihrer Tischnachbarin mit und drückte die Sonnenbrille fester ins Haar. »Aber für uns doch nicht. Als wüsste er nicht, wo wir herkommen. Ich verlange wirklich nicht viel, weiß Gott nicht, aber ein wenig Stil darf man doch erwarten. Hier ist es noch provinzieller als in Belgien.«

»So ist eben der Osten«, kam eine Antwort, die alle Vorbehalte einschloss.

»Wir speisen seit Generationen mit Silberbesteck von edlen Porzellantellern und trinken aus Kristallgläsern, obwohl wir keine Adligen sind. Ich kenne gar nichts anderes«, legte Madeleine Pinteur Wert auf Familientradition. »Nicht wie die Neureichen, die sich heute alles leisten können, aber keine Tischmanieren mitbringen. Tischkultur kann man eben nicht kaufen«, streckte sie die Nase in die Höhe. »Bei uns musste zudem jeder ein Instrument erlernen und Baudelaire und Verlaine zitieren können«, nickte sie sich zu. »Und wir konnten schon als Jugendliche zwischen einem gewöhnlichen Moulis und einem Château Maucaillou unterscheiden.«

»Diese Zeiten sind vorüber, du brauchst doch nicht weit zu schauen«, sprach die Tischnachbarin, ob nun aus Bosheit oder aus Unbedarftheit, auf die Tochter ihrer Gesprächspartnerin an, die sich mit einem amerikanischen Countrysänger eingelassen hatte.

»Verschone mich mit diesem Trauerspiel!«, sackte Madeleine Peinteur von der einen auf die andere Sekunde in sich zusammen. »Unsere Corinne hat sich vergriffen wie keine vor ihr. Ein Countrysänger aus einem kleinen texanischen Kuhdorf«, schüttelte sie so heftig den Kopf, dass die Sonnenbrille beinahe herunterfiel. »Der Kerl ist das Allerletzte«, verdeutlichte sie ihre Geringschätzung in folgender Steigerungsform: »Ungehobelt, ungebildet, unkultiviert, Amerikaner.«

Als die abendliche Konversation in die familiären Untiefen abzugleiten drohte, brach plötzlich ein Sturm mit Hagelschauern los.

»Schnell, schnell, wir müssen die Autos abdecken«, schrie einer durchs Restaurant und sprang auf. »Sucht Tischdecken zusammen!« Doch zum Glück war das Unwetter so rasch vorüber, wie es gekommen war.

»Das ist doch alles typisch für dieses Restaurant«, hatte Madeleine Pinteur den Faden wieder aufgenommen. »Papiertischdecken! Wo gibt es denn in einem guten Restaurant Papiertischdecken? Was hätten wir denn getan, wenn der Hagel stärker geworden wäre? Etwa mit Papiertischdecken die Autos abgedeckt?«

»So ist eben der Osten«, wiederholte die Tischnachbarin ihre Vorurteile.

»In diesem Ort möchte ich noch keine zwei Tage abgebildet sein«, rümpfte Madeleine Pinteur die Nase und stellte eine Vermutung an, die ihre Freundin sofort unterschrieben hätte: »Ich nehme an, dass der Comte das hier nur aus Studienzwecken betreibt. Für ihn müssen doch die Aufenthalte in diesem Ort die Hölle sein. Jedenfalls mache ich drei Kreuze, wenn ich heute Abend in mein Bett falle und alles um mich herum vergessen kann.«

Doch bevor es so weit kommen sollte, würde sie noch manche Prüfung zu bestehen haben. Aber über das Menü konnte sie zumindest kein schlechtes Wort verlieren.

»Kochen können sie wenigstens, das muss man ihnen lassen«, tupfte sie sich mit einer Papierserviette behutsam die Mundwinkel ab. »Vom Ambiente her hätte man dem Restaurant nichts Derartiges zugetraut. Und die Wirtin macht auf mich auch einen gewöhnungsbedürftigen Eindruck.«

»Wie du kommst gegangen, so wirst du empfangen« bestätigte ihre Tischnachbarin. »Da muss sie sich nicht wundern, wenn sie komisch angesehen wird. Hinterland bleibt eben Hinterland.«

Unter den Männern war die Stimmung ausgelassen und es wurden manche Oldtimer-Anekdoten aufgewärmt.

»Hat sich eigentlich bei deinem ›Excellence‹ noch niemals jemand beim Aussteigen die Knochen gebrochen?«, wollte ein Däne von Leon Bourg wissen.

Bourg besaß einen Facel-Vega Excellence von 1959, der mit einem 360 PS starken Motor ausgestattet war. Bei diesem Modell waren die hinteren Einstiegstüren relativ schmal gehalten und wurden deshalb als sogenannte »Selbstmördertüren« bezeichnet.

»Ein Brautkleid hat tatsächlich einmal dran glauben müssen«, bestätigte Bourg. »Aber schlimmer hatte es einen jungen Bräutigam getroffen, der sich schwer die Finger eingequetscht hat, als seine Zukünftige den elektrischen Fensterheber im falschen Augenblick betätigte. Die ersten elektrischen Fensterheber waren so tödlich wie Guillotinen.«

Ein Bretone konnte das bestätigen. Er war mit seinem Facel II angereist, der mit 390 PS eine Spitzengeschwindigkeit von 250 km/h erreichte und in der damaligen Zeit den Ruf genoss, einer der schnellsten Sportwagen der Welt zu sein.

»Ich habe mir selbst einmal den Arm eingeklemmt, als das Fenster plötzlich, wie von Geisterhand angetrieben, nach oben lief«, zeigte er zur Belustigung aller wie es aussah, wenn die aus dem Fenster winkende Hand plötzlich nicht mehr zur Verfügung stand.

Erst spät am Abend machten sich die Facel-Vega Freunde zu ihren verschiedenen Schlafquartieren auf. Drei Paare schlenderten mit dem Comte de Condé zu dessen Palais, ein Brite übernachtete neben dem Panzerdenkmal in seinem Wagen, zwei Holländer hatten ihre Zelte im Biergarten von »Chez Tantine« aufgeschlagen und die restlichen Teilnehmer der Tour machten sich Richtung Eugene Villemot auf den Weg.

»Die Zimmer sind zwar klein, aber wenn wir morgen früh aufwachen, ist die Nacht auch vorüber«, machte sich ein Kölner keinen Kopf um die armselige Ausstattung der Räume. »Träumt süß«, verabschiedete sich die Frohnatur, »und freut euch auf einen neuen Tag.«

Doch was der Rheinländer und seine Clubkameraden nicht wissen konnten, war, dass die Unterkunft bis zum letzten Platz mit Jugendlichen belegt war, die mitten in der Nacht johlend von einem Konzertbesuch zurückkehrten.

»Wo sind wir denn hier gelandet?«, saß Madeleine Pinteur aufrecht im Bett. »Das ist doch kein Hotel, das ist eine Jugendherberge. Jacques, jetzt tu doch etwas!«

Doch Jacques Pinteur kannte sich in diesem Milieu nicht sonderlich gut aus. Er hatte noch nie eine Jugendherberge von innen gesehen. Als Jugendlicher war er nur einmal mit seiner Klasse zu einem Schüleraustausch in das Nobelinternat nach Salem am Bodensee gereist. Und dort wurde ihm ein ebenso schönes Jugendzimmer zur Verfügung gestellt wie in seinem Internat in Genf.

Vorsichtig streckte er die Nase aus der Tür und blickte geradewegs in die Gesichter seiner Clubfreunde, die sich auf dem Flur versammelt hatten.

»Wir haben schon nach dem Hotelier gesucht, aber die Rezeption ist abgeschlossen und die jungen Leute lassen sich nicht stören. Die amüsieren sich sogar, wenn man sie auf die Einhaltung der Nachtruhe hinweist«, teilte ihm ein Freund in rotbraungemusterten Brokatpantoffeln mit.

»Und jetzt?«, fragte Pinteur eingeschüchtert nach. »Meine Frau kann nicht schlafen. Was können wie denn da nur tun?«

»Wir müssen auf Entspannung, auf Relaxation setzen«, wusste der Psychologe, wie man sich in derartigen Fällen zu verhalten hatte. »Es gilt nun die Luft herauszunehmen«, drückte er mit beiden Händen auf seinen fülligen Bauch und pustete gegen die Decke. »Legt euch in eure Betten und versucht mit Atemtechnik den Körper bis in die Zehenspitzen zu entspannen. Irgendwann schlaft ihr dann von selbst ein.«

»Wir sollen mit Atemtechnik den Körper entspannen«, legte sich Jacques Pinteur neben seine Frau und atmete tief durch.

»Wie willst du denn bei diesem Lärm entspannen?«, fauchte sie ihn an und schlug mit der Faust so fest auf das Kissen, dass das gesamte Bett bebte. Jacques ahnte in diesem Augenblick, dass ein ruhiges Durchatmen bei einer Frau dieses Schlages unmöglich war.

»Du kannst wegen mir die ganze Nacht ein- und ausatmen, ich jedenfalls nicht!«, stand Madeleine Pinteur auf und zog sich eine Jacke über, während ihr Mann sich schlafend stellte.

»Dann nehme ich mir die Kerle eben selbst vor, wenn du keinen Mumm hast«, vermochte selbst eine üble Schmährede nichts am leblos wirkenden Körper von Jacques Pinteur zu reanimieren. Ein heftiges Türschlagen deutete schließlich darauf hin, dass der Kampfeinsatz begonnen hatte und wenige Minuten später signalisierte ein erneutes Türschlagen, dass das Unterfangen beendet war.

»Mich halten keine hundert Pferde in dieser Absteige!«, schrie sie durchs Zimmer. »Pack deine Sachen zusammen, wir gehen!«

»Wohin willst du denn mitten in der Nacht gehen?«, musste ihr Mann einsehen, dass er nun ein Problem hatte, das nicht so leicht wegzuatmen war. »Wir können uns doch nicht da draußen auf die Koffer setzen.«

»Ich werde erst dann wieder ruhig sitzen, wenn ich diesen Ort verlassen habe. Also auf!«, wurde Marschbefehl erteilt. »Wir steigen in unseren Wagen und verlassen dieses armselige Nest auf dem schnellsten Weg. Und eines sage dir: Wehe du biegst noch einmal in östliche Richtung ab.«

Ihr Mann wusste, dass in diesem Stadium jeder Widerspruch aussichtslos war. Und so sah man die Eheleute Pinteur zehn Minuten später durch das nächtliche Grossebouche zum alten Marktplatz hetzen. Doch jetzt nahm das Verhängnis erst seinen Lauf. Denn als sie am Parkplatz angekommen waren, bot sich ihnen ein Bild des Grauens.

»Sie haben unsere Autos geschändet!«, schrie Jacques Pinteur wie von Sinnen durch die Nacht. »Warum nur, warum nur? Welche Menschen können so etwas Abscheuliches tun? Wer vergreift sich denn an unschuldigen Oldtimern? Die Todesstrafe ist das Mindeste für solche Monster!«

Auf dem schwach beleuchteten Platz hatten Diebe an allen Oldtimern die Außenspiegel, Stoßstangen und Autoreifen abmontiert. Als Pinteur vor seinem eigenen Wagen stand, bot sich ihm ein ähnliches Bild. Doch an seinem Facel-Vega waren zudem noch die verchromten Auspuffstutzen, die Scheibenwischer und zwei Nebelscheinwerfer entwendet worden.

»Ich rufe alle zusammen«, rannte er kopflos zurück und riss seine Clubkameraden aus den Atemübungen. »Sie haben sich an unseren Autos vergangen!«, schrie er durch die Unterkunft. »Kommt alle auf den Platz, dann werdet ihr das Massaker sehen.«

Eine halbe Stunde später liefen die Geschädigten wie eine Schar aufgescheuchter Hühner um ihre Oldtimer herum und begutachteten die Verstümmelungen, die man ihren Edelkarossen zugefügt hatte.

»Das sind keine Facels mehr, das ist nur noch ein Haufen Alteisen. Ich könnte heulen wie ein Kind beim Dreck«, fasste der Kölner dann auch die allgemeine Gemütsstimmung treffend zusammen.

Florence war durch den Lärm aufgeweckt worden und schaute aus dem geöffneten Fenster.

»Was ist denn los da unten?«, fragte sie ihren Mann. »Wollen die etwa eine Nachtfahrt unternehmen?« Doch sie erkannte schnell, dass etwas nicht in Ordnung war und bekam ihre Vermutung auch kurz darauf von den beiden Holländern bestätigt.

»Die haben unsere wunderbaren Automobile in der Nacht klitzeklein auseinandergenommen«, erklärten sie. »Und wir haben in unseren Zelten nichts davon mitbekommen, so fest haben wir geschlafen.«

Florence rief sofort Leon Bourg an, der seinen Augen nicht traute, als er über den Platz ging.

»Das müssen Profis gewesen sein«, stellte er mit geschultem Blick fest. »Die sind ganz gezielt vorgegangen. Alles ist fachmännisch abgeschraubt. Wenigstens haben sie an den Wagen nichts zerstört.«

Doch was half das? Keiner wusste so recht, was nun mitten in der Nacht zu tun war.

»Um vier Uhr sieht alles grau in grau aus«, vermochte zumindest Florence ein wenig Ruhe in die Gruppe zu bringen. »Zuerst stärken Sie sich, dann sehen wir weiter. Zimt beruhigt.« Sie hatte im Restaurant einen starken Kaffee vorbereitet und drei Zimtkuchen auf den Tisch gestellt.

»Wir werden keine Nacht mehr in diesem Ort verbringen, auch wenn der Zimtkuchen noch so gut geschmeckt hat«, flüsterte Madeleine Pinteur ihrem Mann mit Nachdruck ins Ohr, als dessen Stimmung sich gerade ein wenig gebessert hatte. »Noch heute fliegen wir nach Nizza zurück. Um deinen Wagen soll sich Leon kümmern.«

Leon Bourg hatte währenddessen die Polizei über die nächtliche Diebestour unterrichtet. Doch von deren Seite wurden ihm keine großen Hoffnungen gemacht: »Wir schicken Ihnen eine Streife vorbei, die alles aufnehmen kann. Aber machen Sie sich keine großen Hoffnungen. Diese Operation trägt ganz deutlich die Handschrift einer Hehlerbande, die für einen Auftraggeber ›eingekauft‹ hat. Da wird kein Stück mehr auftauchen, darauf könnte ich jede Wette abschließen.«

Doch die Wette hätte der Polizist verloren.

»Ob Sie es glauben oder nicht: Die Burschen sind schon gefasst! Das hätte ich nie erwartet«, erhielt Leon, kaum dass das Gespräch beendet war, einen Rückruf. »Beim Umladen auf dem Parkplatz eines Einkaufcenters in Merlebach wurden sie vor einer halben Stunde von einem älteren Herrn aus der Umgebung beobachtet. Unsere Männer konnten die Diebe kurz darauf festnehmen und die Teile beschlagnahmen. Es war eine Bande aus Marseille, die auf Oldtimer spezialisiert ist und von dem Oldtimertreffen hier Wind bekommen hatte. Wir bringen Ihnen das Diebesgut gleich zurück.«

»Nun können wir beweisen, wie gut wir schrauben können«, spornte Leon Bourg seine Kameraden an. »Nach dem Frühstück geht es los und in ein paar Stunden sind wir fertig.«

Gegen Mittag fuhr dann auch der Brite John Middelpenny auf dem Parkplatz ein. Er staunte nicht schlecht, als er so viele Schraubschlüssel in Aktion sah.

»Sei froh, dass du in deinem Wagen geschlafen hast«, wurde er ausführlich von Leon Bourg über den nächtlichen Vorfall informiert. Aber Leon vergaß auch nicht die Glanzleistung der französischen Polizei herauszuheben: »Unsere Gendarmerie ist besser als euer Scotland Yard. Die Diebe sitzen bereits hinter Schloss und Riegel. Das geht bei uns zackzack.«

Die rasante Aufklärung des Diebstahls hatte Middelpenny aus dem Gleichgewicht gebracht, zumindest fühlte er sich wie nach einem zweifachen Dreher mit seinem Cabriolet. Er stützte sich am Dach seines Facels ab, hielt die Augen fest geschlossen und kämpfte innerlich mit sich. Sollte er oder sollte er nicht? Langsam löste er sich aus seiner Schockstarre, schlich zu seinem Kofferraum und kramte in seiner Werkzeugkiste herum.

»Ich habe da wohl eine Dummheit begangen«, hielt er in einem ölverschmierten Unterhemd ein schweres Eisenteil verborgen.

»Heute Nacht habe ich an eurem Panzer als Souvenir einen Kettenbolzen herausgeschlagen«, zeigte er seinen Clubkameraden das Reiseandenken an Grossebouche. »Es ist zwar nicht der verchromte Außenspiegel eines Facel-Vegas, aber ein Diebstahl ist es allemal.«

»Du hast ein französisches Ehrenmal geschändet!«, strafte der Comte de Condé seinen Clubkameraden mit einem strengen Blick ab. »Dafür geht ein Franzose für viele Jahre in die Bastille und was mit einem Briten geschieht, wage ich nicht auszusprechen.«

»Ihr Franzosen sucht doch schon seit Jahrhunderten einen Grund uns etwas anzuhängen«, spöttelte John Middelpenny. »Und nun glaubt ihr endlich einen Anlass gefunden zu haben. Doch daraus wird nichts.«

Er wickelte das Beweisstück behutsam in den alten Fetzen, nahm Haltung an und gelobte feierlich: »Bei meiner Ehre, ich setze den Bolzen wieder ein.«

»Nein, nein, das tun wir schon selbst«, nahm ihm der Graf das Souvenir aus der Hand und übergab es Leon Bourg. »Leon wird den Bolzen in einer stockdunklen Nacht einschlagen«, verriet er dem Briten, wie eine verdeckte Operation im Grenzbereich abzulaufen hatte. »Denn wenn ein Kleinmunder erfahren sollte, wie einfach unser Panzer zerlegt werden kann, ist das Ehrenmal in der nächsten wolkenverhangenen Nacht verschwunden.«

Auch wenn John Middelpenny nun kein Andenken an Grossebouche in Händen hielt, nahm er wenigstens ein Stück deutsch-französischer Grenzgebräuche mit auf seine Insel. Und Madeleine Pinteur nahm nach Südfrankreich auch etwas mit.

»Ich hätte nie gedacht, dass die Gendarmen im Osten so fix sind«, wunderte sie sich über den schnellen Zugriff. »In Nizza hätte man die Teile abschreiben können. Unsere Gendarmen wären nicht einmal ausgerückt.«

»Das sind wahrscheinlich die alemannischen Gene im lothringischen Blut, die sich da durchsetzen«, mutmaßte ihr Mann. »Da hat eine südfranzösische Bande nicht den Hauch einer Chance.«

Kunstgriffe

Florence hatte konkrete Vorstellungen von ihrem Leben und dem ihrer Tochter. Dass darin kein Schwiegersohn vorkam – und einer wie Eric Lest schon gar nicht – hatte sie nie bemerkt. Für Florence stand nur fest, dass ihre Tochter in ferner Zukunft das Restaurant übernehmen und die Familientradition weiterführen würde. Erst als Elise, wie aus heiterem Himmel, das Bild mit einem: »Aber Eric existiert nun einmal und ich liebe ihn«, zurechtrückte, begann Florence nachzudenken und sich an ihre eigene Jugend zu erinnern.

Ihre eigene Mutter hatte damals an Marcel kein gutes Haar gelassen. Und vielleicht war gerade das der Grund dafür gewesen, weshalb sie ihn letztendlich geheiratet hatte. So etwas sollte sich nicht wiederholen, das hatte sie sich geschworen. Deshalb gab sie ihre ablehnende Haltung auf und entschied sich, Elise ihre eigenen Erfahrungen machen zu lassen.

»Sie soll selbst erkennen, was sie sich da für ein Müttersöhnchen an Land gezogen hat«, dachte sie bei sich. Trotzdem wollte sie nichts dem Zufall überlassen.

»Ich weiß, dass du Eric liebst und ich kann mir vorstellen, dass ihr beide später das Restaurant weiterführt«, begann Florence ihre Fußangeln auszulegen. »Da wäre es doch vernünftig, ihn rechtzeitig einzubinden. Was hältst du davon, ihm als Jungkoch eine Stelle anzubieten?«

Elise traute ihren Ohren nicht. Ihre Mutter hatte gerade eine einhundertachtzig-Grad-Drehung vollzogen. Solche Kehrtwenden kannte sie von ihr nur, wenn es sich um geschäftliche Dinge handelte.

»Eric hier zu uns …?«, stammelte sie und schaute ihre Mutter irritiert an. »Du hast doch bis heute kein gutes Haar an ihm gelassen.«

»Man darf ja wohl noch seine Meinung ändern«, begründete Florence mit dem einfachsten aller Argumente ihr Umdenken. »Es geht um euch und nicht um mich. Also, mein Angebot steht.«

Eric Lest war sechsundzwanzig Jahre alt und eher von rachitischer als von athletischer Statur. Seine Teilnahmslosigkeit zeugte für Florence von allgemeinem Desinteresse und der schleppende Gang von ausgeprägter Antriebslosigkeit. Eric stammte aus Keskastel, dem sogenannten »Krummen Elsass«, arbeitete als Koch in einem kleinen Restaurant und wohnte noch bei seiner geschiedenen Mutter, die ihn verwöhnte wie zu Kindertagen.

»Mein Eric hat alles was er sich wünscht«, teilte sie jedem mit, der es hören wollte. »Was braucht der Junge eine Frau, wenn es ihm an nichts fehlt.«

Pauline Lest und Florence kannten sich nicht persönlich. Aber wenn sie sich gekannt hätten, wären sie sich schnell darin einig gewesen, dass ihre Kinder überhaupt nicht zueinander passten. Doch da sie sich nie begegnet waren, unterstellte eine der anderen die abwegigsten Machenschaften.

»Ich glaube nicht, was ich da höre. Du willst nach Grossebouche zu ›Chez Tantine‹ wechseln?«, kollabierte Erics Mutter fast, als sie von dessen Absichten erfuhr. »Jetzt hat sie dich an der Angel, diese Kreuzspinne!«, riss sie die Augen auf und prophezeite ihm: »Diese Frau versucht alles, damit du in die Familie einheiratest. Glaubst du etwa, dass sie dich wegen deiner Fähigkeiten einstellt? Niemals, das sage ich dir. Das ist doch eine uralte Kriegslist«, vermutete sie eine üble Intrige hinter dem Angebot. »Diese Frau verfolgt nur ein Ziel: nämlich ihre Tochter unter die Haube zu bringen. Sie weiß doch längst, dass sich für ihre Elise keiner findet. Wer sollte sich denn auch nach solch einer farblosen Kreatur umdrehen?«

Eric war gekränkt und schaute betroffen unter sich. Eigentlich hätte er jetzt auf dem Absatz umkehren und bei seiner Mutter ausziehen müssen. Doch nach Abwägung aller Vor- und Nachteile kam er zur Überzeugung, dass die »farblose Kreatur« seiner Mutter herausgerutscht war.

»Sei heilfroh, dass du noch bei einer Mutter wohnst, die alles für dich tut«, lobte sie sich und gab ihm mit auf den Weg: »Noch bist du frei und kannst kommen und gehen, wann du willst. Nimm dich nur vor dieser Schlange in acht.«

Florence hatte mit ihrer Methode der lockeren Führung einen taktischen Vorteil gegenüber ihrer Gegenspielerin, auch wenn sie exakt das gleiche Ziel verfolgte wie diese. Und vieles schien sich aus ihrer Sicht in die richtige Richtung zu entwickeln. Denn Küchenchef Jean-Luc war mit dem Arbeitstempo und dem Engagement seines neuen Jungkochs ganz und gar nicht zufrieden.

»Er muss sich mehr einbringen. Wenn ich ihm keine konkreten Anweisungen gebe, steht er nur gelangweilt herum und kaut an den Fingernägeln«, klagte er Florence sein Leid. »Kochen kann er und von der Küche versteht er etwas, aber der Fleißigste ist er nicht gerade.«

»Das solltest du mit Elise besprechen«, empfahl Florence ihrem Koch. »Sie kann auf ihren Freund besser einwirken als ich.«

Damit hatte sie den Schwarzen Peter dahin geschoben, wo er ihrer Meinung nach hingehörte. Und es begann sich tatsächlich etwas zu bewegen, aber anders als das Florence erwartet hatte. Denn Elise entwickelte plötzlich ein Verantwortungsbewusstsein, wie es sich ihre Mutter immer gewünscht hatte.

»Was ist denn mit Elise geschehen?«, machte sich Marcel hingegen große Sorgen um seine Tochter. »So kenne ich sie gar nicht. Sie wird doch keines dieser Syndrome haben, von denen die Zeitungen vollstehen. Eine Hyperaktivität kann zu schweren, gesundheitlichen Problemen führen.«

Woher gerade Marcel das wissen wollte, war Florence schleierhaft.

»Wenn allein die Anwesenheit von Eric dafür sorgt, dass Elise mehr Pflichtgefühl entwickelt, dann zeugt das von keiner schwerwiegenden Erkrankung«, wischte Florence alle Bedenken vom Tisch und musterte ihren Mann von oben bis unten. »Es ist schon erstaunlich, welche Fähigkeiten manche Männer in einer Frau wecken können…«

Die positive Entwicklung von Elise färbte zwar nicht direkt auf deren Freund ab, stimulierte aber zumindest dessen Antriebslosigkeit ein wenig. Jene hoffnungsvolle Veränderung wurde von dessen Mutter allerdings anders wahrgenommen. Deshalb vereinbarte sie auch ein Treffen mit Florence.

»Ich war das letzte Mal vor etwa dreißig Jahren bei einer Beisetzung in Grossebouche«, begann sie und schaute sich im Restaurant um. »Hier bei Ihnen haben wir den Kaffee getrunken. Das dürfte noch zur Zeit Ihrer Mutter gewesen sein.«

Pauline Lest war eine gertenschlanke, rothaarige Mittfünfzigerin mit blassem, Sommersprossen übersätem, Gesicht. Auf ihrer Nase saß eine schmale Lesebrille, über die sie problemlos hinwegschauen konnte, die jedoch in erster Linie dazu diente, die modische Armbanduhr im Auge zu behalten.

»Ich möchte Sie nicht lange stören«, schaute sie auch gleich auf ihre Uhr und setzte die Gesprächsdauer fest: »Zehn Minuten.«

»Sie stören mich nicht, ich habe mir für unser Gespräch Zeit genommen«, erwiderte Florence und fragte höflich nach: »Darf ich Ihnen etwas anbieten? Einen Kaffee, einen Cappuccino oder einen Südwein?«

Doch Pauline Lest ließ sich auf nichts ein, was auch nur im Entferntesten nach Vorteilnahme aussehen konnte. Das hatte sie sich geschworen. Deshalb winkte sie auch, mit einem strengen Blick über die Brille, ab.

»Ich bin gekommen, um ein paar Dinge zu klären«, betrachtete sie sich Florence nun genauer und erkannte, dass Elise weder das hübsche Gesicht ihrer Mutter geerbt hatte, noch deren feurige Augen. »Es geht um die Arbeitsbedingungen in Ihrem Haus«, wurde sie nun förmlicher und rückte ihre Armbanduhr zurecht. »Eric ist absolut überfordert. Ihr Küchenchef verlangt Unmenschliches von ihm. Von morgens bis abends muss er Karotten schälen, Suppen kochen und Vorspeisen zubereiten. Das ist wirklich zu viel.«

»Er ist Koch«, gab Florence eine einfache Antwort.

»Natürlich ist er Koch«, entgegnete sie, »aber doch nicht dreizehn Stunden am Tag.«

»Siebeneinhalb Stunden«, verbesserte sie Florence. »Nur wenn er mit seinen Kollegen tauscht, können es ein, zwei Stunden mehr werden. Dafür steht er dann aber an anderen Tagen weniger lang in der Küche.«

»Das ist doch egal! Es geht darum, dass das alles viel zu viel für ihn ist«, ließ sich Pauline Lest nicht mit Argumenten abspeisen. »Ist es denn nicht möglich, dass er eigenverantwortlich arbeiten kann?«

»Jeder bei uns arbeitet eigenverantwortlich. Aber es muss auch einen Küchenchef geben, der alles koordiniert«, versuchte ihr Florence den Geschäftsablauf verständlich zu machen. »Eric braucht noch eine gewisse Zeit, bis er so weit ist. Aber er lässt sich gut an.«

Pauline Lest schaute auf ihre Uhr und erkannte, dass die zehn Minuten noch nicht um waren.

»Und Buchführung, Einkauf, Organisation? Könnte man Eric nicht dort einsetzen?«, fragte sie nach. »Wie ich meinen Jungen kenne, wird er sich da in ein paar Monaten eingearbeitet haben.«

»Diese Dinge erledige ich selbst«, stellten sich Florence allmählich die Nackenhaare. »Wir sollten einfach einmal Eric dazuholen, dann kann er uns selbst sagen, wo der Schuh drückt.«

Dagegen konnte seine Mutter kaum etwas vorbringen und so saß der junge Koch einige Minuten später zwischen den beiden Frauen und wusste nicht so recht, wo er hinschauen sollte.

»Du hast mir doch einmal gesagt, dass du dich hinter der Theke am wohlsten fühlen würdest«, erinnerte ihn seine Mutter an die Aushilfszeit, als Marcel mit dem Toilettenausbau im Keller beschäftigt war. »Würde dir das vielleicht mehr Freude bereiten als die anstrengende Küchenarbeit?«

»Madame Lest, so geht das nicht«, war die Geduld von Florence allmählich erschöpft. »Das Arbeitsleben ist kein Wunschkonzert. Ich habe Eric als Koch eingestellt. Wenn es ihm bei uns nicht gefällt, dann muss er seine Konsequenzen ziehen. So leid mir das auch täte.«

Auf diese Steilvorlage hatte Pauline Lest gewartet. Auch wenn sie schon über der Zeit lag, packte sie noch ein paar Minuten drauf.

»Aha, da hörst du es!«, vibrierte ihre Stimme. Sie blickte ihren Sohn durchdringend an und wiederholte die, in ihren Augen kaum noch an Unverschämtheit zu überbietende, Bemerkung: »Du sollst deine ›Konsequenzen ziehen‹! Nun ist es endlich raus! Das ist der Dank dafür, dass du dich hier abgequält hast. Also, entscheide dich: Weiter täglich dreizehn Stunden Karotten schälen und die Schikanen ertragen oder mit mir nach Hause fahren.«

Eric spürte, wie ihn die Blicke seiner Mutter durchbohrten und er wusste, welche Antwort er zu geben hatte.

»Aber so ist es gar nicht«, flüsterte er in sich hinein.

»Wie?«, kam eine beschwörende Nachfrage. »Willst du mich etwa als Lügnerin hinstellen?«

»Anfangs war es nicht so einfach, das stimmt. Dann ging es aber Tag für Tag besser«, stammelte er und sortierte dabei ein paar Salzkörner, die auf dem Tisch lagen. »Doch das wolltest du nicht hören. Und da habe ich einfach ein paar Geschichten erfunden.

Es ist in Wahrheit so, wie Madame Rauch sagt. Ich fühle mich hier sehr wohl.«

Pauline Lest schienen die Worte zu fehlen.

»Was soll man dazu sagen…«, stand sie fassungslos mit einem verlegenen Lächeln auf und beendete die Sprechstunde mit einem nervösen Hüsteln. »Dann muss ich mich wohl bei Ihnen entschuldigen«, nickte sie flüchtig Florence zu, um mit einem knappen Gruß das Restaurant zu verlassen.

»Dass dieser Frau schon drei Männer davongelaufen sind, wundert mich nicht«, schlussfolgerte Florence beim Zubettgehen. »Wer möchte schon mit einer Person zusammenleben, die immerzu das Kommando führt? Das muss doch fürchterlich sein. Was meinst du?«

Marcel sagte als Betroffener nichts. Ihm war das Thema seit Jahrzehnten geläufig und er wusste, dass es nur zwei Möglichkeiten gab, einem dominanten Partner zu entkommen: entweder davonlaufen oder ihn ignorieren.

»Dann wollen wir einmal abwarten, wie es mit Elise und Eric weitergeht. Nie im Leben hätte ich mir träumen lassen, dass ich diese Beziehung akzeptieren könnte«, lachte Florence kurz auf und stellte bereits neue Überlegungen an. »Das Beste wäre natürlich, wenn er hier wohnen würde. Seine Mutter hat einen äußerst schlechten Einfluss auf ihn.«

Und da die Einflussnahme von Florence auf alles und jeden ebenso existent war, hatte sie dahingehend auch schon Überlegungen angestellt.

»Was hältst du davon, wenn wir für die beiden den Dachboden ausbauen?«, fragte sie ihren Mann, um die Antwort gleich selbst zu geben: »Ich würde sagen, das machen wir.«

Schon am nächsten Tag setzte sich Florence mit Ferdi Hollinger aus Kleinmund in Verbindung, der sich in Grossebouche und Umgebung einen Namen als Architekt gemacht hatte. Alle Neu- und Umbauten trugen seine Handschrift. Das konnte man leicht an den sogenannten »Nasen« erkennen, mit denen er seinen Häusern einen unverkennbaren Stempel aufdrückte. Die »Nasen« klebten gewissermaßen in Form von Erkern, Windfängen oder Hausvorsprüngen an den Fassaden und erhielten durch einen schreienden Farbton die letzte, schöpferische Überhöhung.

»Unverwechselbar ein ›Hollinger‹«, hörte man die Leute bei Sonntagsspaziergängen durch Grossebouche immer wieder sagen. »Seine Häuser sehen einfach anders aus.«

Und das taten sie tatsächlich.

Ferdi Hollinger hatte Dekorateur gelernt. Als solcher war er viele Jahre in einem großen Möbelhaus in Saarbrücken tätig gewesen bis er spürte, dass ihn das Ausschmücken von Schauflächen nicht mehr ausfüllte. Er fühlte sich zu einer anderen kreativen Bestimmung berufen und Freunde und Verwandte, bei denen er eine angenehme Wohnatmosphäre geschaffen hatte, sahen das ebenso.

»An dir ist ein Architekt verlorengegangen«, hieß es immer dann, wenn er farbenfrohe Handskizzen und Animationen von Wohnhäusern präsentierte, die er selbst entworfen haben wollte. Und so entschloss er sich Architekt zu werden. Dazu investierte er in eine entsprechende Architektursoftware, funktionierte seinen Fitnessraum im Keller in ein kleines Büro um und schaltete Werbeanzeigen in verschiedenen Blättern.

Doch Hollinger war kein Architekt, auch wenn er sich so nannte. Das erfuhr er, als ihm die saarländische Architektenkammer untersagte, weiterhin die geschützte Berufsbezeichnung zu führen und Architektentätigkeiten auszuüben. Es blieb ihm folglich nichts anderes übrig, als die Lothringer mit seinen Entwürfen zu beglücken. Dort sah man das alles großzügiger. Solche Belanglosigkeiten interessierten auf der anderen Seite der Grenze keine Menschenseele.

Noch am gleichen Nachmittag kam Hollinger bei Florence vorbei und begutachtete den Dachboden mit fachmännischem Blick.

»Machbar!«, brummte der bärtige Riese feierlich und stellte sich breitbeinig zwischen eine alte Frisierkommode und einen ausrangierten Heizlüfter. Er wusste aus Erfahrung, dass diese Antwort immer gut ankam. Erst nachdem die zuversichtliche Nachricht die Anspannung bei der Bauherrin gelöst hatte, beugte er sich bedeutungsvoll vornüber, atmete tief durch und präzisierte seine Beurteilung: »Machbar heißt aber nicht unbedingt billig.« Auch in diesem Fall blickte er seine zukünftige Kundin belehrend an und vervollständigte die Diagnose: »Machbar heißt in Ihrem Fall: kostenintensiv.«

Florence kannte die Baupreise nicht so gut wie die Lebensmittelpreise und fragte deshalb nach: »Was bedeutet das in Zahlen?«

»Kostenintensiv heißt: Nicht unbezahlbar«, präzisierte Hollinger die Kosten und nahm wieder seine unantastbare Haltung ein.

Er hatte verinnerlicht, dass sich jeder, der mit ihm bauen wollte, glücklich schätzen konnte. Es stand für ihn außer Frage, dass ihm die Architektenkammer nur deshalb Berufsverbot erteilt hatte, weil er besser war als alle eingetragenen Mitglieder dieses Berufsstandes. Auch wenn man ihm die offizielle Berufsbezeichnung »Architekt« in Deutschland versagte, seine innere Haltung konnte ihm keiner nehmen. Deshalb kleidete er sich so, wie er sich einen Architekten vorstellte. Er trug stets einen roten Schal, karierte Baumwollhemden und Kordhosen. Und seine modischen Brillen stimmte er farblich auf die Kleidung ab. Heute war eine grüne Brille angesagt, da er eine farbgleiche Hose trug. Das alles passte seiner Meinung nach zum äußeren Erscheinungsbild eines Architekten und entsprach seinem Begriff von Berufskleidung.

»Ich habe da schon etwas im Kopf«, kniff er fest die Augen zu und ließ seine großen Hände langsam kreisen. »Offen muss es sein, offen. Ganz offen. Alles muss atmen, sich entfalten können, sich vergessen können im Nichts und streben, ja streben muss es«, reckte er seine Arme in die Höhe und fing ein paar spärliche Sonnenstrahlen auf, die durch die kleine Dachluke fielen. »Der Raum muss fliegen, einfach nur fliegen.«

Florence war beeindruckt. Genauso hatten ihn alle beschrieben: kreativ bis in den kleinen Zeh.

Eine Woche später lagen die Entwürfe vor und Ferdi Hollinger konnte beweisen, weshalb er ein so hohes Ansehen im Ort genoss. Auch Elise und Eric waren mittlerweile von Florence eingeweiht worden und saßen mit ihr am gläsernen Besprechungstisch des Architekten.

»Stellen Sie sich einen absolut leeren Dachraum vor«, wischte Hollinger mit dem Handrücken über den Bestandsplan. »Nur der Schornstein steht im Raum und diese vier Holzstützen, die den Dachstuhl tragen.«

Das konnten sich seine Auftraggeber sehr gut vorstellen.

»Und nun lassen wir den Mief hinaus«, klatschte der Architekt in die Hände und blies einen Hauch von Gulaschsuppe gegen die

Decke. »Husch, husch!«, winkte er albern hinterher. »Hinfort mit dem Dach.«

Diesem Gedankengang konnte keiner mehr so recht folgen. Doch gerade das gehörte zur Dramaturgie einer Planungsouvertüre. Langsam rollte Hollinger mit seinen Pranken ähnlichen Händen und einem unerschütterlichen Selbstvertrauen den Entwurfsplan aus und strich noch einmal mit dem Arm darüber: »Hier ist Ihre Freiluftoase. Bitteschön!«

Einem guten Architekten war Sprachlosigkeit vertraut.

Deshalb musste er auch ein ebenso guter Verkäufer sein, der seine Kunden auf die Reise zu neuen Ufern mitnehmen konnte und sie zu überzeugen wusste. Ferdi Hollinger war mehr als ein guter Verkäufer, er war auch ein brillanter Schauspieler.

»Die komplette Dachfläche wird nach Süden hin verglast«, stand er auf und zeigte mit großen Gesten, wie das auszusehen hatte. »Und unvermittelt, mittendrin, stößt eine Glasnase in den Himmel«, vollzog er nun eine Art Schwimmübung. »Man könnte sogar behaupten: Diese gläserne Nase ist ein Keil, der Himmel und Erde trennt«, beugte er sich über den Plan und drückte seinen dicken Zeigefinger auf das entsprechende Teil.

Alle schauten auf den Finger, der von einer üblen Quetschung einen blutunterlaufenen Fingernagel davongetragen hatte und erkannten, dass Hollinger hier eine seiner berühmten Nasen platziert hatte.

»Wahnsinn!«, freute er sich einmal mehr über seinen enormen Einfallsreichtum. »Das ist aber noch nicht alles. Denn in diesem gläsernen Bauteil ist auch eine konstruktive Weltneuheit verborgen.«

Das löste Interesse in seiner Zuhörerschaft aus, zumindest schloss Hollinger das aus den fragenden Blicken. Er reckte sich auf und machte mit den Armen seltsame Flugbewegungen.

»Um einen Hitzestau im Sommer zu vermeiden, öffnen und schließen sich per Knopfdruck die gläsernen Nasenflügel immerfort und fächeln, wie die Flügel eines Schmetterlings, frische Luft ins Innere des Studios«, spürte ein jeder den Luftzug, aber auch einen strengen Geruch von Männerschweiß. »So etwas hat noch kein Mensch auf der Welt erlebt. Ich schwöre!«

Bei dem Schwur hatte er seine beliebte Siegerpose eingenommen. Er stand nun breitbeinig, mit gekreuzten Armen und blitzgescheitem Gesichtsausdruck, vor seinen Bauherren und schaute sie mit erwartungsvollem Blick an. An dieser Stelle war Applaus vorgesehen, vielleicht sogar Begeisterungsjubel, auf jeden Fall aber ein »Unglaublich!« oder ein »Genial!«.

Stattdessen kam ein: »Und damit wollen Sie aus diesem Brutkasten die Hitze herausbekommen?« Florence schien von der Weltneuheit nicht überzeugt zu sein. »Da hinten knallt die Sonne drauf, das kann ich Ihnen sagen. Mittags kommt man im Sommer auf vierzig, fünfzig Grad«, zeigte sie ein äußerst bedenkliches Gesicht. »Wäre es nicht besser, wenn man nur liegende Dachfenster einbauen und die Nase in die Dachfläche einbinden würde? Ich habe von Rollläden gehört, die bei Sonneneinstrahlung sogar automatisch herunterfahren.«

Es gab unangenehme Bauherren, die an allem etwas herumzunörgeln hatten, es gab Hinterwäldler, die sich für neue Ideen nicht gleich erwärmen konnten und Kleinkarierte, die vor zu hohen Kosten zurückschreckten. Aber solche, die mit eigenen Planungsvorstellungen daherkamen, waren die schlimmsten. Und das ließ Ferdi Hollinger seine Klientin auch wissen.

»Sie können sich gern einen Wald- und Wiesenarchitekten suchen, der Ihnen einen Nullachtfünfzehn-Entwurf hinkritzelt«, rollte er seinen Plan beleidigt ein. »Ich stehe nur für anspruchsvolle Architektur zur Verfügung. Schließlich habe ich einen Namen zu verlieren!«

»Mir hat der Entwurf sehr gut gefallen«, kam noch rechtzeitig von Elise ein Signal der Aussöhnung. Sie konnte sich mit den praktischen Erwägungen ihrer Mutter überhaupt nicht einverstanden erklären: »Dieses Konzept hat doch Pfiff. Wer hat schon eine so verrückte Nase an seinem Haus?«

Über Hollingers Gesicht huschte eine ordentliche Portion Genugtuung.

»Genau so wollen wir das haben, nicht wahr Eric?«, schaute Elise ihren Freund an und entschied: »Zeigen Sie uns die weitere Planung. Schließlich ziehen wir hier ein und nicht meine Mutter.«

Das war eine Wiedergutmachung erster Klasse. Ferdi Hollinger hatte den Plan schon wieder ausgerollt und war in seinem Element.

»Ich habe Ihnen beiden auch ein Freilicht-WC eingebaut«, ignorierte Hollinger fortan seine eigentliche Auftraggeberin und zeigte auf besagten Bereich. »Keiner wird Sie dort sehen können, außer vielleicht der Mann im Mond. Sie werden jedes Mal ein Erlebnis haben wie auf einer Raumstation.«

Florence schüttelte innerlich den Kopf.

»Das WC ist außerdem der einzige Raum mit Tür. Alle anderen Raumbereiche sind offen. Stellen Sie sich das einmal vor: keine einzige Tür!«, fuhr er begeistert mit seinem Zeigefinger über den Plan.

Während Elise und Eric die Begeisterung teilen konnten, stellte sich Florence Kochdunst im Schlafzimmer vor und Besucher im Wohnzimmer, während ihre Tochter in der Badewanne lag.

»Und hier um den Schornstein herum habe ich mir eine besonders witzige Frühstückstheke einfallen lassen«, schwärmte Hollinger nun von einer einzigartigen Idee. »Ich nenne das einen ›Blind-Point‹«, umrundete der Finger jetzt den Kamin. »Da ist allmorgendlicher Streit ausgeschlossen. Schließlich sieht man sich nicht.«

»Mega cool«, war Elise von der Vorstellung fasziniert.

Hollinger strahlte über das ganze Gesicht. Das waren Bauherren nach seinem Geschmack. Doch er konnte noch mit einem letzten Effekt aufwarten.

»Und hier ist Ihr Beichtstuhl«, zeigte er mit einem teuflischen Lächeln auf eine kleine Nische im Küchenbereich, die Florence für eine Art offener Speisekammer gehalten hatte. »Da haben Sie die Möglichkeit, über eine Leiter nach oben in den Firstbereich zu steigen, um mit dem Weltenlenker in Kontakt zu treten.«

»Abgefahren!«, kam auch einmal von Eric ein Kommentar. »Das ist die verrückteste Wohnung, die ich je gesehen habe.«

Es dauerte ein halbes Jahr, bis Elise und Eric in ihre Traumwohnung einziehen konnten. Nach den ersten heißen Sommertagen legten sie sich zwei Klimageräte zu, nach zwei Monaten wurden Schlafzimmer und Bad mit Türen versehen und am Ende des Sommers stellte sich heraus, dass die gläserne Nase flügellahm geworden war.

»Ich bin heilfroh, dass diese dämliche Nase nicht mehr funktioniert«, vertraute Florence ihrem Mann an, was sie über Monate gestört hatte. »Manches Mal dachte ich, das Haus hebt ab.«

»Welche Bedeutung haben diese Nasen überhaupt?«, fragte Marcel nach.

»Keine. Das sind Architekten-Fürze, sonst nichts«, beleidigte Florence mit zwei Worten einen ganzen Berufsstand, um dann aber einzuräumen: »Andererseits hat die Nase etwas in Eric bewirkt, sonst würde er nicht hier wohnen.«

Marcel war sprachlos: »Du meinst Architekten können mit ihrer Bauweise unsere Psyche beeinflussen?«

»Was weiß ich«, wollte Florence von Baunasen aller Art nichts mehr hören. »Ich sehe nur, dass der Versuch geglückt ist.«

Komplikationen

An einem Sonntagabend im Spätherbst war »Chez Tantine« einmal wieder bis auf den letzten Platz besetzt. Ein kalter Herbstwind hatte viele Gäste hereingetrieben und Florence musste den Nebenraum eröffnen.

»Warm ist etwas anderes«, beschwerte sich gleich ein Gast.

»Wenn jeder siebenunddreißig Grad mitbringt, reicht das für den Moment aus«, ließ sich Florence nicht aus der Ruhe bringen. »Wer will einen Glühwein oder einen Grog? Er geht aufs Haus. Ich schicke gleich meine Tochter vorbei, die wird sich um alles Weitere kümmern. Und keine Angst: die Heizung läuft auf Hochtouren, gleich ist es hier mollig warm.«

Florence war glücklich, dass bei Elise der berühmte Groschen gefallen war. Das Miteinander im Restaurant funktionierte ausgezeichnet und selbst Eric hatte im Laufe der Zeit seinen Platz in der Familie gefunden. Doch der Weg bis dahin war nicht einfach gewesen.

Anfang des Jahres hatte Elise ihrer Mutter anvertraut, dass sie die allgemeine Lethargie ihres Freundes nicht mehr ertragen könne.

»Wenn ich nur wüsste, wie man ihm auf die Sprünge helfen kann«, klagte sie ihr Leid. »Wie oft habe ich ihm schon gesagt: Du musst mehr Initiative zeigen und endlich einmal über den Tellerrand schauen.«

Florence wusste von ihrem eigenen Mann, dass der Blick über den Tellerrand allenfalls ein Blick in den Bildschirm war. Einer Schlafmütze musste man mit anderen Mitteln beikommen. Freundliches Zureden reichte da nicht aus. Sie hatte bei Marcel zwar Teilerfolge mit Standpauken und Moralpredigten erzielt, aber auf Dauer war das sehr anstrengend. Bei Erik setzte sie auf eine Intensivbehandlung.

»Beim Gemeinderat steht eine Nachwahl an, da lassen wir ihn antreten«, teilte sie ihrer Tochter den Schlachtplan mit. »Als Gemeinderatsmitglied muss er Farbe bekennen, ob er will oder nicht. Da kann er sich hinter keinem verstecken.«

Und so war die Kandidatur beschlossene Sache. Allein Eric konnte sich in der Rolle des aktiven Gemeinderatsmitgliedes überhaupt nicht vorstellen. Doch da er niemals gelernt hatte, einer Frau zu widersprechen, beugte er sich der weiblichen Übermacht. Erst bei der Wahl, allein in der Wahlkabine, nahm er all seinen Mut zusammen, setzte beherzt den Stift an und zeichnete ein großes Mondgesicht quer über den Wahlschein. Das war seine Art, Zivilcourage zu zeigen.

»Vielleicht wählt mich ja gar keiner«, teilte er Elise abends seine tiefsten Wünsche mit und meinte: »Ich wüsste auch gar nicht, was ich dort tun sollte.«

»Mach dir darüber keine Gedanken«, versuchte sie ihn zu beruhigen. »Wenn du erst einmal im Gemeinderat sitzt, werden wir dir schon sagen, was du zu tun hast.«

Das hörte sich für Eric nicht gut an und so verließ er sich auf den sicheren Instinkt der mündigen Wähler. Doch die waren von Florence mit manchem Aperitif von den nützlichen Vorteilen ihres zukünftigen Schwiegersohnes überzeugt worden. Und wie sich herausstellte, hatte sich die Investition gelohnt. Eric zählte bald zu den Honoratioren der Gemeinde.

Von da an änderte sich alles für ihn. Vor jeder Ratssitzung fand im engsten Familienkreis ein ausführlicher Meinungsaustausch statt, nach jeder Sitzung eine Nachbesprechung und über die Woche belästigten ihn die Gäste des Restaurants mit ihren Sorgen und Nöten. Aber nicht nur für ihn hatte sich vieles geändert, auch für den Bürgermeister. Dessen Kandidat war nicht nur kläglich an Erik Lest gescheitert, Claude Fontaine wusste auch, dass Florence mit ihrem Schwiegersohn den Fuß in der Tür hatte.

Seit der damaligen Restaurant-Auseinandersetzung war das Verhältnis zwischen beiden mehr als abgekühlt. Lange hatte er sich nicht mehr im Restaurant blicken lassen. Doch heute Abend saß er wie selbstverständlich unter den Gästen und tat so, als sei nie etwas vorgefallen.

»Ach, der Herr Bürgermeister«, begrüßte ihn Florence mit vielsagendem Lächeln. »Das freut mich aber ganz besonders. Wie ich höre, geht es im Moment im Gemeinderat hoch her.«

Das hätte Florence zwar nicht wissen dürfen, da Gemeinderatsmitglieder zur Verschwiegenheit verpflichtet waren, doch

Claude Fontaine überging diese Indiskretion und antwortete ausgelassen: »Ich weiß, dass du immer gut informiert bist. Dann wird uns dein zukünftiger Schwiegersohn in der nächsten Sitzung sagen, wie es in den strittigen Fragen weitergehen soll.«

»Davon kannst du ausgehen«, legte Florence die Speisekarte mit den Worten auf den Tisch: »Kalbskopf ist aus.«

Claude Fontaine sah in Eric das »Sprachrohr seiner Herrin«. Und da sich ein Bürgermeister mit den Meinungsführern arrangieren musste, hatte er sich entschlossen, mit Florence selbst zu reden.

»Alles was dein Eric im Gemeinderat vorbringt, wird ernsthaft diskutiert. Aber das weißt du ja«, drückte er, wie ein Betender, die Handflächen aufeinander. »Ich möchte, dass wir im Gemeinderat gemeinsam an einem Strang ziehen, egal wo wir auch emotional beheimatet sind. Wenn dir also etwas nicht passt, lass es mich wissen. Ich bin immer für dich erreichbar.«

»Ich habe dich verstanden«, nahm Florence das Friedensangebot an und testete gleich einmal ihr nichtöffentliches Mandat. »Dann würde ich dich bitten, das Trottoir hier vor der Tür bei Gelegenheit auszubessern zu lassen.«

In diesem Augenblick fiel das Licht aus und Florence konnte nur noch erahnen, wo der Bürgermeister saß.

»Das veranlasse ich gleich morgen«, hörte sie ihn aus dem Dunkel, während Elise aus der Küche rief: »Der Strom scheint im ganzen Ort ausgefallen zu sein.«

Stromausfälle gehörten zwar nicht gerade zur Tagesordnung, aber sie traten immer wieder auf. Insbesondere bei starken Schneefällen oder Stürmen, wenn Äste oder ganze Bäume auf die Überlandleitungen fielen. Deshalb kochte man auch mit Gas.

»Die Malaise wird in einer guten halben Stunde behoben sein. Also Ruhe bewahren und weitertrinken!«, gab Florence in solchen Fällen immer die gleiche Parole aus und stellte Kerzen auf. Sie hatte mittlerweile Routine darin. Doch an diesem Abend war alles anders. Nach einer Stunde hatte sich immer noch nichts getan und im Restaurant begann es unruhig zu werden. Immer mehr Gäste aus dem kühlen Nebenraum drängten in den Gastraum. Aber irgendwann war kein Stuhl mehr frei und die ablehnende Haltung, die den Flüchtlingen entgegenschlug, taugte nicht gerade dazu, Herzen höher schlagen zu lassen.

»Hier fühlt man sich wie ein Asylant«, sprach einer aus, was seine Gesinnungsgenossen dachten. »Jetzt weiß ich wenigstens, was Flüchtlinge empfinden, die in unserem Land Zuflucht suchen.«

»Uns geht es nicht besser als euch«, ließ einer der Alteingesessenen eine solch unverschämte Bemerkung nicht unerwidert. »Bei uns ist die Heizung ebenfalls ausgefallen und es ist hier genauso dunkel wie bei euch da drüben. Was wollt ihr also hier? Geht dorthin zurück, wo ihr hergekommen seid, wir können euch nicht helfen.«

Die Tische waren mittlerweile zu uneinnehmbaren Bastionen geworden. Fest umklammert, die Beine wie Lianen um die Tische geschlungen, verteidigten die Inhaber bis zum letzten Blutstropfen ihren Besitzstand.

»In schlechten Zeiten muss man zusammenrücken, das gebietet der Respekt vor dem Leben«, hatte sich ein Schauspieler zum Sprecher der Einwanderer gemacht. »Hilfesuchende dürfen nicht abgewiesen werden. Das steht schon in der Genfer Konvention. Rückt zusammen und gewährt uns Unterschlupf. Auf, auf und auf, Ritter und Brüder des Lichts!«

Er brillierte in seiner Rolle wie in keiner anderen zuvor und animierte eine Horde junggebliebener Spaßvögel, in seinen Schlachtruf einzustimmen.

»Wenn ihr keine Solidarität zeigt, ihr Parvenüs, wird euch die Revolution hinwegfegen. Denn eine hungernde und durch Kälte ausgezehrte Masse, ohne die geringste Hoffnung auf ein Morgen, hält keiner auf. Verlasst eure Trutzburgen, eure Stätten der Willkür, und rettet euch und eure Kinder, bevor Schlimmes geschieht. Auf, auf und auf, Ritter und Brüder des Lichts!«

Doch mit dieser dramaturgischen Inszenierung konnte nicht jeder etwas anfangen, außer einem Freimaurer, der sich aber bedeckt hielt.

»Es können doch nicht alle von da drüben aufgenommen werden. Madame, sagen Sie doch etwas«, wandte sich eine verängstigte ältere Dame, die von ihrem Mann mit einem lamentierenden »Das geht doch nicht, das geht doch nicht…« unterstützt wurde, an Florence. »Die tun ja so, als wären wir an ihrer Misere schuld. Wer hat denn unbedingt in den kalten Raum gewollt?

Wir nicht. Wir haben vorgestern extra bestellt, damit wir einen schönen Tisch bekommen.«

»Einen ›warmen‹ Tisch«, verbesserte sie ihr Mann und fügte noch einmal mit Nachdruck hinzu: »Das geht doch nicht!«

»Genau, das geht doch nicht!«, wiederholte seine Frau mit gleicher Betonung. »Diese Menschen sollen ihre Mäntel anziehen und eng zusammenrücken. Das haben wir nach dem Krieg auch getan, nicht wahr Didier?«

Didier nickte heftig und grummelte noch einmal ein leises »Das geht doch nicht« in sich hinein.

In der Zwischenzeit war der Flüchtlingsstrom bis zur Theke vorgedrungen und blockierte nun auch die Treppe zu den Toiletten.

»Da unten ruft einer um Hilfe«, wurde Florence auf eine weitere Notlage aufmerksam gemacht. Wie sich herausstellte, war auf der Herrentoilette ein älterer Herr der plötzlichen Dunkelheit zum Opfer gefallen.

»Gut, dass Sie kommen. Ich dachte schon, ich müsste hier meinen Lebensabend verbringen«, bedankte er sich, als Florence mit einer Taschenlampe vor ihm stand. »Irgendein Idiot muss das Licht ausgeknipst haben. Von der einen auf die andere Sekunde stand ich im Dunkeln. Was hätte da passieren können.«

Florence sah, dass schon etwas passiert war und versuchte mit Papiertüchern die gröbsten Spuren zu beseitigen.

»Lassen Sie nur, das macht nichts, da kann sich später meine Frau drum kümmern«, schob er seine Retterin mit einer ungeduldigen Handbewegung zur Seite und hastete hinauf in den überfüllten Gastraum. »Was findet denn hier statt? Das ist ja schlimmer als bei einer Wallfahrt«, quälte er sich schnaufend durch die Stehenden, um sich kurz darauf, voll freudigen Wiedersehens, mit einem: »Da bin ich wieder mein Schatz!«, auf einen Stuhl fallen zu lassen.

Doch statt einer liebevollen Begrüßung kam ein schroffes: »Was tun Sie hier? Sie gehören nicht an unseren Tisch. Geben Sie den Stuhl sofort wieder frei, mein Mann ist nur kurz in den Biergarten austreten«, schob sie ihre Schultern vor und nahm eine bedrohliche Haltung ein.

»Pardon, pardon Madame«, sprang der ungebetene Gast erschreckt auf, als sich im Kerzenlicht das grobgeschnittene Gesicht und der muskulöse Körperbau seiner Tischdame schemenhaft abbildete. »Sie haben wirklich so gar nichts von meiner Frau an sich. Trotzdem sind Sie bestimmt ein grundgütiger Mensch, der Verständnis für einen älteren …«, blieb der Satz jedoch unvollendet, als er im Dunkel des Raumes verschwand.

Mit dem Auftragen der Vorspeisen und Getränke war das Chaos perfekt. Florence und Elise kämpften sich durch die Stehenden und suchten im Dunkel nach den richtigen Tischen.

»Wir haben keinen Silvaner bestellt«, kam schon bald die erste Beschwerde. »Und die Pâté de Campagne ist ebenso wenig für uns wie diese Froschschenkel.«

»Die Froschschenkel hatten wir bestellt«, meldete sich eine stehende Frau. »Wir nehmen auch den Silvaner und die Pâté. Warten Sie, wir kommen an den Tisch.«

»So weit käme es noch, dass wir für wildfremde Menschen unseren Tisch räumen«, wehrten sich die Sitzenden jedoch energisch und entschieden sich geistesgegenwärtig um: »Lassen Sie alles hier stehen, das geht so in Ordnung. Wir wollen Ihnen keine weiteren Umstände machen.«

Von da an gab es keinerlei Beschwerden mehr. Egal wo was auf den Tisch kam, es wurde verspeist. Und Toilettengänge verkniff man sich ebenfalls. Die Sitzenden hatten erkannt, dass die Fraktion der Stehenden nur auf eine Gelegenheit wartete, handstreichartig einen schutzlosen Tisch zu besetzen.

»Hat jemand meinen Foufou gesehen, einen schneeweißen Zwergspitz?«, unterbrach mitten in den heldenhaft geführten Grabenkämpfen ein nervöses »Foufou, Foufou, komm zu Mami« die angespannte Lage.

In ganz Frankreich gehörten Hunde dazu. Egal wo sich ihre Herrschaften auch aufhielten, sie waren immer an ihrer Seite. Beim Restaurantbesuch lagen sie gemütlich unter dem Tisch, im Urlaub hechelten sie vergnügt über die Sanddünen und im Gottesdienst saßen sie andächtig auf der Kniebank. Und war ein Vierbeiner einmal unauffindbar, formierte sich im Handumdrehen ein Suchtrupp.

So konnte man im Restaurant beobachten, wie plötzlich alle Köpfe unter den Tischen und zwischen den Beinen verschwanden um ein vielstimmiges »Foufou, Foufou« anzustimmen. Es dauerte auch nicht lange, bis sich ein weißes Etwas hinter einem Schirmständer streckte, verschlafen blinzelte und dann ausgiebig gähnte.

»Da ist er ja, der gute Foufou« wurde er für seine Ausgeschlafenheit mehrmals gelobt und kurz gestreichelt. Damit war alles erledigt und er konnte zufrieden weiterschlafen.

Nach französischem Verständnis gehörten Hunde nicht ihrem Halter, sondern sich selbst. An die Leine nahm man sie nur dann, wenn man einen Zoo oder ein Rugbyspiel besuchte. Und ein »Bei Fuß!« oder »Sitz!« war im französischen Sprachgebrauch ebenso unbekannt wie ein »Fass!«. Wenn man seinem Hund etwas beibrachte, dann war es eher ein »Dance« oder ein »Tourne« und er tanzte oder drehte sich, wenn er denn mochte. Und bei einem »Où est le grand chien?« machte er vielleicht das »Männchen«, schaute möglicherweise aber auch nur schläfrig auf.

Dass Hunde durch ihre Selbstbestimmung schon manche Konflikte gelöst hatten, war in Frankreich nicht unbekannt. Hierfür stand auch eine schöne Anekdote aus dem Siebziger-Krieg, als sich die Deutschen und Franzosen einmal wieder in den Haaren lagen.

In den heißen Kriegstagen im August 1870 war immer wieder ein grauer Riesenschnauzer auf dem Schlachtfeld gesichtet worden, der bei verletzten Soldaten liegen blieb, bis diese von Sanitätern versorgt wurden. Damit hatte er nicht nur für kurze Waffenpausen gesorgt, sondern auch für einige Verwirrung. Denn es war nicht bekannt, wem der Hund gehörte, noch wohin er nach seinen unermüdlichen Einsätzen verschwand. Überliefert ist nur, dass er wegen seines Mutes vom Preußischen Kürassierregiment in Abwesenheit das Verwundetenabzeichen erhielt und mit dem Sanitätskreuz zweiter Klasse ausgezeichnet wurde.

Es hatte die Befehlshaber zwar verwundert, dass der »Bei Fuß!« – Befehl von dem Tier missachtet wurde, aber man erklärte sich das im deutschen Feldlager kurzerhand mit der mutmaßlichen Gehörlosigkeit des Hundes.

»Der Hund hat unglaubliches Glück gehabt, dass ihn die Preußen wegen Befehlsverweigerung nicht standrechtlich erschossen haben«, witzelten heute noch die Franzosen. »Die Deutschen können sich einfach nicht vorstellen, dass ›Taubheit‹ ein wesentlicher Charakterzug eines guten Hundes ist.«

Das gemeinsame Erlebnis mit Foufou sorgte im zwischenmenschlichen Bereich für eine gewisse Entkrampfung. Hier und da konnte eine vorsichtige Annäherung beobachtet werden und viele erkannten erstmalig an diesem Abend, dass Vertriebene auch Menschen waren. Die Progressiveren unter den Tischinhabern wechselten vereinzelt ein paar unverfängliche Worte mit den am Tisch Stehenden und in einem Fall wurde sogar ein Platz angeboten. Dabei handelte es sich allerdings um ein Geschäft auf Gegenseitigkeit. Genau genommen um die Zusage des stehenden Heizungsbauers an seinen sitzenden Kunden, bereits in den nächsten Tagen mit den Arbeiten beginnen zu wollen.

Trotz alledem reichte das reduzierte Konfliktpotenzial nicht dazu aus, um bei den Hauptgängen erneute Beanstandungen zu vermeiden. An einem Tisch brachte man überhaupt kein Verständnis für den misslungenen Abend auf.

»Das ist doch ein Fiasko. Auf so etwas muss man doch als Gastronom vorbereitet sein«, wusste ein rundlicher Herr mittleren Alters, mit beigefarbener Strickjacke und exakt gescheitelter, hellblonder Frisur, wie man sich vor solchen Ereignissen schützen konnte. »Da stellt man sich ein Stromaggregat in den Keller und alles funktioniert wie gehabt. Bei uns in Norddeutschland waren früher Stromausfälle an der Tagesordnung. Meinen Sie, da wäre einer mit der Kerze herumgelaufen?«, schüttelte er den Kopf und korrigierte postwendend seine Haarpracht. »Alle haben sich Windräder in den Vorgarten gestellt und fertig.«

»Wenn das mit den Stromausfällen schlimmer werden sollte, müssen wir wohl darüber nachdenken«, stimmte ihm Elise zu. »Aber bisher war nach einer halben Stunde alles vorbei.«

Doch diese Antwort schien dem Mann nicht zufriedenzustellen.

»Wenn so etwas wie hier in einem Restaurant in Deutschland vorkäme, könnte es dichtmachen«, riss er die Arme hoch und betonte noch einmal: »Dicht, dicht, dicht!«

»Jetzt übertreiben Sie mal nicht«, beugte sich eine geradezu exotisch geschminkte, junge Frau mit einem Glas Rotwein in der Hand zu ihm herunter und zeigte auf ihre Freundin, die in einem extrem kurzen Minirock neben ihr stand. »Wir beide mussten vor ein paar Jahren in einem Hotel in Hinterzarten ebenfalls stundenlang ohne Licht auskommen. Und Hinterzarten ist ja wohl eine Adresse«, zog sie die Nase hoch und stieß mit ihrer Freundin an. »Trotzdem hat es niemandem geschadet.«

»Hinterzarten«, wiederholte der Mann abfällig und schaute sich die beiden Frauen, die für seinen Geschmack ein wenig gewöhnlich aussahen, näher an. »Ich wusste gar nicht, dass die in Hinterzarten schon Strom haben«, kicherte er seine Frau an und riss unter lautem Lachen erneut die Arme hoch: »Hinterzarten, Hinterzarten.«

Doch dieses Mal wurde die Geste bestraft. Beim letzten »Hinterzarten« ergoss sich eine Rotweindusche über ihn und seine Frau und zwei leere Gläser flogen in hohem Bogen durchs Restaurant.

»Was tust du denn da, Gerd? Wie sehen wir denn jetzt aus?«, fielen seiner Frau in diesem Moment keine gescheiteren Fragen ein, bis sie erschrocken feststellte: »Was ist denn bei dir da oben passiert? Wo sitzt denn dein Haarteil?«

Diese Frage veranlasste den Norddeutschen blitzschnell auf seinen Kopf zu fassen. Doch da war nichts mehr. Das Toupet hatte der starken Durchfeuchtung nicht standgehalten, war ins Rutschen geraten und saß nun am rechten Ohr fest.

»Das ist doch der letzte Dreck«, riss der Träger seine Haarpracht herunter und presste sie über seinem Teller aus. »So ein Teil muss doch einem Regenguss standhalten. Wie unangenehm ist das denn. Da kann man ja noch vom Glück sagen, dass das Licht ausgefallen ist.«

»Aber schau nur, der Rotwein hat die blonde Färbung herausgespült«, wies seine Frau auf ein weiteres Manko hin. »Das Haarteil ist überhaupt nicht farbecht. Das darf doch nicht wahr sein.«

Das gute Stück hatte aber nicht nur die Farbe verloren, es hatte auch die Form verändert. Das ursprünglich glattgekämmte, hellblonde Haar sah nun aus wie ein gekräuselter Mopp.

»Es riecht auch muffig«, zog der Mann ein säuerliches Gesicht. »Meinst du, dass man den Rotwein da wieder rausbekommt?«

»Sie haben Nerven. Die Welt dreht sich wohl nur um Ihren Fiffi«, beschwerte sich eine der beiden geschädigten Damen. »Eine Entschuldigung ist bei euch da oben im Norden wohl nicht üblich. Sie haben unseren Rotwein ausgeschüttet, wenn ich daran erinnern darf.«

Doch das durfte sie nicht.

»Sie stehen viel zu nah an unserem Tisch, sie bedrängen uns ja geradezu«, streckte der Glatzkopf seine Arme in die Höhe. »Der

Luftraum über dem Tisch gehört zu unserem Hoheitsgebiet. Hier haben Sie nichts zu suchen. Rechtlich gesehen machen Sie sich sogar strafbar, wenn Sie in ein fremdes Territorium eindringen. In meinem Luftraum kann ich die Arme hinwerfen, wohin ich will«, fuchtelte er über seinem Kopf herum.

»Gerd, jetzt lass doch«, rieb seine Frau immer noch die Rotweinspuren mit Salz aus ihrem Kleid.

»Salz, das ist die Idee«, stimmte er ihr zumindest in jener Hinsicht zu, nahm den Streuer und salzte sein Toupet gründlich ein.

»Ich würde mich nicht wundern, wenn Sie jetzt Haarausfall bekämen«, mischte sich die Geschädigte hinter ihm abermals ein. »Warum bekennen Sie sich eigentlich nicht zu Ihrem ›Oben ohne‹? Schließlich liegt Glatze im Trend und sie steht Ihnen doch nicht schlecht.«

Der Norddeutsche wusste nicht so recht, ob das nun eine Gemeinheit oder eine Art Kompliment war. Er blickte fragend nach oben. Sollte seine Glatze tatsächlich auf Frauen wirken? Bei seiner eigenen war er da mehr als skeptisch. Sie reagierte nicht einmal, wenn er abends sein Toupet an den Bettpfosten hing.

»Laden Sie uns zu einem Rouge ein, dann verraten wir Ihnen, was wir aus Ihrem Typ herauskitzeln können«, kam ein doppeldeutiger Vorschlag. »Als examinierte Kosmetikerinnen beraten wir vornehmlich Männer im reiferen Alter. Interesse an einer Verjüngungskur?«

Da der Norddeutsche ein Mann aus Fleisch und Blut war, verlor er innerhalb weniger Sekunden seine letzte Urteilskraft.

»Eigentlich sind die beiden gar nicht so gewöhnlich, wie es auf den ersten Blick aussah«, dachte er bei sich, als er sie noch einmal genau betrachtet. »Im Grunde genommen sind es zwei ganz reizende, junge Frauen.«

Seine Frau hatte da ganz andere Gedanken. Sie hoffte inständig, dass ihr Mann, der ansonsten in jeder Hinsicht dem typischen Männerbild entsprach, nicht auf die beiden Prostituierten hereinfiel.

»Bitte, setzen Sie sich doch zu uns«, enttäuschte der aber auf ganzer Linie. »Jetzt haben Sie mich aber neugierig gemacht. Sie meinen also, dass man einen wie mich noch einmal aufpolieren kann?«, schäkerte er wie in seinen besten Jahren und gab gleichzeitig eine Steilvorlage, wie sie besser nicht hätte sein können.

»Im Aufpolieren sind wir Meisterinnen unseres Faches«, saßen sie schon neben ihm und ließen sich die Gläser füllen. »Wir bieten auch ein Rundumpaket für Mann und Frau an, wenn Sie möchten. Bei uns bleiben keine Wünsche offen.«

Doch sie bemerkten, ebenso schnell wie der Norddeutsche selbst, dass ihre Offerte einseitig abgelehnt wurde.

»Meine Frau ist mehr der häusliche Typ und hat an solchen Dingen nichts. Sie war noch nie in einem Kosmetikstudio«, entschuldigte er sie ein wenig verlegen. »Es geht ja auch um mich, nicht wahr«, lachte er für den Geschmack seiner Frau zwei Tonlagen zu hoch. »Also, was müsste einer wie ich tun, damit ihn beispielsweise zwei junge Damen wie Sie attraktiv fänden? Das würde mich nun doch einmal interessieren«, kreuzte er die Arme und wartete auf eine fachliche Antwort.

Alle drei Frauen sahen ihn an, als sei er gerade vom Himmel gefallen. Und alle drei wussten in diesem Augenblick, dass er der Einzige am Tisch war, der nicht den Hauch einer Ahnung hatte. Seine Frau schüttelte den Kopf, während eine der beiden eine Visitenkarte auf den Tisch legte.

»Eine umfassende Beratung können wir nur in unserem Studio durchführen, das werden Sie verstehen«, flüsterte sie ihm ins Ohr. »Rufen Sie uns an, wir sind immer gern für Sie da.« Und schon waren die beiden Damen im Dunkel verschwunden.

»Zwei nette, junge Damen«, flötete er arglos. »Unbefangen und natürlich.«

»Zwei gewöhnliche Nutten, ausgekocht und durchtrieben«, stellte seine Frau einsilbig richtig, während sie die Visitenkarte über der Kerze in Flammen aufgehen ließ.

»Wie kommst du auf Nutten? Das würde mich jetzt aber interessieren ...«

»Dich hat nur noch dein Toupet zu interessieren«, wies sie auf den Teller mit dem versalzenen Haarteil. »Das bügeln wir auf und färben es, dann ist es wieder wie neu. Eine Glatze macht dich viel zu alt«, hielt sie ihm ihren Schminkspiegel vor die Nase.

»Es werde Licht!«, rief plötzlich Florence durchs Restaurant und auf einen Schlag standen sich Menschen gegenüber, die sich so noch nie im Leben gesehen hatten.

Auch der Norddeutsche blinzelte irritiert in den Handspiegel und stellte fest, dass bei Licht betrachtet nicht alles besser aussah. Alt sahen aber auch zwei Männer aus, die er im Hintergrund des Spiegels ausmachte. An deren Tisch hatten sich die beiden jungen Damen eingeladen und schäkerten nun herum.

»Da werden sie fette Beute machen. Den Männern sehe ich von hier aus an, dass sie potenzielle Opfer sind«, hatte seine Frau die gleiche Beobachtung gemacht. »Ich wette mit dir, dass es nicht lange dauern wird, bis sie gemeinsam das Restaurant verlassen.«

Für den Norddeutschen brach eine kleine Welt zusammen. Sollte er sich in den beiden Damen wirklich so getäuscht haben? Während er noch über Licht und Schatten nachdachte, löste sich die träge Masse der Stehenden auf.

»Gott sei Dank«, schnaufte Florence, »endlich wieder Luft zum Atmen.«

»Es kann sein wie es will, diese Leute haben nicht nur für gute Stimmung gesorgt, sie haben auch emotionale Wärme mitgebracht«, bedauerte hingegen der Bürgermeister die Rückkehr der Immigranten in den Nebenraum. Und er reflektierte weltumspannend kulinarisch: »Was wären unsere Städte ohne multikulturelle Vielfalt? Der Italiener mit seiner Pasta, der Türke mit seinem Döner oder der Chinese mit seinen Frühlingsrollen. Multikultureller Verlust schmerzt immer.«

Damit hatte er ein Thema angeschnitten, das er lieber hätte ruhen lassen. Für Florence waren Ali Takülü und Dani Alexandros plötzlich wieder auferstanden und damit die unsägliche Geschichte von damals.

»Wenn du es abwechslungsreich liebst, wirst du dich sicherlich darüber freuen, wenn wir im Gemeinderat die Frage der Bürgermeister-Rotation diskutieren«, legte Florence Feuer. Es handelte sich dabei um ein programmatisches Konzept der Grünen, in dem alle fünf Jahre ein Bürgermeisterwechsel gefordert wurde.

»Wie kommst du denn darauf?«, hatte Claude Fontaine bemerkt, dass er eine rote Linie überschritten hatte. »Ich habe natürlich nur allgemein gesprochen. Den blödsinnigen Gastronomie-Vergleich ziehe ich zurück. Der war nur so aus der Luft gegriffen«, lächelte er Florence charmant an: »Wenn wir beide nicht der Beweis für ein multikulturelles Miteinander sind, dann gibt es keinen.«

Währenddessen hatten die beiden jungen Damen mit ihren Liebhabern das Restaurant in inniger Umarmung verlassen.

»Die haben heute Abend bei romantischem Kerzenlicht genug Kontakte für die nächsten Wochen geknüpft«, schaute Florence verärgert hinterher. »Das nächste Mal werde ich denen etwas anderes erzählen.«

»Für Chantalle und Anabelle war das die passende Stimmung«, entschuldigte Claude Fontaine die beiden und atmete schwermütig auf.

»Für dich offenbar auch. Oder hast du eine Bürgersprechstunde abgehalten?«, deutete Florence auf die Visitenkarte, die vor ihm auf dem Tisch lag.

»Ich habe mir nur die Sorgen zweier armer Straßenmädchen angehört«, gab sich der Bürgermeister selbstlos. »Mehr nicht.«

»Ich hätte nie gedacht, dass ein Stromausfall so etwas anrichten kann«, winkte Florence ab und verschwand mit den Worten in die Küche: »Wir müssen uns unbedingt ein Stromaggregat zulegen.«

Freundschaft

Eine Anfrage aus Paris schlug in Grossebouche wie eine Bombe ein. Zum fünfzigsten Jahrestag des Élysée-Vertrages, dem Freundschaftsvertrag zwischen Deutschland und Frankreich, war – in Erinnerung an das Treffen Kohl / Mitterrand im Jahr 1983 – eine erneute Begegnung bei »Chez Tantine« geplant.

»Hollande und Merkel kommen nach Grossebouche«, war kurz darauf in den Zeitungen zu lesen. »Was dürfen wir von diesem Treffen erwarten?«

»Ich erwarte so viel wie damals in den Achtzigern, als Mitterrand und Kohl hier herumsaßen, ohne zu wissen, wo sie überhaupt waren«, beantwortete Florence die Frage während ihrer Zeitungslektüre laut genug, um von ihren Lieben gehört zu werden. »Ich weiß noch genau, als Mitterrand mich gefragt hat, ob wir Kontakte nach Deutschland hätten. ›Nicht nach Deutschland‹ habe ich ihm gesagt, ›sondern ins Saarland‹. Einmal abwarten was jetzt kommt. Gott sei Dank erlebe ich das nächste Rendezvous in dreißig Jahren nicht mehr«, blätterte sie um und las weiter vor: »In Metz wollen sie die Fußgängerzone erweitern ...«

Doch die Fußgängerzone interessierte Elise heute überhaupt nicht.

»Das Treffen ist doch eine hervorragende Werbung für unser Restaurant«, verstand sie ihre Mutter nicht. »Damit werden wir viele neue Gäste anlocken.«

»Deutsche Besserwisser und französische Wichtigtuer, sonst niemand«, faltete Florence mit Nachdruck die Zeitung zusammen. »Frag deinen Vater. Der wird dir schildern können, was damals für Leute in der Tür standen. Nur Neugierige und Altgescheite.«

Marcel tauchte sein Croissant in den Milchkaffee und schlürfte die Melange genüsslich herunter.

»Erzähl deiner Tochter und Eric einmal, was wir damals so erlebt haben«, forderte sie ihn mit einem kräftigen Stoß auf. »Erinnerst du dich noch an die Geschichte mit dem alten Oberst und seiner Familie aus Lyon?«

Marcel strich mit dem Handrücken über den Mund und schaute in die Familienrunde: »Die waren schon komisch«, kam ein erschöpfender Bericht.

»Komisch? Mehr hast du dazu nicht zu sagen?«, schüttelte Florence den Kopf. »Muss man dir denn jedes Wort aus der Nase ziehen?«, hatte sie sich entschlossen, die Geschichte selbst vorzutragen: »Diese Leute kamen so gegen zwölf Uhr am Mittag und…«

»Es war nicht gegen zwölf Uhr«, unterbrach Marcel seine Frau, »die Familie aus Lyon stand genau um halb zwölf vor der Theke: ein alter Oberst mit seiner Frau und deren Sohn samt Ehefrau und Kind. Sie wollten genau dort sitzen, wo Mitterrand und Kohl gesessen hatten. Und da ich allein im Restaurant war, habe ich ihnen einen Platz angeboten. Was weiß ich, wo die beiden Politiker damals gesessen haben.«

»Natürlich weißt du, wo sie gesessen haben: dort hinten«, zeigte Florence verärgert auf einen Tisch. »Du warst doch ebenso dabei wie ich als sie hier waren. Warum du den Leuten nicht den richtigen Tisch angeboten hast, ist mir heute noch schleierhaft. Wie vieles was du dir geleistet hast.«

»Für mich ist ein Tisch wie der andere«, ließ sich Marcel aber nicht aus der Ruhe bringen. »Außerdem waren alle sehr zufrieden mit ihrem Platz. Der Oberst hat sogar mit Kennerblick gesagt: ein guter Tisch.«

»Er hat auch gesagt ›ein guter Wein‹, obwohl es ein simpler Edelzwicker war und ›eine gute Suppe‹, obgleich es sich um das Zitronenwasser für die Hände handelte«, stellte Florence jedoch die Urteilskraft des Oberst infrage. »Als sein Enkel von der Toilette kam, sagte er auch: ›ein guter Junge‹. Und als seine Schwiegertochter ihm das Fleisch schnitt, lobte er: ›ein gutes Stück‹. Wobei ich noch nicht einmal weiß, ob er das Fleisch oder seine Schwiegertochter meinte.«

Marcel hielt die Auslegungen seiner Frau für entbehrlich. Folglich wandte er sich mit der Fortsetzung des Tatsachenberichtes direkt an seine Tochter: »Jedenfalls wurde deine Mutter nach dem Mittagessen gebeten, ein Foto zu schießen. Doch dummerweise erwähnte der Sohn des Obersts, dass er damit seinen Freunden beweisen könne, am gleichen Tisch gespeist zu haben wie Mitterrand und Kohl. Alles Weitere wirst du dir ausmalen können.«

Auf diese Kurzformel ließ sich Florence jedoch nicht ein.

»Du hast vergessen zu sagen, dass du mich über deinen Fauxpas nicht informiert hattest«, vervollständigte sie die Schilderungen ihres Mannes mit hochrotem Kopf. »Ein kurzer Wink hätte genügt, und ich wäre still gewesen.«

»Wer konnte denn ahnen, dass du den armen Leuten ihre Illusionen rauben würdest?«, kam eine kümmerliche Rechtfertigung, die allerdings in den weiteren Anschuldigungen von Florence unterging.

»Hätte dein Vater der Familie aus Lyon gleich den richtigen Tisch angeboten, wäre nichts geschehen«, wurde Elise wieder einmal zur Geschworenen. »Nicht im Traum wäre ich darauf gekommen, dass er sie absichtsvoll falsch platziert hatte.«

Marcel wurde mit einem bitterbösen Blick abgestraft, bevor Florence die Geschichte zu Ende erzählte.

»Als der Sohn von mir erfuhr, dass er nicht am Präsidententisch gesessen hatte, brach für ihn und seine Familie eine Welt zusammen«, rollte sie mit den Augen. »Du kannst dir nicht vorstellen, wie die sich angestellt haben. Der alte Oberst meinte: ›schlechte Sache das‹ und das ›gute Stück‹ jappte laut nach Luft. Nur die Frau des Obersts bewahrte Haltung, das muss man ihr lassen. Sie sagte: ›Contenance meine Lieben, schließlich handelt es sich nur um eine zivile Angelegenheit.‹ Lange Rede, kurzer Sinn: Der Sohn drängte darauf, ›alles auf null‹ zu stellen, wie er sich ausdrückte. Das heißt, ich musste den Präsidententisch mit dem benutzten Geschirr, den Gläsern, und allem was dazu gehörte, eindecken. Und dann taten alle beim zweiten Foto so, als hätten sie dort zu Mittag gegessen.«

»Und Hollande und Merkel, werden die auch an diesem Tisch sitzen?«, wollte Eric wissen, wie es weitergehen würde.

»Von mir aus können sie sitzen, wo sie wollen«, war die Sitzordnung für Florence in diesem Fall so belanglos wie das Treffen selbst. »Aber die Pariser haben da wohl ihre eigenen Vorstellungen. Nach dem Sicherheitskatalog zu urteilen, wollen die unser Restaurant zu einer Festung umbauen. Dazu wird übermorgen eine Kommission anreisen, um die ›Örtlichkeit in Augenschein zu nehmen‹, wie sie geschrieben haben. Wenn die glauben, dass ich das Restaurant renoviere, haben sie sich geschnitten.«

Als an besagtem Tag vier wohlriechende Herren in anthrazitfarbenen Seidenanzügen und schwarzen Umhängetaschen vor ihr standen, wusste Florence sofort: »Das sind die Pariser!« Und so war es.

Sie beschwerten sich zunächst über die schlechte Flugverbindung von Paris nach Metz-Nancy, dann über die holprigen Straßen durch das Hinterland bis nach Grossebouche und schließlich über das Wetter.

»Das war ja eine Odyssee«, klagte Marc Tétangé, der Vorsitzende der Kommission, ein kleiner, schmächtiger Mann mit dünnem Oberlippenbärtchen und einem glitzernden Brillanten im Ohr. »Wer hat sich denn das hier ausgedacht?«, schaute er seine Mitstreiter kopfschüttelnd an. »Unglaublich!«

»Wegen mir hätten Sie überhaupt nicht kommen müssen«, wies Florence gleich alle Mitschuld von sich und erklärte, wie sie in der Sache vorgegangen wäre. »Ich hätte die beiden an den gleichen Tisch gesetzt, an dem vor dreißig Jahren Mitterrand und Kohl gesessen haben und fertig. Für zwei, drei Stunden betreibt man doch keinen solchen Aufwand. Sie haben doch bestimmt anderes zu tun, als einen Tisch für zwei Personen auszuwählen.«

Doch die vier hatten genau das zu tun.

»Gibt es hier überhaupt einen gesicherten Nebenraum?«, wollte einer mit stechendem Blick und Hakennase wissen und stellte sich kurz vor: »Armand Carrue, ich bin für den Personenschutz zuständig. Dieser Raum hier geht überhaupt nicht.«

»Was heißt ›geht überhaupt nicht‹?«, wiederholte Florence entrüstet und schaute sich den durchtrainierten Mann von oben bis unten an. »Hier hat unser Präsident gesessen und da der deutsche Kanzler«, zeigte sie auf die beiden Stühle. »Und diese Tischreihe haben wir damals freigeräumt, damit sich beide Herren ungestört unterhalten konnten. Kohl ist sogar nach einem Toilettengang an vielen Tischen stehen geblieben und hat ein paar Worte mit den Leuten gewechselt. Das kam sehr gut an, kann ich Ihnen sagen.«

»Wir leben im einundzwanzigsten Jahrhundert, Madame Rauch«, kam eine herablassende Belehrung des Vorsitzenden. »Die Sicherheit hat oberste Priorität. Und wenn Präsident Hollande die Kanzlerin hierher einlädt, dann muss auch alles andere stimmen«, verzog er sein hageres Gesicht und machte ein paar Fotos vom Gastraum. »Während die Staatsoberhäupter hier sind, wird das Restaurant für Normalverbraucher geschlossen bleiben und eine Woche vorher ebenfalls«, wurde Florence beiläufig über den Ablauf informiert. »Sie selbst und Ihre Mitarbeiter werden in dieser Zeit evakuiert. Sicherheitsrisiko!«, betonte er. »Wir bringen unsere eigenen Köche, geschultes Servicepersonal und Sicherheitsbeamte mit. Noch Fragen?«

Niemals vorher war Florence so sprachlos. Und niemals vorher hatte sie jemand als »Sicherheitsrisiko« bezeichnet.

»Dann packen Sie gleich wieder ein, Monsieur. Ich werde mein Restaurant sicherlich nicht in fremde Hände geben«, hatte sie sich aber schnell genug gefangen, um Marc Tétangé eine entsprechende Breitseite zu verpassen. »Und Ihrem Präsidenten können Sie ausrichten, dass er mir gestohlen bleiben kann. Er soll die Kanzlerin wegen mir ins Ritz einladen oder auf den Eiffelturm. Wer zu mir kommt, wird von uns bewirtet, von wegen ›eigene Köche und geschultes Servicepersonal‹. Annexion nenne ich so etwas. Wo sind wir denn? Die Zeiten, in denen sie uns willkürlich okkupieren konnten, sind vorüber. Das sollte man auch in Paris begriffen haben. Sie wissen anscheinend nicht, wo Sie sich befinden«, hob sie beschwörend den Zeigefinger und nahm den Kommissionsvorsitzenden mit funkelnden Augen ins Visier. »Sie sind hier nicht in einem beliebigen Teil Frankreichs. In Lothringen hat man aus der Geschichte gelernt.«

Auf eine solche Attacke war Tétangé und seine Kommission nicht vorbereitet. Selbst Armand Carrue musste sich eingestehen, dass Personenschutz mitunter an seine Grenzen stoßen konnte.

»In diesem Restaurant haben nicht nur Mitterrand und Kohl gespeist, hier saß nach dem Krieg auch mehrfach De Gaulle mit dem alten Comte de Condé. Und alle waren mit der Küche und der Atmosphäre so zufrieden wie die übrigen Gäste auch«, schlug die Erregung mit der Erinnerung an schöne Tage in Leidenschaftlichkeit um. »Und der große Gilbert Béclaud geht hier heute noch ein und aus.«

Auch wenn kein Kommissionsmitglied jemals etwas von einem Béclaud gehört hatte, war man sich untereinander einig, dass mit der Lothringerin nicht zu spaßen war.

»Wir ziehen uns zu einer kurzen Beratung zurück«, blies der Vorsitzende zum vorläufigen Rückzug. »Bringen Sie uns eine Käseplatte mit einem guten Roten.«

»Diese Frau ist ein Stück Holz«, sprach ein Kommissionsmitglied das aus, was seine Kollegen dachten. »Die Patentante meiner Schwester stammte ebenfalls aus Lothringen. Sie war genau wie diese Wirtin: bockbeinig und hartgesotten. Wenn wir als Kinder für ein paar Tage dorthin mussten, grauste es uns schon Wochen zuvor.«

»Das ist ein anderes Volk«, bestätigte Tétangé, der in seiner Militärzeit bei Metz stationiert war. »Die machen sofort alle Schotten dicht, wenn ein Fremder auftaucht. Es stimmt schon, was gesagt wird: Die Lothringer sind mit Vorsicht zu genießen.«

»Aber der Präsident will unbedingt hierher«, wusste Armand Carrue aus berufenem Mund. »Mir wurde gesagt: Weil er in Lothringen und im Elsass bei der Wahl so schlecht abgeschnitten hat, will er nun ein Zeichen setzen.«

»Da habe ich anderes gehört. Er soll offenbar nur wegen der Merkel den Osten ausgewählt haben«, war einem Kommissionskollegen eine andere Version zugetragen worden. »Hollande hat nach der Wahl, im Beisein von Parteifreunden, sogar geschworen nie mehr in seinem ganzen Leben den Osten zu besuchen. Vielleicht sollten wir doch einmal im Élysée anrufen und den angetroffenen Schlamassel schildern. Es müsste doch mit dem Teufel zugehen, wenn wir nicht einen besseren Ort finden sollten als gerade diesen hier.«

Nach einem Telefonat mit dem Staatssekretär war man schlauer.

»Das Treffen muss hier in diesem Restaurant stattfinden, unter welchen Umständen auch immer«, unterrichtete der Vorsitzende seine Kollegen mit einem unüberhörbaren Seufzer. »Das hängt mit dem damaligen Treffen Mitterrand / Kohl vor dreißig Jahren zusammen. Wir müssen also mit diesem Nachtschattengewächs auskommen.«

Doch die Verhandlungen gestalteten sich, trotz Rücknahme der Evakuierungspläne, schwierig, denn an der einwöchigen Schließung des Restaurants führte kein Weg vorbei. Nach langem Hin und Her einigte man sich schließlich darauf, dass der entgangene

Gewinn großzügig aus der französischen Staatskasse ausgeglichen werden sollte. Nur in puncto Bewirtung war Florence zu keiner Konzession bereit. Erst als Marc Tétangé einlenkte, kam man überein, einen Sternekoch und zwei Beiköche aus dem Élysée Palast, zur Unterstützung von Jean-Luc und Eric, hinzuzuziehen. Einer kompletten Renovierung der Gasträume auf Staatskosten stimmte Florence hingegen ohne jegliche Vorbehalte zu. Nur mit der Eingangstreppe gab es ein Problem. Die sollte nämlich um einen halben Meter verbreitert werden, damit die beiden Staatsoberhäupter bequem nebeneinander hinaufschreiten konnten.

»Für kein Geld der Welt«, winkte sie kategorisch ab, als Tétangé auch hier die Kosten übernehmen wollte. »Dann habe ich im Winter noch mehr Schnee zu räumen. Die Treppenbreite reicht völlig aus. Schließlich gehen die beiden auch nicht gemeinsam durch die Eingangstür.«

Als Alternative konnte Florence aber eine andere Zugangsvariante anbieten.

»Wie wäre es, wenn die beiden das Restaurant über die Terrasse betreten würden? Dort begegnet man förmlich der deutsch-französischen Geschichte«, führte sie die Kommission an die übergroße Bronzeplatte. »Dieses Monstrum hat ein deutsches Kürassier-Regiment nach dem Deutsch-Französischen Krieg zurückgelassen. Die Platte gibt es kein zweites Mal«, erwähnte sie jedoch nicht, dass sich das Pendant dazu in Berlin befand.

Mit diesem Vorschlag hatte sie ins Schwarze getroffen.

»Das ist ja geradezu ein Geschenk des Himmels«, zeigte Tétangé erstmals Begeisterung. »Wenn wir das Teil senkrecht stellen, können der Präsident und die Kanzlerin davor die Pressekonferenz abhalten. Ich kann mir das sehr gut vorstellen«, nahm er ein wenig Abstand und nickte seinen Kollegen zu. »Das ist es.«

Doch da hatte er die Rechnung ohne die Wirtin gemacht.

»Diese Platte wird keinen Millimeter verschoben«, holte Florence den Vorsitzenden auf den Boden der Tatsachen zurück. »Die liegt hier seit einhundertfünfzig Jahren ungestört herum. Und daran wird sich nichts ändern. Aber mir kommt da eine Idee«, fügte sie spaßeshalber hinzu: »Wenn sich Hollande und Merkel drauflegen und von oben fotografiert würden, hätten Sie den gleichen Effekt.«

Tétangé dachte kurz über den absurden Vorschlag nach, erschrak dann aber über sich selbst.

»Ich kann Ihnen auch noch ein Keltengrab anbieten«, zeigte Florence auf eine große Vitrine mit Fotos, Fundstücken und Erläuterungen am Ende des Biergartens. »Die Ausgrabungsfunde werden auf das Jahr fünfhundertzwanzig vor Christus datiert. So lange gibt es schon Lothringer.«

Doch wie lange es Lothringer gab, wollte nun wirklich keiner der Pariser wissen.

»Wir müssen darauf achten, dass das Programm nicht zu umfangreich wird«, meldete der Protokollchef stattdessen mit nachdenklicher Miene Bedenken an. »Bis zu den Kelten würde ich nicht zurückgehen. Außerdem muss der Präsident abends in Reims vor den Deputierten des Sozialrates eine Grundsatzrede halten und die Kanzlerin wird in Düsseldorf zu einem Galadiner der deutschen Wirtschaft erwartet.«

»Dann lassen wir das mit dem Keltengrab und dem Besuch des Bürgermeisteramtes«, entschied Tétangé, zermürbt von den Verhandlungen mit Florence, und fasste den Ablaufplan zusammen: »Also nur Spaziergang über den Marktplatz mit Händeschütteln, Begrüßung durch den Bürgermeister vor dem Restaurant, Besichtigung der Bronzeplatte beim Hineingehen, dann gemeinsames Essen, danach kurze Pressekonferenz und Abfahrt.«

»Es werden viele Pressevertreter da sein«, gab es eine Zwischenbemerkung. »Im Jahr 1983 ist da einiges schiefgelaufen wie wir wissen. So etwas darf sich auf keinen Fall wiederholen. Wir brauchen deshalb einen ausreichend großen Raum für die Pressekonferenz. Daran führt kein Weg vorbei.«

Der Gastraum mit Getränkeausschank eignete sich dazu in hervorragender Weise.

»Und der hintere Nebenraum ist aus meiner Sicht für das Zusammentreffen der beiden Politiker der ideale Ort«, zeigte sich auch der Sicherheitsbeauftragte zufriedengestellt.

»Dann müssen unsere Vorstellungen nur noch realisiert werden, Madame«, tat Marc Tétangé so, als sei die Umsetzung der Vereinbarungen eine Lappalie. »In der Woche vor dem eigentlichen Treffen werden unsere Fachleute anreisen und alles für den Besuch herrichten.«

Zuvor fielen aber noch etliche Fernsehteams im Ort ein und filmten vor und hinter den Kulissen. Florence war sogar mehrfach in verschiedenen deutschen und französischen Sendern zu sehen und gab dabei bereitwillig Auskunft über das damalige Treffen von François Mitterrand mit Helmut Kohl. Sie wurde aber auch zu den Kontakten der Grenzbewohner untereinander befragt und zum neuerlichen Besuch der beiden Staatsoberhäupter.

»Wir freuen uns natürlich auf den Besuch«, antwortete sie diplomatisch. Aber sie rückte auch falsche Vorstellungen zurecht. »Man muss wissen, dass wir uns in der Grenzregion nie fremd waren. Wir sprechen nicht nur die gleiche Sprache, es haben seit jeher auch verwandtschaftliche und freundschaftliche Beziehungen über die Grenzen hinweg bestanden. Da konnten auch die Kriege nichts dran ändern.«

Doch das Medieninteresse verebbte irgendwann. Und kaum, dass der Alltag wieder eingekehrt war, standen auch schon die Pariser Spezialisten vor der Tür.

»Nun geht es los, Madame«, meldete sich Einsatzleiter Dominique Esterelle mit einem fröhlichen Klatschen bei Florence an.

»Egal was auch geschehen mag: In einer Woche ist der Spuk vorüber«, lachte er gut gelaunt und schaute sich im Restaurant um.

Offensichtlich baute man bei der Organisation von Staatstreffen nun mehr auf Frohnaturen als auf altgediente Militärs. Florence erinnerte sich noch sehr gut an den alten Oberst der Reserve, der für den damaligen Staatsbesuch zuständig war. Der hatte kein freundliches Wort herausgebracht, von menschlichen Regungen ganz zu schweigen.

»Wir schaukeln die Kiste«, versprühte der braungebrannte, junge Mann hingegen die pure Lebensfreude. »Und falls einmal etwas schieflaufen sollte, wenden Sie sich getrost an mich. Denn alle die hier arbeiten, nehmen nur Anweisungen von mir entgegen. Anders funktioniert so ein Happening auch nicht. Wenn jeder dazwischenfunken würde, hätten wir das reine Chaos«, lachte er Florence freundlich an und warf sich ein Bonbon in den Mund.

Was Dominique Esterelle verschwiegen hatte, war, dass er nicht nur seine Mitmenschen zu beglücken vermochte, sondern auch die Fähigkeit besaß, sich unsichtbar zu machen. Denn ab diesem Zeitpunkt war er wie vom Erdboden verschwunden, obwohl man hin und wieder ein fernes Lachen hören konnte.

Die Arbeiten waren so koordiniert, dass an allen Stellen gleichzeitig begonnen wurde. Die einen strichen die Räume, zogen Kabel oder schliffen die Dielenböden ab, während andere alles von hinten nach vorn räumten. Das waren die »Schnüffler«, wie sie genannt wurden. Sie stellten das komplette Haus, vom Keller bis unters Dach, auf den Kopf und suchten nach Terroristen, Sprengladungen und versteckten Wanzen. Als sie mit dem Haus fertig waren, nahmen sie sich den Biergarten vor. Dort stöberten sie drei Bajonette und ein Gewehr aus dem Siebzigerkrieg auf, eine Handgranate und einen Helm aus dem Ersten Weltkrieg und ein Essgeschirr und fünf Knöpfe mit Hakenkreuzsymbolen aus dem Zweiten Weltkrieg. Erst danach wurde der öffentliche Parkplatz gesperrt und ebenfalls auf Verstecke und Sprengsätze abgesucht. Es tat sich lange nichts, bis plötzlich die Metalldetektoren in einem Teilbereich extrem ausschlugen.

»Das könnten Trümmer eines Flugzeuges sein. Es kann sich aber ebenso um eine schwere Fliegerbombe handeln«, diagnostizierte der Einsatzleiter unaufgeregt den Befund. »Möglicherweise ist es aber auch ein Sprengkörper mit einer unbestimmten Reihe von Folgesprengsätzen.«

Die Ortsmitte wurde evakuiert und auch Florence musste das Restaurant für einige Stunden verlassen. Nachdem Sprengstoffexperten vorsichtig die Erde aufgegraben hatten, stießen sie auf eine Vielzahl gusseiserner Pfosten und dazugehöriger, schwerer Ketten, die wahrscheinlich vor langer Zeit einmal eine Platzbegrenzung gebildet hatten. Doch die große Sensation lag gewissermaßen unter den Pfosten und Ketten begraben. In einer vermoderten Kiste stieß man auf eine über drei Meter hohe, bronzene Janusfigur, die sich zu aller Überraschung in einem ausgezeichneten Zustand befand. Sie musste einstmals auf einem Sockel gestanden haben, denn im Fußbereich waren noch schwere Ankerbolzen zu sehen, an denen Mörtelreste hafteten.

Doch in Grossebouche erinnerte sich kein Mensch an eine Einfriedung des Platzes, noch an eine Skulptur. Auch keines der alten Fotos wies auf eine solche Platzgestaltung hin. Und im Gemeindearchiv gab es nicht einen einzigen Beleg, der auf eine derartige Ausschmückung des Platzes hingedeutet hätte. Selbst die Dorfälteste, die achtundneunzigjährige Angèle Weber, kam nach ausgiebigem Grübeln nur zu der schlichten Erkenntnis: »Das muss vor meiner Zeit gewesen sein, lange vor meiner Zeit. Vielleicht sogar noch früher.«

»Es ist im Moment egal, wo die Figur herkommt. Es zählt nur eines: Sie liegt auf Gemeindeboden und befindet sich damit in Gemeindebesitz«, beeindruckte der Bürgermeister seine Ratskollegen einmal mehr mit formaljuristischen Fakten. Er glänzte aber auch mit strategischem Weitblick, als er vorschlug, das Standbild provisorisch auf dem Platz, vor »Chez Tantine«, aufzustellen.

»Der Janus mit seinen zwei Gesichtern schaut dann nach Frankreich und nach Deutschland«, erläuterte er seinem Gemeinderat die Symbolik. »Beide Staatsoberhäupter werden wir genau vor diesem geheimnisvollen Standbild begrüßen. Das bringt Schlagzeilen, da halte ich jede Wette.«

Während Claude Fontaine seinen Gemeindearbeitern konkrete Anweisungen zur einstweiligen Aufstellung der Janusfigur gab, hatte Florence alle Entscheidungsgewalt in den eigenen vier Wänden verloren.

Die Gruppe, die sich um den technischen Ausbau kümmerte und daneben für die tausend Kleinigkeiten zuständig war, veränderte alles. Keines der vielen, geschnitzten Holztäfelchen mit den blitzgescheiten Lebensweisheiten hing mehr an seinem angestammten Platz und die kleine Hexe, die von ihrem Besen herunterhexte, war ebenso verschwunden wie der große Kupferkessel mit den Strohblumen und Hagebuttenzweigen. Auch auf den Fensterbänken, wo sich bisher Elfen, Zwerge und Wichtel auf dichtem Moosgrund und Tannengrün ein Stelldichein gaben, herrschte die blanke Nüchternheit. Allein der vergilbte Zeitungsartikel von damals, auf dem Mitterrand und Kohl im Restaurant zu sehen waren, erhielt eine Aufwertung. Er wurde aufgebügelt und in einem großen Bilderrahmen direkt neben dem Treppenabgang zu den Toiletten aufgehängt.

Aber auch der Sternekoch aus dem Élysée-Palast mit seinen beiden Beiköchen hielt die Küche auf Trapp.

»Der macht, was er will«, klagte Jean-Luc sein Leid. »Nun hat er eine Knetmaschine und einen Backofen für die Brot- und

Kuchenherstellung anschleppen lassen. Für die zwei Flûtes und die paar Petit Fours. Das ist doch ein Witz. Und dann hat er mich beauftragt, fünf Sorten Salz- und Käsegebäck herzustellen. Ich dachte, die Pariser sollen mir nur zur Hand gehen. Jetzt haben sie die Küche übernommen.«

»Und mir haben sie ein belgisches Bier auf die Zapfanlage gelegt. Kein Mensch trinkt bei uns belgisches Bier«, beschwerte sich Marcel gleichermaßen bei seiner Frau. »Im Keller werkeln sie ebenfalls herum. Ich glaube, die bauen dort einen Whirlpool und eine Sauna ein.«

»Und ich darf die Speisen nur aus der Küche herausbringen und auf die neue Anrichte im Gastraum stellen«, wirkte Elise deprimiert. »Dabei war abgesprochen, dass ich Frau Merkel bediene, weil ich deutsch spreche. Nun sollen die Pariser Servicekräfte, die eigentlich überhaupt nicht vorgesehen waren, am Tisch eingesetzt werden.«

Florence war außer sich. Seit Tagen war vom fröhlichen Einsatzleiter nichts mehr zu sehen und zu hören.

»Wo ist überhaupt dieser Esterelle abgeblieben?«, schrie sie wutentbrannt durchs Restaurant. »Ich will sofort diesen Herrn Einsatzleiter sehen. Der muss dem Wahnsinn ein Ende bereiten. Ich kenne mein Restaurant bald selbst nicht mehr.«

Doch Dominique Esterelle hatte sich längst einer neuen Aufgabe zugewandt. Im Bürgermeisteramt war ihm eine bildhübsche Sekretärin ins Auge gefallen, die er nun aus Leibeskräften beim Organisieren des Ministertreffens unterstützte, das im Vorfeld des Besuches der Staatsoberhäupter stattfinden sollte.

An besagtem Tag kamen die Minister des Saarlandes und des Département Lorraine dann auch im Gemeindesaal zu ihrer ersten gemeinsamen Sitzung zusammen, die insbesondere Pressevertreter aus Saarbrücken und Metz anlockte. Doch jene erfuhren nichts anderes als das, was sie schon wussten: nämlich, dass ausnahmslos alle Politiker zum deutsch-französischen Freundschaftsvertrag ständen und weiterhin den Vertrag mit Leben füllen wollten. Weit interessanter war da schon der Fund der Janusfigur, über den ausführlich berichtet wurde.

Nach dem Presserundgang über den alten Marktplatz fand sich Esterelle auch wieder einmal bei »Chez Tantine« ein und lief dabei geradewegs Florence über die Füße, die ihn wutschäumend zur Rede stellte.

»Meine Liebe, wir sind doch gute Freunde«, parierte er die feindselige Attacke aber mit einer herzlichen Umarmung und aufmunterndem Lachen. »Ich weiß ja, dass das alles an die Substanz geht«, versprühte er den Charme eines jungen Liebhabers. »Aber die Arbeiten sind so gut wie abgeschlossen. Noch ein, zwei Handgriffe hier und da und die Chose ist erledigt. Und ich verspreche Ihnen hoch und heilig: das erste Glas Champagner trinken wir beide auf das gelungene Werk und Ihren großen Tag. Übermorgen wird Sie ganz Frankreich beneiden. Ach was sage ich: Die ganze Welt wird Sie beneiden! Und eine solche Bühne steht einer so bezaubernden Lady auch zu«, nahm er sich die Zeit, einen kleinen Strauß Blumen aus der Dekoration zusammenzustellen und Florence mit einem schmachtenden Blick zu überreichen. »Frisch gepflückt für meine Grandezza«, wagte er ihr sogar einen leichten Kuss auf die Wange zu drücken. »Und jetzt nehme ich mir die Zeit, mit Ihnen in aller Ruhe durchs Haus zu schlendern und alles zu begutachten.«

Kaum dass Florence ihre Fassung wiedergefunden hatte, war er auch schon in der Küche verschwunden und besprach sich mit dem Koch.

»Es war mit Monsieur Tétangé abgesprochen, dass unser eigener Koch die Leitung der Küche übernimmt«, ließ Florence ihren Verehrer aber dieses Mal nicht so schnell im Nichts verschwinden. »Und den Service am Tisch werden meine Tochter und ich übernehmen. Wir brauchen Ihre Servicekräfte nicht.«

»Das ist doch selbstverständlich, Madame«, zwinkerte er ihr freundlich zu. »Unser Service und unsere Köche sollen die Küche doch nur ein wenig entlasten, sonst nichts.«

Auch für das neue Bier aus dem Zapfhahn und die Arbeiten im Keller gab es plausible Erklärungen: »Monsieur le Président liebt belgisches Bier. Und im Keller richten wir einen kleinen Erfrischungsraum für die Kanzlerin ein. Das ist Standard bei Staatsbesuchen.«

Dominique Esterelle war nie um eine Antwort verlegen. Er wusste wie kein anderer, überzeugende Argumente zu liefern, wann immer sie gebraucht wurden. Überdies beherrschte er die

Kunst der leeren Worthülsen aus dem Effeff. Und wenn alles nichts half, ließ er seinen Charme spielen. Deshalb war es für ihn auch kein größeres Problem, die Frage nach der späteren Wiederherrichtung des Gastraumes mit ein paar beiläufigen Bemerkungen vom Tisch zu wischen.

»Wenn Sie den alten Plunder wiederhaben wollen, gerne. Aber auf Ihre eigene Verantwortung, Madame«, lachte er Florence erfrischend an und flüsterte ihr ins Ohr: »Aber Sinnsprüche wie ›Wenn's Arscherl brummt, ist's Herzerl gesund‹, würde ich nicht mehr an die Wand hängen. Solche profanen Weisheiten passen doch gar nicht zu einer mondänen Frau wie Ihnen.«

Florence lächelte verlegen und fühlte sich ein wenig unbehaglich in ihrer Haut. Gewöhnlich wollte sie auf keinen Fall erscheinen und provinziell schon gar nicht.

»Das ist nur, weil ich …«, vollendete sie den Satz jedoch nicht. »Das liegt nur an meinem Mann. Er hängt an diesem alten Gelumps«, schob sie das Profane ihrem Mann in die Schuhe. »Wir beide tun später einfach so als sei der ganze Krimskrams verloren gegangen.«

»Sie können sich da absolut auf mich verlassen«, bekam sie für die richtige Antwort ein anerkennendes Nicken. »Das geht natürlich auf meine Kappe, ist ja Ehrensache. Das neue Restaurant passt zu Ihrem Stil, dessen bin ich mir vollkommen sicher«, betonte er mit einem entsprechenden Armschlenker den formvollendeten Chic von Florence. »In den modernen Räumlichkeiten wird Ihre persönliche Note in beeindruckender Weise zur Geltung kommen.«

Florence wusste nicht so genau, ob sie aus Überzeugung gehandelt hatte oder überredet wurde. Niemals hätte sie sich eingestanden, dass sie allein dem Charme eines Dominique Esterelle erlegen war.

Doch alle diese Betrachtungen spielten keine Rolle mehr, als Angela Merkel und François Hollande, unter dem Beifall vieler Schaulustiger, geradewegs auf »Chez Tantine« zukamen.

Vor der Janusskulptur hatte sich Bürgermeister Claude Fontaine mit einer Gemeinderatsdelegation positioniert, um die beiden Ehrengäste zu empfangen. Nach der Willkommensbegrüßung kommentierte er kurz den überraschenden Fund und die

Symbolik, die jene Skulptur in seinen Augen für beide Länder verkörperte.

»Sehr gescheit«, lobte ihn François Hollande für die versinnbildlichte Darstellung und umschritt die Plastik. »Und keiner weiß, wo er herkommt, der Janus. Schau an.«

Claude Fontaine schämte sich ein wenig, dass er seinem Präsidenten keine Antwort geben konnte. Dafür zeigte er auf einen kleinen Tisch, an dem zwei gepolsterte Stühle standen. Hier lag das Goldene Buch der Gemeinde auf einem, mit blauen Lilien bestickten, Tischtuch. Die Seite, auf der sich vor dreißig Jahren Mitterrand und Kohl verewigt hatten, war aufgeschlagen und die beiden Politiker trugen sich nun ebenfalls ein.

»Das ist ja tatsächlich ein goldenes Buch«, bewunderte die Kanzlerin mit einem sachten Darüberstreichen den Goldeinband mit dem Gemeindewappen. »Ich nehme an, hier liegen die stillen Reserven der Gemeinde verborgen.«

Alle lachten und Claude Fontaine freute sich, dass sich die Investition in die fünf Schichten Blattgold gelohnt hatte. Dafür bedurfte es aber einiger Überzeugungsarbeit im Rat. Denn die Grünen und ein Teil der Sozialisten zeigten sich mit dem abgegriffenen und unansehnlichen Ledereinband durchaus zufrieden. Erst der bissige Kommentar eines Konservativen: »Dann blamiert sich aber euer armer Hollande vor der reichen Kanzlerin bis auf die Knochen!«, hatte die Sozialisten aufhorchen und geschlossen hinter ihrem Präsidenten stehen lassen.

Nachdem diese Schmach abgewehrt war, ging es hinauf in den Biergarten.

»Wenn ich vorstellen darf: Marcel und Florence Rauch«, stellte Dominique Esterelle die Restaurantbetreiber vor. »Beide haben vor dreißig Jahren an diesem Ort ebenfalls für das leibliche Wohl der Staatsoberhäupter gesorgt.«

»Genau aus diesem Grund habe ich mich für Ihr Haus entschieden«, lächelte der Präsident Florence und Marcel liebenswürdig an und ergänzte gut aufgelegt: »François Mitterrand und Helmut Kohl haben sich jedenfalls nicht beklagt. Also muss es ihnen hier gut ergangen sein.«

»Das Restaurant hat eine lange Tradition«, informierte Esterelle die Staatoberhäupter weiter und zeigte auf die große Bronzetafel.

»Dieses Truppenabzeichen des preußischen Kürassierregiments stammt aus dem deutsch-französischen Krieg von 1871. Die Platte hat hier die Jahre überdauert und ist ein Unikat.«

»Da muss ich Sie berichtigen«, unterbrach ihn die Kanzlerin. »Die gleiche Platte hängt bei uns im Museum in Berlin. Darauf sind wir sehr stolz. Aber ich freue mich, dass es ein zweites Exemplar in Frankreich gibt, das die Zeiten überdauert hat. Jetzt sind wir, neben dem überraschenden Fund des Janus, einem weiteren Spiegelbild unserer Geschichte auf die Spur gekommen. Man muss eben nur nach Lothringen kommen.«

Das war der ideale Aufmacher für die Pressevertreter.

Am nächsten Tag schnitt Florence einmal wieder einen Zeitungsartikel aus. Aber dieses Mal heftete sie ihn nicht hinter die Theke, sondern rahmte ihn gleich ein und hing ihn – als Pendant zu dem Beitrag von 1983 – auf die andere Seite des Treppenabganges zu den Toiletten.

»Es hat eigentlich alles hervorragend geklappt. Wir können zufrieden mit uns sein«, zog Florence beim gemeinsamen Frühstück ein positives Resümee. »Hollande hat die Küche gelobt und die Merkel war von deinen guten Deutschkenntnissen begeistert«, freute sie sich für Elise. »Sie hat zu mir gesagt: ›Außer Ihrem Mann sprechen wohl alle gut Deutsch‹. Dich hat sie für einen Franzosen gehalten, weil du den Mund nicht aufbekommen hast«, schüttelte sie über ihren Mann den Kopf.

»Als Erstes lege ich mir wieder deutsches Bier auf den Zapfhahn«, hatte Marcel andere Sorgen. »Seit einer Woche muss ich dieses belgische Gesöff trinken. Ich freue mich schon seit Tagen auf ein kühles Bruch-Bier aus meiner Heimatstadt.«

Doch der Besuch der Staatsoberhäupter hatte ein spätes Nachspiel. Zwei Wochen nach dem Treffen fand sich überraschend Marc Tétangé bei »Chez Tantine« ein und fotografierte und vermaß die Bronzeplatte im Biergarten.

»Der Präsident will die Kriegsbeute aus dem Siebzigerkrieg ins Foyer des Pariser Militärmuseums hängen«, kommentierte er seine Begutachtungen. »Wenn wir ehrlich sind, gehört sie dort auch hin. Schließlich ist sie Volkseigentum.«

Doch diese Meinung teilte Florence ganz und gar nicht.

»Die Platte wird diesen Biergarten nicht verlassen. Nur über meine Leiche!«, kam einmal wieder eine ihrer bekannten Drohungen. »Sie befindet sich seit einhundertfünfzig Jahren in Familienbesitz. Wenn Ihr Präsident mir mein Eigentum streitig machen will, muss er vor Gericht ziehen.«

Drei Wochen nach dem Besuch von Tétangé flatterte Florence eine offizielle Verfügung mit folgendem Wortlaut ins Haus:

»Der französische Generalrat hat sich einstimmig dafür ausgesprochen, die Bronzeplatte aus dem Deutsch-Französischen Krieg im Militärmuseum von Paris der Öffentlichkeit zugängig zu machen. Der Präsident.«

Das war dann der Auftakt für eine Auseinandersetzung, die auch in der Presse ihren Niederschlag fand.

»Frankreich gegen Lothringen«, hieß es dort. »Kann David gegen Goliath gewinnen?«

Damit war auch der Bürgermeister im Spiel, der bereits bekanntgegeben hatte, nicht mehr zur Wiederwahl anzutreten. Das beflügelte den konservativen Amtsinhaber geradezu, sich offen gegen den Präsidenten zu positionieren und den »Raub lothringischer Kulturgüter« als »Relikt aus zweihundert Jahren Unterdrückung« darzustellen. Die markigen Worte von Claude Fontaine heizten dann auch die Stimmung im Ort gegen die Pariser Deklaration an. Das gefiel den Sozialisten im Gemeinderat überhaupt nicht, denn sie hatten sich für die bevorstehende Bürgermeisterwahl gute Chancen ausgerechnet.

Der Sturm im Wasserglas musste offenbar auch in Paris angekommen sein. Denn plötzlich lenkte die Obrigkeit ein. In einem kurzen Schreiben wurde die Gemeinde und Florence darüber unterrichtet, dass Frankreich – als rechtmäßige Eigentümerin der Kriegsbeute – bis auf weiteres auf das Besitzrecht verzichten würde.

Place de la Paix

Seit dem deutsch-französischen Treffen war in Grossebouche wieder Ruhe eingekehrt. Nur ab und an kamen einige interessierte Besucher, die sich den Ort an der Grenze mit seinem berühmten Restaurant einmal näher anschauen wollten. Doch am Ende eines Rundganges sah man meist in enttäuschte Gesichter. Es verhielt sich ähnlich wie mit dem unweit gelegenen Schengen in Luxemburg, das durch das sogenannte »Schengener Abkommen zum freien Grenzverkehr« eine gewisse Bedeutung erlangt hatte. Die Besucher fragten sich immer wieder, weshalb gerade diese beiden Orte für so bedeutsame, politische Proklamationen ausgesucht worden waren.

»Da erwartet man doch Städte mit Rang und Namen und einem entsprechenden Kulturangebot«, artikulierten sich die Intellektuellen. Und die Sensationshungrigen meinten einsilbig: »Wir fühlen uns betrogen. Selbst das Schiffsunglück bei Boppart und der Erdrutsch bei Pont à Mousson waren interessanter.«

Weder Schengen noch Grossebouche fielen durch irgendwelche, herausragenden Besonderheiten auf. Sie hatten eigentlich nichts zu bieten als ihren prominenten Namen. Von daher war es nicht weiter verwunderlich, dass viele Enttäuschte in Schengen nur billig auftankten, um gleich weiter nach Grossebouche zu fahren. Beim Besuch von »Chez Tantine« wurde nicht selten nach einem Museum gefragt, um mehr über die Treffen der deutsch-französischen Staatsoberhäupter und den Élysée-Vertrag zu erfahren.

»Tut mir leid, so etwas werden Sie hier nicht finden«, bedauerte Florence. »Ich kann Ihnen aber einen Panzer aus dem Zweiten Weltkrieg am Ende des Ortes anbieten, eine Bronzeplatte aus dem Siebzigerkrieg vor der Tür, ein Keltengrab im Biergarten und hin und wieder einen Auftritt des großen Gilbert Béclaud in unserem Restaurant«, zählte sie dann alles auf, was zum Kulturangebot von Grossebouche gehörte.

Diesem Austauschbaren wollte der Bürgermeisterkandidat der Sozialisten ein Ende bereiten. Roger Zwingli setzte alles auf eine Karte und forderte ein: »Retour à la Culture«.

Noch nie hatte es in Grossebouche einen sozialistischen Bürgermeister gegeben, wenn auch schon zweimal den Kandidaten Zwingli. Doch der war bei jedem Anlauf am Amtsinhaber gescheitert. Jetzt stellte sich die Situation vollkommen anders dar, denn Claude Fontaine hatte sich entschieden, aus Altersgründen nicht mehr zur Wiederwahl anzutreten. Das führte zu einem gewissen Vakuum, das der Vorsitzende der Sozialisten in jeder Hinsicht auszufüllen suchte.

Rein körperlich hatte er schon einmal das Zeug dazu. Mit seinen einhundertzwanzig Kilo verteilt auf einen Meter fünfundsechzig wirkte er wie eine menschgewordene Kugel. Aber er war keineswegs behäbig, wie man annehmen mochte, im Gegenteil. Roger Zwingli sah man nur im Laufschritt und mit rudernden Armen durch den Ort rennen. Auch sportlich musste er sich hinter niemandem verstecken. Beim Tischfußball zählte er mit seinen punktgenauen Pässen und pfeilschnellen Torabschlüssen zu den besten Spielern des Ortes. Das alles hatte ihm den Spitznamen »Kugelblitz« eingebracht.

Als politikerfahrener Realist wusste Roger Zwingli, dass sein dritter Versuch, den Bürgermeisterstuhl zu besteigen, auch sein letzter sein würde. Er hatte seine Fraktion über fünfzehn Jahre als Vorsitzender im Gemeinderat angeführt und sie in dieser Zeit von anfänglich drei Sitzen auf beachtliche sieben Sitze gebracht. Damit waren die Sozialisten in Schlagweite der Konservativen gerückt. Aber auch außerparlamentarisch hatte er sich engagiert. So war er nicht nur seit langen Jahren Vorsitzender des Kulturvereins, er hatte auch den Marktplatzverein ins Leben gerufen, der die Wiederherstellung des alten Platzes vorantreiben sollte. Solche Projekte wie dieses konnten eine Wahl entscheiden, vorausgesetzt der Bürgermeisterkandidat wusste eine plausible Finanzierung vorzulegen. Doch daran fehlte es bis heute, denn vom Departement lag immer noch keine Zusage zur Bezuschussung des Vorhabens vor.

Roger Zwingli kam aus einer der vier protestantischen Familien, die vor Generationen aus der Schweiz eingewandert waren. Es hieß damals im Ort: »Die Zwingli's sind die Schlimmsten.« Denn sie stammten in direkter Linie von dem bekannten Schweizer Theologen Ulrich Zwingli aus St. Gallen ab, der sich als Kirchen-Reformator nicht gerade einen guten Namen in Frankreich gemacht hatte. Deshalb hielt man im Ort ein waches Auge auf die Familie. Doch die Lothringer Zwinglis waren alles andere als Reformer. Sie arbeiteten allesamt als Bergleute unter Tage, pflanzten Kartoffeln und Rüben an und hielten sich ein paar Ziegen. Politisch traten sie nie in Erscheinung und gesellschaftlich waren sie ebenso unauffällig. Erst als der kleine Roger mit feuerroten Haaren das Licht der Welt erblickte, erinnerte man sich im Ort der einstigen Befürchtungen.

»Jetzt ist er durchgeschlagen, der Widerspruchsgeist«, hieß es bei den Älteren. »Aus dem wird einmal ein richtiger Zwingli, das sieht man auf den ersten Blick.«

Und als Roger in Metz Soziologie und evangelische Theologie studierte, und obendrein bei den Jungsozialisten aktiv wurde, gab es keinen Zweifel mehr. Ein solches Manko war nicht so schnell wettzumachen. Aber Zwingli konnte im letzten Moment das Ruder herumreißen. Er fand in Grossebouche eine erzkatholische Frau, die ihm nach einer katholischen Eheschließung zwei katholische Kinder schenkte. Damit war der sozialistische Makel fürs Erste neutralisiert. Und als er noch zum vorbildhaften Familienvater avancierte und von der Gemeinde zum ehrenamtlichen Familienbeauftragten ernannt wurde, hatten die Leute im Ort fast vergessen, wo er herkam. Selbst Abbé Silvestre sprach von einem »neuen Schaf in unserer Herde« und ließ sich sogar einmal dazu bewegen, einem ökumenischen Gottesdienst in Kleinmund beizuwohnen.

Das alles brachte Zwingli Respekt und Anerkennung ein und ließ die Einheimischen darüber hinwegsehen, dass er ebenfalls Lehrer wie sein konservativer Vorgänger war.

»Roger ist wenigstens keiner dieser altklugen Schulmeister«, hörte man über ihn sagen. »Eigentlich ist er ganz normal geblieben.« Und »normal« war die höchste Auszeichnung für einen, der es zu etwas gebracht hatte.

Die Vorzeichen für einen Wahlsieg standen von daher gar nicht so schlecht. Doch die Konservativen bekamen mit einem geschickten Schachzug wieder Wind unter die Flügel. Sie kürten überraschenderweise Carmen Clocher zur Gegenkandidatin, die bis dahin keine große Rolle in den eigenen Reihen gespielt hatte. Doch das hörte sich nun alles anders an. Der scheidende Bürgermeister bezeichnete sie als wegweisende Vordenkerin mit ›weiblicher Attitüde‹, die sich seit jeher für die Interessen der Bürger und Bürgerinnen eingesetzt habe. Damit war wieder alles offen.

»Claude Fontaine ist ein alter Fuchs, er weiß genau, dass eine Frau größere Chancen hat als ein Mann. Es ist zum Verzweifeln«, umrundete Roger zum fünften Mal den Küchentisch. »Soll ich mir etwa einen kurzen Rock anziehen und die Lippen aufblasen lassen?«

Seine Frau wollte sich das nicht vorstellen.

»Du musst sehen, dass deine Parteifreunde vom Departement endlich eine Kostenzusage geben«, legte sie stattdessen den Finger auf die Wunde. »Und du solltest mit den Einflussreichen im Ort sprechen. Nicht alle werden Carmen wählen, nur weil sie lange Beine und einen Schmollmund hat.«

Doch das Schicksal schien wieder einmal ein Einsehen mit Roger Zwingli zu haben, denn es spielte ihm eine Information zu, die zu einer Fahrkarte an die Spitze des Bürgermeisteramtes werden konnte. Der Überbringer der guten Nachricht war ein alter Studienfreund, der mittlerweile Leiter des Stadtarchivs in Verdun war.

»Was mir gestern durch Zufall in die Hände gefallen ist, glaubst du nicht«, begann jener geheimnisvoll. »Ich erinnere mich, dass ihr in Grossebouche eine Janusfigur gefunden habt, dazu Pfosten mit Ketten. Wie ich weiß, sucht ihr immer noch nach deren Herkunft.«

Zwingli konnte das bestätigen und wurde neugierig.

»Ich kann dir verraten, wo die Figur vorher gestanden hat«, machte es sein Freund spannend. »Kannst du in deinem Wahlkampf etwas damit anfangen?«

»Ob ich etwas mit einer solchen Information anfangen könnte, fragst du? Das wäre eine Sensation!«, kam eine erwartungsvolle Bestätigung.

»Bei einer amtlichen Nachforschung bin ich gestern auf ein altes Foto gestoßen«, erfuhr er nun. »Da sieht man euren Janus in Leibesgröße auf einem hohen Sockel stehen, mitten auf einem schön angelegten Platz. Und drunter steht: ›Der Janusplatz in Verdun, so wie wir ihn seit jeher kennen. Doch dieses Bild wird bald schon der Vergangenheit angehören‹. Was sagst du dazu?«

»Wie in Verdun?«, stotterte Zwingli. »Wieso soll das gerade unser Janus sein?«, konnte er keine Verbindung zu Grossebouche herstellen. »Ich glaube, da ist die Fantasie mit dir durchgegangen.«

Doch eine derartige Unterstellung kam einer Beleidigung gleich.

»Ich bin Archivar, mein Lieber. In meiner Berufsgruppe zählen nur nüchterne Fakten. Da haben Fantastereien nichts zu suchen«, ließ sein Gesprächspartner keinen Zweifel an seiner Fantasielosigkeit aufkommen. »Selbstverständlich habe ich weiter nachgeforscht und bin dabei auf Erstaunliches gestoßen. Nämlich auf einen Stadtratsbeschluss aus dem Jahr 1869. Halte dich fest!«

Roger Zwingli hielt zumindest einmal kurz die Luft an und wiederholte: »Ein Stadtratsbeschluss aus dem Jahr 1869?«

»Korrekt«, wurde ihm sachlich bestätigt. »Da steht, dass der Janusplatz im März 1870 zugunsten einer neuen Straßenführung aufgegeben werden soll. Und es heißt hier weiter, dass für den Janus und die Platzeinfassung bereits eine Gemeinde im Departement gefunden ist. Kannst du mir folgen?«

»Und die soll Grossebouche gewesen sein?«, zählte Fantasiereichtum bei einem Politiker hingegen zum elementaren Rüstzeug.

»Ganz richtig kombiniert. So steht es hier schwarz auf weiß: Grossebouche«, wiederholte sein Gesprächspartner. »Aber das ist noch nicht alles. In dem Stadtratsbeschluss sind auch die Baukosten beziffert und die Höhe der Kostenübernahme durch das Departement. Hier heißt es, dass das Departement die neue Straßenführung in Verdun zu zwei Drittel mitfinanzieren wird. Und der Abbau der Janusfigur und der Wiederaufbau in Grossebouche sind auch in einem Absatz geregelt. Halte dich fest!«, kam eine erneute Aufforderung, sicheren Halt zu finden. »Ich zitiere: Für die Aufstellung des Janus und der Platzeinfassung auf dem ›Place de la Paix‹ in Grossebouche sichert das Departement die volle Kostenübernahme zu.«

»Das glaube ich nicht«, versagte Roger Zwingli fast die Stimme. Trotzdem war er in der Lage, eins und eins zusammenzuzählen.

»Dann ist wahrscheinlich im Juli 1870 der Siebzigerkrieg dazwischengekommen und die Teile wurden hastig vor den Deutschen vergraben.«

»So sehe ich das auch«, bekräftigte der Archivar die Vermutung. Er ließ sich sogar zu weiteren Spekulationen hinreißen: »Und später hat man sie wegen der deutschen Besatzer da gelassen wo sie waren, bis der Janus irgendwann ganz in Vergessenheit geraten ist.«

»Wahrscheinlich war es so gewesen«, pflichtete Zwingli bei.

»Heute Morgen bin ich sicherheitshalber noch ins Landesarchiv nach Metz gefahren, um unsere Unterlagen mit den dortigen zu vergleichen. Und tatsächlich, es gibt einen gleichlautenden Departementbeschluss«, wurde die Faktenlage abschließend vervollständigt. »Du kannst also unbesorgt an die Öffentlichkeit gehen.«

Roger Zwingli sah sich schon als Bürgermeister den Platz mit der Janusfigur einweihen. Und er schraubte seine Erwartungen an sich selbst ein gutes Stück höher: Nun wollte er aus Grossebouche eine Kulturmetropole machen, nicht mehr und nicht weniger. Um dieses Ziel zu erreichen, musste er mit harten Bandagen kämpfen, wohlwissend, dass ihm seine Parteifreunde in Metz und Paris das Querfeuer übel nehmen würden. Aber das schlechte Gewissen ließ ihn nur eine Nacht schlecht schlafen.

Auf einer kurzfristig anberaumten Pressekonferenz gab er, als Vorsitzender des Kulturvereins, dann die Herkunft der Janusfigur bekannt und forderte die Unterstützung aller politischer Kräfte ein.

»Ich erwarte vom Regionalrat, dass er seiner Verpflichtung aus dem Jahr 1869 nachkommt und erhoffe mir zugleich eine Finanzzusage zur neuen Platzgestaltung«, brachte er seine Vorstellungen auf den Punkt. »In Grossebouche haben sich unsere Staatspräsidenten und die deutschen Kanzler getroffen, hier wurde Geschichte geschrieben. Täglich empfangen wir Hunderte interessierter Besucher aus aller Herren Länder, die den Geist der Aussöhnung und Brüderlichkeit erfahren wollen. Und sie treffen sich alle auf dem einstigen ›Place de la Paix‹, der heute zu einem Parkplatz verkommen ist. Wir müssen den ›Platz des Friedens‹ wieder zum Mittelpunkt des Ortes machen!«, ging er in die Offensive. »Ich habe in dieser besonderen Angelegenheit auch unseren Präsidenten angeschrieben und ihn an seinen Besuch mit der

Kanzlerin bei uns in Grossebouche erinnert. Wir vom Kulturverein fordern, dass der Ort der deutsch-französischen Freundschaft mit entsprechenden Fördermitteln ausgestattet wird«, fügte Zwingli kämpferisch hinzu. »Ich gehe fest davon aus, dass sich weder Paris noch Metz unseren guten Argumenten verschließen werden. Schließlich weiß man um den Fokus, der auf unsere geschichtsträchtige Gemeinde gerichtet ist und um die Ausstrahlkraft, die von hier ausgeht«, endete er mit einem Aufruf, der einem Wahlversprechen gleichkam: »Grossebouche muss ein Ort der Kultur werden. Ein Ort der Auseinandersetzung waren wir lange genug.«

Das kam bei den Bürgern an. Noch nie war einer mit »den da oben« so umgesprungen. Und dann noch ein Sozialist mit den eigenen Parteifreunden. Auch Florence entwickelte Sympathie für den Kandidaten mit der couragierten Gangart.

»Endlich einmal ein Politiker, der sich nicht einschüchtern lässt und die richtigen Worte findet«, wies sie ihren zukünftigen Schwiegersohn auf das pointierte Vokabular hin. »Da kannst du dir etwas abschauen. Wenn du so weit kommen willst wie Roger Zwingli, musst du hin und wieder auch die Ellenbogen ausfahren. Trotzdem wird er es nicht leicht haben, auf die erforderliche Stimmenzahl zu kommen. Ich schätze, dass er früher oder später bei uns aufkreuzt. Schließlich muss er um dich werben«, schaute sie Eric mit einem verschmitzten Lächeln an. »Es wäre gelacht, wenn da nichts für uns herausspringen würde.«

Eric hatte gehofft, nicht mehr antreten zu müssen und schaute bekümmert unter sich.

»Keine Angst, ich werde das Gespräch für dich führen«, interpretierte Florence den Gesichtsausdruck jedoch völlig falsch.

»Wäre es nicht besser, wenn du dich gleich selbst zur Wahl stellen würdest?«, versuchte Eric seiner misslichen Zwangslage zu entkommen. »Ich kann mir gut vorstellen, dass du Chancen hättest.«

»Wenn ich etwas in der Gemeinde bewegen wollte, würde ich mich für das Bürgermeisteramt oder für einen Sitz im Regionalrat bewerben«, war Florence verärgert darüber, dass Eric ihren Stellenwert nicht richtig einzuschätzen vermochte. »Für den Gemeinderat bist du der Richtige.«

Roger Zwingli hatte mit seinem Rundumschlag Beachtung in der Presse gefunden und Paris wie Metz unter Druck gesetzt. Man kam hier wie da in Erklärungsnot und konnte die Öffentlichkeit mit einem üblichen »Wir müssen das in aller Sachlichkeit diskutieren« nicht mehr abfertigen. Die Konservativen in der Gemeinde waren in eine ähnlich missliche Lage geraten. Sie mussten sich, als politische Kontrahenten, gegen die Regierung und das Departement positionieren. Damit unterstützten sie fatalerweise aber auch die Forderungen Zwinglis, was zwangsläufig einer parteipolitischen Bankrotterklärung gleichkam.

»Da hat er uns ein schönes Ei ins Nest gelegt, dieser Sozi«, fluchte Claude Fontaine in seiner Fraktion. »Selbst eine kinder- und tierliebe Schönheitskönigin mit intakter Familie, hohem Bildungsgrad und politischem Weitblick könnte an dieser Stelle nichts mehr reißen. Der Bürgermeisterzug ist für uns abgefahren. Nun müssen wir sehen, dass wir wenigstens die Mehrheit im Gemeinderat halten.«

Die politische Eruption hatte die Lager durcheinandergewirbelt. Auch Roger Zwingli stand, nach seinem Parforceritt durch die eigenen Reihen, am Rande eines Parteiausschlussverfahrens. Doch die Ergebnisse der Bürgermeister- und Gemeinderatswahl wollte man zunächst abwarten.

Allein Carmen Clocher tat so, als sei nichts geschehen und tingelte mit ihrem Konzept von einer familienfreundlichen Gemeinde von Haus zu Haus.

»Ich würde mich für eine Minigolfanlage, einen Wickelraum im Rathaus und eine zweite Krabbelgruppe einsetzen«, fasste sie ihr Wahlprogramm zusammen und unterbreitete Florence und Eric ein entsprechendes Angebot: »Und ihr könntet das Frühstück für die Kinder liefern.«

Im Vorfeld hatte ihr Claude Fontaine geraten, jedem Wähler ein Geschenk zu machen: »Dem einen versprichst du die Bäume vor der Haustür zu stutzen, dem andern sagst du zu, die Straßenbeleuchtung zu erneuern oder für die Schneeräumung im Winter zu sorgen. Und die Geschäftsleute köderst du mit Aufträgen. Immer alles zusagen und versprechen, das bringt Wählerstimmen.«

Doch Carmen Clocher war mit dem Auswählen der passenden Geschenke noch nicht so vertraut. Deshalb erhielt sie von Florence auch eine Abfuhr.

»Kakao und Biskuits sind nicht unser Geschäft, wir haben ein Restaurant, wie du weißt«, schüttelte sie den Kopf und gab ihr einen Tipp mit auf den Weg: »Setz dich mit Roger zusammen und einige dich mit ihm. Als Außenministerin würdest du eine gute Figur abgeben.«

Da hatte Roger Zwingli mehr zu bieten. Zudem hielt er sich an die Kleiderordnung und führte die Verhandlungen ausschließlich mit Florence.

»Ich garantiere dir, dass euer Eric wieder in den Gemeinderat gewählt wird, wenn er sich uns anschließt«, begann er die Politikkonsumentin mit einer Art Werbegeschenk anzufüttern. »Als Parteiloser ist das doch nichts Halbes und nichts Ganzes. Man braucht Sicherheiten und eine Heimat.«

»Unser Eric hat hier seine Heimat und alle Sicherheiten dieser Welt. Er wird neutral bleiben. Dafür müsstest du als Schweizer doch Verständnis haben«, ließ sich Florence nicht mit billigen Werbegeschenken abspeisen. Sie übersprang die sogenannte Anbahnungsphase und stieg gleich ins Geschäft ein: »Was hätten wir davon, wenn wir dich im Gemeinderat unterstützen würden?«

Beide kannten sich von Kindesbeinen an. Und Roger erinnerte sich noch gut daran, dass ihm Florence in der Schule ihre Hilfe angeboten hatte, als er von den andern Kindern wegen seiner roten Haare gehänselt wurde. Damals stellte sie ihm eine ähnliche Frage und er bot ihr für ihre Dienste den Einzug in seinem Baumhaus an. Ab diesem Zeitpunkt räumte sie den Weg für ihn frei. Jeder wusste bald: Wer sich mit Roger anlegt, legt sich auch mit Florence an.

Aufgrund dessen war er heute auf einen Handel vorbereitet und legte ein erstes Tauschangebot auf den Tisch.

»Wie wäre es, wenn ich deinen Eric zu meinem vierten Stellvertreter machen würde?«, fragte er nach.

»Zu deinem zweiten Stellvertreter«, wurde er berichtigt, »mit Bereich Straßenbau.«

»Der erste Stellvertreter ist verantwortlich für den Straßenbau, das weißt du doch«, erinnerte sie Roger an den Dienststellenplan. »Außerdem kann ich einen Koch doch nicht zum Tiefbauer machen. Und der erste, zweite und dritte Stellvertreterposten ist immer verdienten Parteifreunden vorbehalten.«

»Vierter ist zu wenig«, winkte Florence ab. »Da bietet Carmen mehr.«

«Carmen muss auch mehr bieten, ihr steht das Wasser bis zum Hals«, basierte die Formel für die Postenvergabe auf einem schlichten Dreisatz.

»Dritter Stellvertreter und ein Ressort. Ohne diese Zusage kommen wir nicht zusammen«, pokerte Florence hoch. »Von einem zukünftigen Bürgermeister erwarte ich Flexibilität.«

Man konnte sehen, wie Zwingli mit sich kämpfte. Er wusste, dass die Forderungen überhöht waren. Andererseits ging der gesamte Ort bei »Chez Tantine« ein und aus. Da sprach man in politischen Kreisen gern von einem »Vervielfältiger-Effekt«.

»Dann einigen wir uns auf dritter Stellvertreter mit dem Ressort Freiraum- und Grünflächen«, legte der Bürgermeisterkandidat ein neues Angebot vor. »Aber Eric muss vorher eine Schulung durchlaufen, daran führt kein Weg vorbei.«

»Lernen hat noch keinem geschadet«, streckte Florence ihre Hand über den Tisch. »Dann rühre ich einmal kräftig die Trommel für dich und Eric, damit ihr auch gewählt werdet.«

Während sich Roger Zwingli und Florence mit dem Verhandlungsergebnis zufrieden zeigten, setzte Eric einmal wieder auf die Vernunft der mündigen Wähler und damit auf einen Nichteinzug ins Rathaus. Am Wahlabend zerschlugen sich seine Hoffnungen jedoch ein weiteres Mal, während für Zwingli ein großer Traum in Erfüllung ging.

»Roger Zwingli erobert Grossebouche«, war morgens im Républicain-Lorrain in großen Lettern zu lesen. Und weiter hieß es: »Die Konservativen haben auch ihre Mehrheit im Gemeinderat verloren. Nun wird sich zeigen, ob Zwingli im Departement Unterstützung für sein Projekt findet.«

Von einem Parteiausschlussverfahren war keine Rede mehr. Roger Zwingli wurde vielmehr für seine Verdienste um die Partei und den »grandiosen Wahlsieg nach mehr als sechzig Jahren konservativer Dominanz«, mit der »Roten Rose« ausgezeichnet. Selbst von der Parteiführung aus Paris kamen Glückwünsche. Infolgedessen dauerte es nicht lange, bis das Departement die notwendigen Gelder für das Marktplatzprojekt bewilligte und den Janus-Beschluss aus dem Jahr 1869 erneuerte.

Man hatte in Grossebouche das Gefühl, dass all das, was vormals unmöglich schien, plötzlich reibungslos funktionierte. Auch die damalige Umbenennung in »Place Centrale« wurde im Gemeinderat, mit den Stimmen der Sozialisten, rückgängig gemacht. Nun hieß der Platz wieder »Place de la Paix«.

»Roger meint, dass wir unser Restaurant in »Restaurant de la Paix« oder in »Café de la Paix« umbenennen sollen«, überbrachte Erik dann auch einen Vorschlag des Bürgermeisters. »Das würde gut zueinander passen.«

»Dann richte deinem Bürgermeister aus, dass hier nichts umbenannt wird«, war Florence schnell fertig. »Wenn aber alles zueinander passen soll, kannst du ihm den Vorschlag unterbreiten, den Platz in »Place de la Tantine« umzubenennen. Eine Mehrheit dazu hat er ja im Gemeinderat und meinen Segen auch.«

Sie hörte nichts mehr in der Sache. Dafür war der Bürgermeister viel zu sehr mit dem Denkmalschützer beschäftigt, der ihm vom Departement als Berater zur Seite gestellt worden war.

Anicet Favre war nicht nur ein komischer Vogel, er sah auch so aus. Groß und hager mit eingefallenen, blassen Wangen und wehenden, grauen Haaren kam er daher wie ein Rächer aus vergangener Zeit. Um ihn herum flatterte ein ausgewaschener, dunkelgrüner Pullover und eine schwarze Leinenjacke mit ausgebeulten Taschen. Ein »Nur nichts überstürzen« war bei ihm zur geflügelten Redewendung geworden, die wahrscheinlich seinem Leben als Historiker geschuldet war. Zudem hatte er mehr als ein paar Prinzipien, von denen er sich nicht abbringen ließ, einige handfeste Vorurteile, die er pflegte, und eine Abneigung gegen Autos, Hunde und Politiker, die er zu einem Postulat erhob.

Favre ging mit aller gebotenen Skepsis an das Marktplatzprojekt heran und stellte vorsorglich alle Vorschläge des Gemeinderates infrage.

»Wieso wollen Sie die Toiletten partout unter die Erde legen?«, stand er mit einem Gesicht, das von schwerem Sodbrennen gezeichnet war, vor den Ratsmitgliedern. »Im Klassizismus hat man seine Geschäfte ausnahmslos oberirdisch verrichtet. Keiner wäre auch nur im Traum auf die Idee gekommen, im feinen Zwirn in einen muffigen Keller hinabzusteigen.«

Jeder spürte, dass Anicet Favre auf Konfrontationskurs war.

»Sie müssen sich in die Zeit hineinversetzen, wenn Sie sich einem Denkmal annähern«, knurrte er mürrisch in den Raum. »Da heißt es behutsam vorgehen und nichts überstürzen. Verändern und immer wieder verändern ist der falsche Ansatz. Ich sage dazu: zerschlagen und immer wieder zerschlagen«, drehte er sich angewidert ab und schaute aus dem Fenster auf den alten Marktplatz. »Und mit der gleichen Ignoranz gehen Sie mit diesem alten Denkmal für die Gefallenen um. Das wollen Sie verschwinden lassen, wie ich höre, um den Janus aufzustellen. Warum wollen Sie es dann nicht gleich unter der Erde vergraben, wie Sie es seinerzeit mit dem Janus getan haben?«, griff er sich in die Haare und schien unter dieser Vorstellung enorm zu leiden. »Ich frage mich, was Sie in ein paar Jahren tun, wenn der Janus nicht mehr dem Zeitgeist entspricht? Wollen Sie ihn dann einschmelzen und durch eine moderne Stahlplastik ersetzen?«, hatte er sich wieder zu den Angeklagten gewandt und streckte seine langen Arme flehentlich gen Himmel. »Alles hat seine Berechtigung, alles!«, brachte er es auf den Punkt. »Wer käme auf den Gedanken den Eiffelturm abzubauen oder den Triumphbogen dem Erdboden gleichzumachen? Versündigen Sie sich nicht an unserer Kultur!«

Anicet Favre nistete sich in Grossebouche ein und hatte sich augenscheinlich vorgenommen, all das, was Roger Zwingli bisher zustande gebracht hatte, im Keim zu ersticken.

»Wir müssen ihn loswerden, diesen knöchernen Korinthenkacker«, war man sich im Gemeinderat einig. »Brauchen wir überhaupt einen Denkmalschützer? Wir wissen doch, was wir wollen.«

Doch so einfach war das nicht. Also machte sich der Bürgermeister nach Metz auf den Weg, um den Beelzebub mit dem Teufel auszutreiben. Dazu bot sich der Oberdenkmalrat an, der zwar weniger fachkundig war als seine Denkmalschützer, dafür aber politisch weit befähigter. Der pfiff dann auch Favre zurück und erklärte ihm mit feinsinnigen Worten den Unterschied zwischen einem klassischen Denkmal und einem administrativen Mahnmal.

»Wenn das eine dienstliche Drohung ist, hätte ich das gern schriftlich«, signalisierte Favre allerdings Konfliktbereitschaft. Doch sein Vorgesetzter hatte nicht umsonst das Vieraugengespräch gewählt.

»Sie haben mich verstanden: Finger weg!«, überging er deshalb die unpassende Bemerkung. »Die Entscheidungen sind längst in allen politischen Gremien gefallen. Ihre Aufgabe ist es, den Bürgermeister und seinen Gemeinderat bei der Umsetzung der Baumaßnahmen zu unterstützen. Ich würde der dienstlichen Anweisung an Ihrer Stelle nachkommen.«

Aniset Favre kehrte als gebrochener Mann nach Grossebouche zurück. Er vermied fortan sämtliche Auseinandersetzungen mit dem Gemeinderat, litt dafür aber bei jedem Eingriff in die bestehende Platzstruktur Höllenqualen. Sein Tablettenkonsum gegen das lästige Sodbrennen stieg an den Werktagen an und stagnierte nur an den Wochenenden, wenn er zur Erholung in die Altstadt von Metz fuhr.

So kamen nicht nur die Toiletten unter die Erde und der Janus auf den Sockel, auch die gusseisernen Pfosten mit den schweren Ketten umrahmten bald den klassizistischen Platz. Und für das alte Denkmal hatte man auch eine passende Ecke gefunden. Es stand nun im Eingangsbereich des Friedhofes, direkt neben den Grünschnittcontainern.

»Wieso ist eigentlich die alte Parkplatzzufahrt geschlossen worden?«, fragte Florence eines Morgens bei Eric nach. »Wo wird denn die neue Einfahrt hinkommen?«

»Welche neue Einfahrt?«, kam eine verständnislose Rückfrage. »Es wird keine Zufahrt mehr geben. Weshalb auch, wenn es keinen Parkplatz mehr gibt. Es sind nur noch acht Stellplätze vis à vis des Bürgermeisteramtes geplant. Du weißt doch, dass der alte Marktplatz wieder so hergestellt werden soll wie früher. Nur bei Bedarf werden die Ketten von den Gemeindearbeitern ausgehängt werden.«

Florence glaubte nicht, was sie da hörte.

»Natürlich weiß ich, dass der Parkplatz zu einem Marktplatz umgestaltet werden soll«, schoss ihr einmal mehr das Blut in den Kopf. »Aber Markttag ist nur samstags. Die Woche über wird der gepflasterte Platz doch wohl nicht ungenutzt daliegen, während unsere Gäste nach Stellplätzen suchen.« Sie hob die Augen flehentlich gen Himmel. »Und du, als Verantwortlicher für die Platzgestaltung, hast dem Ganzen zugestimmt?«. Eric zog den Kopf ein, er ahnte, dass da noch etwas nachkommen würde.

»Das glaube ich nicht, ein Saboteur in den eigenen Reihen«, hatte sich Florence als Rachegöttin vor ihrem zukünftigen Schwiegersohn aufgebaut. »Sofort wird das geändert. Sofort! Wir brauchen wenigstens fünfzehn Parkplätze für unsere Gäste. Mach deinen Einfluss geltend. Weshalb habe ich dich sonst zum dritten Stellvertreter des Bürgermeisters gemacht? Sicherlich nicht, damit du zu allem Ja und Amen sagst. Richte deinem Bürgermeister aus, dass Grossebouche zu klein ist, wenn sich da nichts ändert.«

Doch Roger Zwingli saß fester im Sattel als je zuvor, er ließ sich von Florence nicht einschüchtern. Aber er wusste auch um ihre Unnachgiebigkeit. Und so setzte er auf einen politischen Kunstgriff. In Aniset Favre, als unnachgiebigem Eiferer, hatte er sein Werkzeug gefunden.

»Es handelt sich in jener Sache um einen besonders kniffligen Fall«, schilderte er dem Denkmalschützer die Problematik in aller Ausführlichkeit. »Dieser Dame kann nur ein Spezialist Ihres Kalibers beikommen«, würdigte er Favres Talent. »Ich statte Sie hiermit mit allen Vollmachten aus.«

Favre sah seine Gebete endlich erhört und widmete sich mit aller Kraft seiner neuen Aufgabe.

»Ich habe Ihnen zu unserem heutigen, baukulturellen Erörterungsgespräch eine behördliche Verfügung mitgebracht«, legte er Florence ein Schriftstück auf den Tisch, aus dem hervorging, dass der Platz von Verkehrsmitteln aller Art frei zu halten sei. »Autos haben in Stadt- und Dorfkernen nichts mehr zu suchen«, unterstrich Favre darüber hinaus den Inhalt der Verfügung und versuchte seine Gesprächspartnerin für die Idee zu gewinnen. Offenbar fand er aber nicht die richtigen Worte. »Nachhaltiger Schutz des kulturellen Erbes ist oberstes Gebot. Da verbieten sich persönliche Begehrlichkeiten und …«

Florence wollte sich das nicht mehr länger anhören und unterbrach den Beamten schroff: »Wenn Frankreich nur noch leere Plätze und leere Straßen gestattet und alles unter Denkmalschutz stellt, darf man sich nicht wundern, wenn es bald kein Geschäftsleben mehr gibt«, wetterte sie. »Wer soll denn die Zeche bezahlen? Ihr Staatsdiener glaubt offenbar, dass die Steuern vom Himmel fallen. Bald ist unser ganzes Land ein Museum.«

»Madame, ich muss doch sehr bitten!«, sah sich Favre als Schützer der französischen Baudenkmäler in die Pflicht genommen. »Dieser Platz ist aus dem Klassizismus, einer Zeit, in der es weder Autos noch Motorräder gab. Er besticht durch seine kontemplative Ausstrahlung, durch die ungetrübten, formalen Linienführungen und vor allem durch seine schlichte Eleganz.«

»Ja, ja, kontemplative Ausstrahlung«, winkte Florence ab. »Ich nenne das: langweilig und trostlos. Da gehören Autos und Menschen drauf. Oder lösen bei Ihnen leere Sportplätze und leere Kinosäle Begeisterung aus?«

»Sie müssen mich nicht für dumm verkaufen, Madame«, wurde Favre nun aber deutlicher. »Sie wollen Ihren Gästen doch nur Parkplätze vor der Tür anbieten, das ist Ihr einziger Beweggrund. Aber es geht hier um mehr, es geht um das Allgemeinwohl. Ich bin der festen Überzeugung, dass man Ihren Besuchern zumuten kann, ein Stück weit zu laufen.«

»Sie sehen mir aber nicht so aus als ob Sie das beurteilen könnten«, schaute sich Florence den Denkmalschützer genauer an und schob das behördliche Schriftstück von sich. »Das ist weltfremd, was Sie da behaupten. Wenn ein Restaurant keine Parkplätze vor der Tür anbieten kann, hat es bei der Kundschaft verspielt.«

Aber Florence wäre nicht Florence gewesen, wenn sie keinen Plan B in der Tasche gehabt hätte. Sie zeigte aus dem Fenster und ließ Favre an ihren Planspielen teilhaben.

»Wissen Sie was ich tun werde, Monsieur Inspecteur? Ich baue mir einen eigenen Parkplatz. Dort neben unseren Biergarten. Und wehe, da stellt sich ein Gemeinderatsmitglied drauf, das nicht bei uns zu Gast ist«, funkelte sie Aniset Favre aufgebracht an. »Und damit man mir nicht nachsagen kann, dass ich nichts für das Allgemeinwohl tue«, betonte sie, »lege ich um den Platz einen Steingarten mit großen Zwergen und Wichteln an, die nachts in allen Farben blinken. Ich wette mit Ihnen, dass mein Märchengarten mehr Besucher anlocken wird, als Ihr vereinsamter Platz mit unterirdischer Janustoilette.«

Favre wusste, dass es gegen einen solch barbarischen Akt kultureller Abkehr keine gesetzliche Handhabe geben würde. Aber er maß den Androhungen keine weitere Bedeutung bei. Das tat Roger Zwingli dagegen schon.

»Florence traue ich das zu«, rannte er nervös um den Schreibtisch seines Büros herum. »Aber mir sind die Hände gebunden. Auf seinem Privatgelände kann schließlich jeder tun und lassen, was er möchte, solange keine öffentlichen Belange dagegen stehen. Und ihren Parkplatz werden wir ihr leider genehmigen müssen.«

Und so grüßten bei der offiziellen Einweihung des »Place de la Paix« muntere Zwerge und fröhliche Wichtel vom Restaurantparkplatz herüber, während der Präsident des Nationalrates mit gewählten Worten die baukulturelle Besonderheit des alten Marktplatzes und dessen gelungene Einbindung in das traditionelle Ortsbild hervorhob.

Nachbarschaften

Die Fußballvereine von Grossebouche und Kleinmund spielten nicht nur in verschiedenen, nationalen Ligen, sondern auch in unterschiedlichen Klassen. Während der FC Kleinmund, als der erfolgreichere der beiden Clubs, bereits in der obersten Verbandsliga angekommen war, kickte Racing Grossebouche immer noch zwei Etagen tiefer. Das hatte auf die freundschaftlichen Kontakte und grenzüberschreitenden Vorhaben allerdings keine Auswirkungen, denn die sportlichen Aktivitäten machten seit jeher nur einen Teil des Vereinsgeschehens aus. Man mochte sogar behaupten, den geringsten.

So gehörte der Bouleplatz, der bei Fußballspielen auch als Parkplatz genutzt wurde, zum beliebtesten Ort für außerplanmäßige Treffen, dicht gefolgt von »Chez Tantine«. Aber auch der gemeinsam angelegte Grillplatz erfreute sich größter Beliebtheit. Da konnte man nicht nur unter freiem Himmel schwenken, in diesem Refugium männlicher Lebenslust hatte man sogar die Möglichkeit, bei schlechtem Wetter seiner Lieblingsbeschäftigung nachzugehen. Zwei massive Blockhütten mit großen Feuerstätten waren eigens zu diesem Zweck erstellt worden.

Schon früh waren die Clubs übereingekommen, möglichst viele Einrichtungen gemeinsam zu nutzen. Dieser Gedanke drängte sich geradezu auf, da beide Fußballfelder unmittelbar nebeneinander lagen, lediglich getrennt durch die quer verlaufende deutsch-französische Grenze. Demzufolge gab es nur ein Vereinsheim, eine Umkleide und eine Toilettenanlage.

Nicht selten kam es vor, dass die Mannschaften ihre Spiele auch ausschließlich auf einem der beiden Sandplätze austrugen. Vor allem dann, wenn wieder einmal ein Platz in wochenlanger Eigenarbeit ausgebessert werden musste. Nach den europäischen Fußballstatuten durften Punktspiele zwar nicht im Ausland stattfinden, doch diese Regelung war in den Orten unbekannt. Und Gastmannschaften ahnten nicht einmal etwas von ihrem Grenzübertritt.

Irgendwann erkannte man allerdings, dass es auf Dauer mit einem Auffrischen der maroden Sportplätze und der heruntergekommenen Umkleide nicht mehr getan war. Doch wie so oft im Leben fehlte der letzte Anstoß. Der kam dann mit dem sportlichen Erfolg des FC Kleinmund, der sich spielerisch in Richtung Regionalliga aufmachte. Zur Spielberechtigung in dieser Liga reichte jedoch ein herkömmlicher Sandplatz nicht mehr aus. Da musste schon ein Rasenplatz mit Stehrängen und entsprechenden Fluchtwegen nachgewiesen werden, wollte man nicht in das nahe gelegene Ludwigsparkstadion nach Saarbrücken ausweichen.

Das war dann auch die Stunde von Roger Zwingli, der kurz nach seiner Wahl zum Bürgermeister ebenfalls zum Präsidenten seines Clubs gewählt worden war. Er hatte sich mit dem Präsidenten des FC Kleinmund darauf verständigt, den Stadionneubau politisch voranzutreiben. Und wenn Zwingli sich etwas vornahm, dann gab es kein Halten. In der entscheidenden, gemeinsamen Mitgliederversammlung schwor er beide Vereine auf ein gemeinsames Stadion ein und verstand mit guten Argumenten zu überzeugen.

»Wir brauchen endlich ein Fußballstadion mit einem Rasenplatz«, begann er leidenschaftlich. »Sollen wir etwa hinter anderen Vereinen zurückstecken, die weit schlechter spielen als wir?« Damit konnte er kaum seinen eigenen Verein gemeint haben, der am vorletzten Platz der Tabelle stand. »Eine ansprechende Spielstätte wird den Bekanntheitsgrad unserer Vereine, und damit unserer Orte, enorm steigern«, setzte er einmal mehr auf öffentlichkeitswirksame Impulse. »Und damit wir unverwechselbar bleiben, bauen wir das Stadion nicht hierhin oder dahin«, fuchtelte er herum, »sondern mitten auf die Grenze. Das heißt«, hob er die Stimme: »Die Mittellinie des Spielfeldes wird exakt auf der deutsch-französischen Grenze liegen.«

Das kam bei den Mitgliedern an und löste zustimmenden Beifall aus.

»Und wenn wir es geschickt anstellen, fließen obendrein Fördermittel in unsere Kassen. Deshalb müssen wir dem Kind den richtigen Namen geben«, hatte er sich auch hier etwas einfallen lassen: »Aussöhnungsstadion.«

Die Beschlussfassung ging einstimmig durch und wurde mit den entsprechenden Unterlagen bei den nationalen Dachverbänden eingereicht. Doch der deutsche wie der französische Fußballbund hatten ihre Probleme mit der unkonventionellen Anfrage.

»Länderübergreifende, gemischte Stadionnutzungen sehen unsere Statuten nicht vor«, hieß es im deutschen Antwortschreiben klipp und klar, während sich der französische Fußballbund für unzuständig erklärte: »Über universelle Stadionnutzungen ist in unserem Reglement nichts ausgesagt. Die Anfrage muss von der Nationalversammlung in Paris geprüft werden.«

Die Menschen auf der Grenze hatten gelernt, nicht nach rechts und links zu schauen, wenn es um grenzüberschreitende Angelegenheiten ging. Die eigene Nase war über Jahrhunderte der beste Ratgeber gewesen. Doch seit der Aussöhnung, den offenen Grenzen und den mitunter verwirrenden europäischen Strukturrichtlinien war alles komplizierter geworden. Da konnte man sich kaum mehr auf ein Augenzudrücken verlassen. Jede Kleinigkeit wurde unter die Lupe genommen, akribisch überprüft, grenzüberschreitend abgestimmt und europäisch harmonisiert. Statt der eigenen Nase wurde nun die Politik bemüht.

Von daher hatte man in Roger Zwingli den richtigen Mann gefunden. Er war bekannt dafür, dass er politische Aufgaben mit der ihm eigenen Entschlossenheit verfolgte und immer nach einer Hintertür suchte, wenn der Haupteingang verschlossen schien. Deshalb schrieb er auch nicht als Präsident seines Fußballclubs, sondern in seiner Funktion als »Bürgermeister der deutsch-französischen Aussöhnungsgemeinde« an den französischen Präsidenten und die deutsche Kanzlerin und bat um Unterstützung bei der Umsetzung des »grenzverbindenden« Projektes. In seinem Brief vergaß er auch nicht zu erwähnen, dass gerade der Sport die Verständigung in hohem Maß fördere und fügte als Schlusssatz hinzu: »Das Aussöhnungsstadion soll eine Umsetzung des Versprechens sein, das Sie als Staatsoberhäupter in Grossebouche erneuert haben.«

Eine Kopie des Schreibens ließ Zwingli auch seinem Amtskollegen Roland Fusarbre in Kleinmund zukommen.

»Jetzt dreht er wieder auf, der Herr Aussöhnungspolitiker«, war Fusarbre kein Freund von großen Worten. »Ich hätte das Stadion einfach gebaut und fertig«, warf er seiner Sekretärin den Brief zum Abheften auf den Schreibtisch. »Wir spielen doch schon seit Monaten drüben und kein Mensch stört sich dran.«

»Aber wenn wir in die Regionalliga aufsteigen sollten und plötzlich französische Gendarmen vor dem Stadion stehen, wird manch deutscher Gastverein von außerhalb denken, dass er sich verfahren hat«, gab die Sekretärin zu bedenken.

»Ach Unsinn!«, winkte Fusarbre gereizt ab. »Ich kenne Roger lange genug. Er will nur wieder Aufmerksamkeit auf sich ziehen, sonst nichts. Der würde uns eingemeinden, wenn er könnte. Ein Verein wie der unsere fehlt ihm noch. Glauben Sie nur nicht, dass er das alles aus reiner Nächstenliebe tut. Er will das Stadion auf der Grenze mehr als jeder andere. Und wissen Sie warum?«, fragte er, ohne eine Antwort abzuwarten: »Weil er dann bei unseren Spielen zur Hälfte mitjubeln kann.«

Kleinmund war in den letzten zwei Jahrzehnten neben Grossebouche in die laue Mittelmäßigkeit abgerutscht. Das hatte auch ein Stück weit damit zu tun, dass Roland Fusarbre eher verwaltete als gestaltete. Er scheute spektakuläre Auftritte wie der Teufel das Weihwasser. Dafür gab es aber auch keine Affären und Skandale bei ihm, andererseits ebenso wenig Sensationen und Attraktionen. Und wenn er doch einmal ein Grußwort oder eine Festrede halten musste, dann las er emotionslos vom Blatt ab, egal ob es sich um eine goldene Hochzeit, eine Beisetzung oder die Aufstiegsfeier des FC Kleinmund handelte.

Von daher störte ihn überhaupt nicht, dass sich sein Amtskollege um die Stadion-Angelegenheit kümmerte, auch wenn es eher seine Aufgabe gewesen wäre, schließlich ging es in erster Linie um den FC Kleinmund.

»Ich habe die Zustimmung des Französischen Fußballbundes vorliegen. Was sagst du dazu?«, wurde Roland Fusarbre ein paar Wochen später überglücklich von Roger Zwingli telefonisch informiert. »Du könntest vielleicht einmal beim Deutschen Fußballbund nachhören und Druck machen.«

Doch »Druck machen« war nicht gerade die Stärke von Fusarbre und für das Nachhören war seine Sekretärin zuständig.

»Wie mir versichert wurde, ist auch vom Deutschen Fußballbund in den nächsten Tagen mit einer Zusage zu rechnen«, wurde Robert Fusarbre kurz darauf aus seinem Vorzimmer unterrichtet. »Soll ich Monsieur Zwingli dahingehend benachrichtigen?«

Das konnte sie. Damit war für Fusarbre das Thema vorerst erledigt.

Nach dem Vorliegen der Genehmigungen ging es in die Planungsphase. Die sollte Ferdi Hollinger aus Kleinmund übernehmen, der zwar kein ausgewiesener Fußballkenner war, sich aber durchaus befähigt sah, »von der Hundehütte bis zum Wolkenkratzer« alles zu bauen.

»So ein Stadion ist kein größeres Problem«, hatte er sich breitbeinig vor den beiden Vereinsvorständen aufgebaut und seinen wichtigsten Gesichtsausdruck aufgesetzt. »Als Architekt kann ich mich mit jeder Faser meines Körpers in eine Bauaufgabe hineinversetzen. Und ein Stadion ist nichts anderes als ein Haus ohne Dach.«

Das überzeugte die Entscheidungsträger. Und so machte sich Hollinger ans Werk.

Die Umkleiden und Toiletten hatte er im Handumdrehen durchgeplant. Sie erhielten verglaste Nasen und fertig war der Entwurf. Doch mit dem Stadion tat er sich schwerer, als er vermutet hatte. Egal wo er auch eine seiner Nasen platzierte, sie kollidierten immerzu mit den schnurgeraden Spielfeldabmessungen. Deshalb entschied er sich, das Sportfeld als unveränderliche Größe zu belassen und sich eine schöpferische Pause zu gönnen.

Am besten erholte er sich beim Bügeln, was seine Frau dazu ermuntert hatte, Bügelbrett samt Bügelwäsche immer direkt neben seinem alten Zeichentisch zu platzieren. Nach vier Blusen und zwei karierten Baumwollhemden war Hollingers Kopf auch wieder frei. Er konzentrierte sich nun mit all seiner Schöpferkraft auf die Stehränge. Und tatsächlich, plötzlich floss es nur so aus ihm heraus und nahm in Form von jeweils drei unsymmetrisch angeordneten Nasenbuchten Gestalt an.

Als »spektakulär« und »raffiniert« bezeichnete er dann auch in einer weiteren Mitgliederversammlung ganz unbescheiden seinen Geistesblitz.

»In Europa gibt es kein Stadion mit einem solch beispiellosen Aha-Effekt«, blähte er sich wie ein Gockel auf und streckte den Finger in die Luft. »Und jetzt kommt es: Jede Nase erhält eine andere Farbe, aber nicht irgendeine beliebige«, deutete ein breites Lächeln auf seine kreative Überlegenheit hin. Er kreuzte die Arme und genoss einen Augenblick lang seine unangefochtene Geistesführerschaft und die erwartungsvollen Blicke, die auf ihn gerichtet waren. Endlich erlöste er mit einer weit ausholenden Geste sein Publikum: »Auf der einen Seite wird man schwarz, rot, gold sehen und auf der anderen Seite«, legte er eine demonstrative Pause ein, in der er Roger Zwingli vielsagend zuzwinkerte: »Blau, weiß, rot.« Es fehlte nur noch, dass er sich selbst zugeklatscht hätte.

Doch der Funke wollte nicht überspringen. Neben einem unterkühlten »Interessant« kam eine Frage von Zwingli: »Beeinträchtigen die Nasen nicht die Sicht auf das Spielfeld?«

»Ich bitte Sie, gute Architektur beeinträchtigt nie!«, trug die schroffe Erwiderung Hollingers einen gehörigen Anteil Verärgerung in sich. »Die Nasen sind Symbole einer neuen Zeit. Sie nehmen Witterung auf, korrespondieren über das Spielfeld miteinander und knüpfen ein Netz aus Eintracht, Freundschaft und Gleichgesinntheit«, spulte er seine einstudierte Entwurfserläuterung mehr lustlos als begeistert herunter.

Florence, die noch eine Rechnung mit Hollinger offen hatte, meldete sich als Erste zu Wort. Sie war dem Fußballclub von Grossebouche vor langen Jahren beigetreten, als der sich in ihrem Restaurant zu den Vereinssitzungen traf.

»Wo gibt es denn so etwas? Ich nenne das Firlefanz ohne Sinn und Zweck, tut mir leid«, revanchierte sie sich für die laut fächernde Nase auf ihrem Dach. »Als ob wir für Architektennasen Geld hätten. Ich möchte nicht wissen, was solch ein Zinken kostet. Wir sind doch nicht Olympique Marseille oder Bayern München.«

Ein zustimmendes Klatschen verriet Hollinger, dass er nachlegen musste.

»Das Gegenteil ist der Fall«, parierte er den Vorwurf mit kräftigem Abwinken. »Gerade diese Nasenbuchten übernehmen eine wesentliche Funktion im Planungskonzept. Sie dienen als Servicepunkte. Dort erhält man Getränke, Brezeln und einen kleinen Snack. Das wird die Gemüter während des Spiels enorm beruhigen und die Clubkassen kräftig klingeln lassen«, verknüpfte er die gesellschaftspolitische Komponente geschickt mit der wirtschaftlichen. »Mit professioneller Unterstützung der hiesigen Gastronomen wird da für beide Seiten kein schlechtes Geschäft zu machen sein.«

Hollinger war einmal mehr darüber ernüchtert, dass die meisten Zeitgenossen stärker an der Zweckdienlichkeit der Architektur interessiert waren als an deren schöpferischer Substanz. Eine bittere Erfahrung, die er außerdem mit vielen seiner Kollegen teilte.

»Eine schöne Idee, wenn man es von dieser Seite betrachtet«, ließ sich Florence jederzeit von stichhaltigen Argumenten überzeugen, die ihren eigenen Interessen entgegenkamen. »Das wäre nicht das erste Mal, dass sich eine gute Bewirtung positiv auf die Stimmung auswirkte. Vielleicht setzen wir damit, in puncto Eskalationsprävention, neue Maßstäbe. Das Nasenkonzept hat für meinen Geschmack Hand und Fuß.«

Da die Clubs jeden Cent brauchen konnten, war die Zustimmung zur Planvorlage reine Formsache, auch wenn die eigentliche Finanzierungsfrage noch lange nicht geklärt war. Bis es so weit sein sollte, wollte man die Werbetrommel rühren und über verschiedene Aktionen Finanzmittel eintreiben. Eines dieser Vorhaben war eine Tombola, bei der jedes Vereinsmitglied ein paar Dinge beisteuern sollte.

»Endlich werden wir den alten Kram los«, suchte Florence mit Marcel all das zusammen, was von den Gästen in den vergangenen Jahren vergessen worden war. Schirme, Stöcke und Hüte gehörten ebenso dazu wie Hörgeräte, Blutdruckmessgeräte und Gebisse. Aber auch ein Rollstuhl war darunter.

»Seltsam …«, merkte Marcel emotionslos an, als er ihn in sein Auto packte: »Mit Rollstuhl gekommen, ohne Rollstuhl gegangen. Wenn das kein Wunder ist.«

Es wäre andererseits ebenso ein Wunder gewesen, wenn eine Tombola einmal mit brauchbaren Gegenständen oder schönen Accessoires bestückt gewesen wäre. Meist fand sich auf den Tischen ein Sammelsurium an Nutzlosem wieder, das lange in Schränken und Abstellkammern zum Weiterverschenken aufbewahrt worden war. Dennoch spielten solche Verlosungen in der Regel überraschend hohe Gewinne ein. Ebenso groß war andererseits die Gefahr, dass man irgendwann – zum eigenen Entsetzen – den Zierteller oder die Deckelvase in die Hände gedrückt bekam, die man vor Jahren frohen Herzens in die Tombola gegeben hatte.

»Nimm noch fünf Gutscheine für ein Dreigänge-Menü mit«, empfahl Florence ihrem Mann. »Damit erfreuen wir zumindest ein paar Leute.«

Doch es gab auch Mitmenschen, die sich mit Gutscheinen schwertaten.

»Wir haben bei der Tombola zwei Gutscheine gewonnen«, meldete sich auch bald darauf ein Paar. »Die gelten jeweils für ein Dreigänge-Menü, wie ich das sehe«, streckte ein Mann mit eingefallenen Wangenknochen und runder Hornbrille Elise die Gutscheine hin. Er hing geradezu in seinem dunkelbraunen Cordanzug, der nach den abgenutzten Stellen zu urteilen, seine besten Tage bereits gesehen hatte. »Was müssen wir uns unter den einzelnen Gängen vorstellen und unter welchen Varianten könnten wir wählen?«, fragte er nach und verzog dabei den Mund zu einer Art Flöte.

Elise ahnte, dass es sich hier um Gäste der anstrengenderen Sorte handelte. Während der Mann mit herunterhängenden Armen vor dem Tisch stehen geblieben war, hatte seine ebenso hagere Frau Platz genommen und schaute gedankenverloren durch das Restaurant. Ihr übergroßes Amulett, die Federohrringe und ihre gesamte Garderobe deuteten auf esoterische Vorlieben hin, wenn nicht auf Rätselhafteres.

»Als Vorspeise können Sie zwischen einer Gemüsesuppe, einer Pâté de Campagne und einer Riesling Tarte wählen und als Hauptgang zwischen einem Rahmschnitzel, einer Entenbrust und einem Lachs in Champagnersauce«, teilte ihm Elise die Menüfolge mit. »Und als Dessert bieten wir eine Käseplatte, einen Eisbecher Tantine oder ein Stück Obstkuchen an.«

»Schön. Ist es auch möglich, dass sich meine Frau und ich ein Menü teilen?«, hatte sich der Gast die einzelnen Gänge in ein kleines Büchlein notiert und wartete nun mit gezücktem Stift auf die Antwort.

»Wie teilen?«, wusste Elise nicht so recht, was er damit meinte. »Sie haben zwei Gutscheine für jeweils ein Menü. Da können Sie untereinander wählen, wie Sie möchten.«

»Sie verstehen mich nicht«, ließ er wieder die Arme herunterfallen und formulierte seine Frage um: »Es ist doch möglich, dass ich ein Menü für mich allein bestelle?«

»Selbstverständlich.«

»Schön. Und nun nehmen wir einmal an, dass ein Menü für mich allein zu viel ist. Also sage ich mir: Bevor ich die Hälfte davon zurückgehen lasse, kann meine Frau mitessen. Das wollte ich mit ›teilen‹ ausdrücken«, schaute er seine Gesprächspartnerin prüfend an und formte wieder eine Flöte: »Verstehen Sie, was ich meine?«

»Sie wollen, dass wir aus einem Menü zwei kleine machen?«, fragte Elise nach.

»Ja, so könnte man das auch formulieren«, freute er sich verstanden worden zu sein und hüstelte trocken.

»Pardon Monsieur, das geht leider nicht«, kam jedoch eine abschlägige Absage.

»Nicht? Schön«, schlug er wortlos sein Büchlein auf und machte sich ein paar schnelle Notizen, während seine Frau gelangweilt gähnte. »Dann schlage ich folgendes vor: Da wir beide wenig Appetit haben, nehmen wir heute nur die Vorspeisen aus den Menüs. Am Samstag kommen wir dann zum Hauptgang und am Sonntagnachmittag servieren Sie uns, zu einer Tasse Kaffee, den Obstkuchen. Das würde uns sehr gut passen. Schön, schön«, notierte er wieder etwas. »Könnten Sie uns für diese Tage Tische reservieren?«

Elise hatte eine solche Bestellung noch nie aufgenommen und schaute hilfesuchend nach ihrer Mutter.

»Nein Monsieur, Sie können ein Menü weder teilen noch in Etappen essen«, erklärte Florence ihrem Gast die Gepflogenheiten bei »Chez Tantine«. »Ich kann mir auch nicht vorstellen, dass das anderswo geht. Es steht Ihnen aber frei, die Gutscheine an Dritte zu übertragen.«

»Ja, ja, geschenkt würde die Menüs jeder nehmen, das glaube ich«, wurde der Vorschlag von Florence aber mit einem kurzen Auflacher abgewiesen. »Dann machen wir es anders: Zahlen Sie mir die Gutscheine einfach aus. Welchen Wert hat das Menü überhaupt?«

»Da muss ich Sie ebenfalls enttäuschen, wir zahlen keine Gutscheine aus. Sonst hätten wir ja gleich ein Geldcouvert mit dreißig Euro in die Tombola geben können«, kam eine weitere, ernüchternde Antwort.

»Ich habe mir ehrlich gesagt mehr von dem Restaurantbesuch versprochen, das muss ich schon sagen«, flüsterte der Mann vor sich hin und klappte, nach einem letzten Eintrag und einem tiefen Seufzer, sein Büchlein zu.

»Sie haben doch überhaupt noch nichts gegessen, wie wollen Sie dann eine solche Beurteilung abgeben«, hielt ihm Florence entgegen. »Dürfen wir Ihnen denn nicht ein Menü Ihrer Wahl servieren? Sie werden sicherlich damit zufrieden sein.«

»Nein, nein, ich bin bedient. Ich werde die beiden Gutscheine ins Internet stellen. Dann sehen wir ja, was sie wirklich wert sind und ob ich mich betrogen fühlen darf«, drehte er sich zu seiner Frau um, an der die Menü-Debatte offensichtlich vorbeigelaufen war. »Röslein, wir gehen.«

»Wie, sind wir schon fertig?«, stand sie auf, rückte ihr Amulett in Position und strahlte Florence über das ganze Gesicht an. »Ich habe Ihre positiven Schwingungen sofort wahrgenommen. Sie füllen mit Ihrer Aura den ganzen Raum. Man spürt förmlich die wohlige Wärme.«

Florence wusste nur, dass die leichten Schwingungen von dem Kühlaggregat aus dem Keller stammten und die Stauhitze im Gastraum im Allgemeinen eher zur Kritik Anlass gab als zur Belobigung. »Gern geschehen«, bedankte sie sich ein wenig irritiert »schön, dass es Ihnen bei uns gefallen hat.«

In der Stadionthematik war man schneller vorangekommen als erwartet. Selbst Roger Zwingli hatte noch keine derart zügige Bewilligung von Fördermitteln erlebt.

»Das lag allein an der richtigen Namensgebung«, war er sich sicher. »Jetzt muss es nur noch mit der Fertigstellung und dem Aufstieg klappen, dann können wir unser Stadion vor der nächsten Spielsaison gebührend einweihen.«

Er konnte sich auf Hollinger und die Kicker des FC Kleinmund verlassen. Der Club machte den Aufstieg perfekt und schaffte damit zum ersten Mal in seiner Vereinsgeschichte den Sprung in der Regionalliga. Doch als ob es noch einer Krönung bedurft hätte, fiel dem FC Kleinmund im DFB-Pokal ein Traumlos zu. Kein Geringerer als der FC Bayern München würde Anfang der neuen Saison in Kleinmund seine Aufwartung machen.

»Auch wenn unser neues Stadion nur zehntausend Zuschauer fasst, wir werden auf jeden Fall hier spielen und mit dem Spiel das Stadion einweihen«, verkündete noch am Abend der Auslosung der Vereinspräsident des FC Kleinmund mit stolzgeschwellter Brust.

Doch mit dieser schnellen Positionierung hatte er viel Geld verschenkt, denn ein Ausweichen in den Ludwigspark nach Saarbrücken hätte ein Vielfaches an Einnahmen gebracht. Deshalb entschied man sich kurzerhand, zusätzliche Stahltribünen aufzustellen, um zumindest einen Teil der Einnahmen zu sichern.

Als der Tag der Tage gekommen war, konnte man in der Zeitung lesen:

»Fünfzehntausend Fußballfans können heute Abend im neuen Aussöhnungsstadion das große Spiel verfolgen. Man hätte gut und gern das Doppelte an Eintrittskarten verkaufen können. Aber wer kann schon mit einem Spiel gegen den Rekordmeister sein Stadion einweihen? Dennoch: Alles andere als ein hoher Sieg der Bayern wäre ein Fußballwunder. Aber darum geht es auch nicht. Es geht um die unglaubliche Geschichte eines kleinen Fußballclubs an der Grenze.«

Kleinmund stand plötzlich im Scheinwerferlicht und damit Bürgermeister Robert Fusarbre ebenfalls.

»Ich weiß nicht mehr, wo mir der Kopf steht«, beklagte der sich bei seiner Sekretärin. »Wenn das so weitergeht, brauchen wir einen Pressesprecher.«

»Monsieur Zwingli hat uns seine Hilfe angeboten, wie Sie wissen«, erinnerte sie ihren Bürgermeister an das Angebot aus Grossebouche. »Er könnte ja einen Teil der Pressevertreter übernehmen.«

»So weit käme es noch!«, wäre Fusarbre eher unter der Last der Öffentlichkeitsarbeit zusammengebrochen, als seinem Kollegen auch nur einen einzigen Journalisten zu überlassen. »Noch ein paar Tage«, seufzte er, »dann kehrt wieder Ruhe ein.«

Doch vorher gab es noch das Spiel der Spiele und man konnte die Luft förmlich knistern hören. Manche glaubten gar an ein Wunder.

»Für Wunder ist Lourdes zuständig«, räumten die Fußballexperten an der Theke von »Chez Tantine« allerdings schnell mit übersinnlichen Mysterien auf. »Bei uns auf der Grenze hat noch keiner ein Wunder erlebt.«

Da war Marcel anderer Meinung.

»Zwei Erscheinungen gab es hier schon«, überraschte er mit einer mehr als abenteuerlichen Behauptung.

»Ist dir etwa der heilige Chartreuse erschienen?«, wollte André Olliger wissen und fügte hinzu: »Mein Schwager hat einmal eine ähnliche Erscheinung gehabt. Seither ist er vorsichtiger mit dem Trinken.«

Doch Marcel konnte Beweise vorlegen.

»Zuerst waren Kohl und Mitterrand hier und dann Merkel und Hollande. Wenn das keine Erscheinungen sind, weiß ich auch nicht«, nahm er einen kräftigen Schluck aus seinem Weinglas und schlussfolgerte messerscharf: »Da könnte ein weiteres Wunder folgen.«

Doch das Schicksal hatte sich für die profanste aller Varianten entschieden.

»In einer unspektakulären Begegnung wusste der mehrfache deutsche Meister das Spielgeschehen nach Belieben zu kontrollieren«, hieß es am Abend in der Übertragung. »Das vier zu null geht von daher völlig in Ordnung. Der FC Kleinmund spielte als Aufsteiger im neuen Aussöhnungsstadion zwar munter mit, hat aber noch gewisse Zuordnungsprobleme: Feldhasen gehören nämlich nicht auf ein Spielfeld, nur weil sie so heißen. Wobei bis jetzt noch nicht geklärt ist, ob da ein französischer oder deutscher Hase über den Platz gehoppelt ist. Bekannt ist nur, dass er in der ›Casserole‹ enden soll.«

Für Florence war das Spielergebnis so belanglos wie die Episode mit dem Feldhasen. Sie interessierten ausschließlich ihre Umsätze.

»An den drei französischen Nasen haben wir ein besseres Geschäft gemacht als an den deutschen«, rechnete sie morgens am Frühstückstisch vor. »Das lag sicherlich an den zweitausend bayerischen Schlachtenbummlern, die sich um die drei deutschen Nasen versammelt hatten. Da traute sich keiner mehr hin.«

»Ich hatte gestern aber auch ein besonderes Erlebnis mit zwei Bayern«, legte Marcel die Zeitung beiseite und berichtete, dass abends zwei bayerische Schlachtenbummler im Restaurant aufgetaucht waren, die wegen des Spielbeginns keinen Einlass mehr ins Stadion gefunden hatten.

»Sie haben hier gegessen und sind dann gegangen. Doch kurz darauf standen sie erneut in der Tür und einer jammerte mir etwas von einem Flüssigkeitsverlust seines Wagens vor. Gott sei Dank kam gerade Gaston zu einem Aperitif vorbei und ein Bauer kennt sich bekanntlich mit Motoren aus. Gaston hat dann den Kopf in den Motor gesteckt, aber nichts gefunden. Erst als er sich unter das Auto legte, um zu sehen, wo die Flüssigkeit herkommt, hat er die Nase verzogen und gefragt: ›Hat einer von euch an den Wagen gepisst?‹ Und stell dir vor: genau so war es.«

»Wie?«, wunderte sich Florence. »Ein bayerischer Eigenanschlag?«

»So könnte man sagen. Der Beifahrer muss sich erleichtert haben, als er zwischenzeitlich seine Zigaretten aus dem Auto holte«, erzählte Marcel die Episode zu Ende und merkte an: »Die Bayern sind ein Naturvolk, wie man weiß. Wer käme sonst auf die Idee, an sein Auto zu pinkeln. Das sind eben die kulturellen Unterschiede zu uns hier.«

Doch so unglaublich war es nun auch wieder nicht, wenn man wusste, dass es bei »Chez Tantine« bis vor ein paar Jahren noch üblich war, sich im Winter an die Kastanien im Biergarten zu stellen. Und manch Alten musste Florence heute noch fortscheuchen.

»Das ist ein Kulturdenkmal, ich habe es dir schon tausendmal gesagt«, schrie sie dann aus dem Fenster. »Dich soll der Fluch der Kelten treffen!«

Kulturell gesehen war es dann vielleicht doch etwas anderes …